在书里，
在床上

伍尔夫读书随笔

[英] 弗吉尼亚·伍尔夫　著

吴晓雷　译

陕西师范大学出版总社

图书代号：WX19N1192

图书在版编目（CIP）数据

在书里，在床上：伍尔夫读书随笔 ／（英）弗吉尼亚·伍尔夫著；
吴晓雷译. — 西安：陕西师范大学出版总社有限公司，2019.9

ISBN 978-7-5695-0997-7

Ⅰ. ①在… Ⅱ. ①弗… ②吴… Ⅲ. ①散文集—英国—现代
Ⅳ. ① I561.65

中国版本图书馆 CIP 数据核字 (2019) 第 151929 号

在书里，在床上：伍尔夫读书随笔
ZAI SHU LI ZAI CHUANG SHANG：WUERFU DUSHU SUIBI

[英] 弗吉尼亚·伍尔夫 著　吴晓雷 译

出 版 人	刘东风
责任编辑	焦　凌
特约编辑	简　雅　包天添
责任校对	宋媛媛
装帧设计	金　泉
出版发行	陕西师范大学出版总社
	（西安市长安南路 199 号　邮编 710062）
网　　址	http://www.snupg.com
印　　刷	山东临沂新华印刷物流集团有限责任公司
开　　本	880mm×1240mm　1/32
印　　张	8.5
插　　页	4
字　　数	197 千
版　　次	2019 年 9 月第 1 版
印　　次	2019 年 9 月第 1 次印刷
书　　号	ISBN 978-7-5695-0997-7
定　　价	49.80 元

读者购书、书店添货或发现印装有问题，请与营销部联系、调换。
电　话：(029) 85307864　85303629　　传　真：(029) 85303879

目　录

第一辑

普通读者　3

怎样读书才好？　5

一间自己的房间　20

妇女与小说　126

现代小说　136

诗歌、小说和小说的未来　146

贝内特先生和布朗夫人　161

第二辑

《简·爱》与《呼啸山庄》　187

《多情客游记》　194

《鲁滨孙漂流记》　203

俄国人的观点　211

托马斯·哈代的小说　222

论约瑟夫·康拉德　235

论简·奥斯汀　243

论蒙田　256

第一辑

普通读者[1]

约翰生博士[2]的《格雷小传》中有一句话，大可以写在所有那些远称不上图书馆，却也装满了书以供私人阅读的房间里。"……我很高兴与普通读者意见一致，因为读者的常识，并无沾染文学偏见，他们才能在雕饰而成的品位与学识造就的教条之外，为诗坛桂冠的归属，做出最终的评判。"这句话明白地说出了普通读者的素养，也让他们的目的看起来更为高尚。如此，读书这样一种费时颇多却又难有任何实在成效的消遣，也终于赢得了这么一位伟人的赞许。

约翰生博士的言外之意是，普通读者不同于评论家或是学者。他没受过什么像样的教育，也没有什么额外的天分。读书对他而言，只是为了乐趣，不为授人知识，也不为正人言论。就这样，这

---

1 这篇短文为1925年刊行的《普通读者》（第一辑）的卷首，实为伍尔夫为此选集所作序言。

2 约翰生博士：英国18世纪著名学者、作家。《格雷小传》为其所著《英国诗人传》里的一篇。

3

位普通读者出于某种本能，从他所能接触到的那些杂七杂八的材料里，为自己创造出了某种完整的东西：一幅肖像，某个年代的轮廓，有关写作之道的一套看法。他一边读书，一边不停地搭建出某种东倒西歪、摇摇欲坠的结构来，看上去倒也实实在在。惹人疼爱也罢，引人开怀也罢，遭人非议也罢，这一切都给了他片刻的满足。他就这样匆匆忙忙、不求精确、不去深究，一会儿读上首诗，一会儿翻上两页旧书，只要能满足他的需要，能让他搭建的结构像模像样，他才不会在意这材料从何而来、是什么质地。若是作为评论家，他的缺点自然一目了然，无须多言。但若是真如约翰生博士所言，他对诗坛的荣誉所属也有一些发言权，那么，也许，写下些许这样看似微不足道的只言片语，对得到如此重大的一个结果也会有所贡献。

怎样读书才好？ [1]

　　首先，我想要强调一下，这个题目是个问句。而这个问题，即便我答得上，怕也只是对我自己合适，并不适合你们。关于读书，能给别人的建议，最多只有一点，那就是，不要去听别人怎么讲，只管顺着自己的天性，动动脑筋，得出自己的结论就好。要是在这一点上，我们可以达成共识，那我也就可以放下心里的顾虑，跟你们说一说我的一些看法和建议了。因为，若是有了主见，便不会让这些观点束缚你们的手脚，而这一点，正是读者所能拥有的最难能可贵的品质。本来，读书的事，就不用去定什么规矩。滑铁卢之战有个确凿无疑的日期，这一点毋庸置疑，可要说《哈姆雷特》比《李尔王》更胜一筹，恐怕没人可以下个定论。这种问题，必须每个人亲自来拿主意。要是把什么权威之士请进我们的图书馆，不管他穿着打扮是如何衣冠楚楚，听凭他们对我们指手画脚、大谈特谈该

1　在某校的演讲。——原注

怎样读书、该读什么书、哪本书好哪本书坏，要是这样的话，自由的精神，怕是要毁于一旦了，而这，恰是这些神圣之地的生机所在。在任何其他地方，我们或许都要受到法律和习俗的约束，唯有在这里，我们丝毫不需要。

但若要得到自由，请原谅我的陈词滥调，我们当然先要约束自己。一定不要挥霍我们的力气，为了浇一株玫瑰，把半间屋子都洒上水，这样做，既无知，又浪费。我们要加以训练，好能恰如其分、有的放矢。这或许，就是进了图书馆，我们先要面对的诸多困难之一。什么是"有的放矢"呢？这样的说法似乎只是徒增困惑而已。书架上，林林总总，放着各式各样的书，有诗歌、小说、历史传记，也有辞典和名录；有各种语言写成的书，也有形形色色的人写的书，男人也好，女人也好，不管他们脾气秉性、种族年龄如何不同，全都簇拥在书架上。而外面传来刺耳的驴叫，水井旁，打水的女人在闲言碎语，马驹在田间飞驰。我们要从哪儿开始才好？怎样才能在这片纷扰的混乱中理出头绪，才能从读书中得到最大的快乐呢？

说来似乎简单，既然书有不同——有小说、传记、诗歌的分别——我们就该把书分门别类，从每门每类中挑出他理所应读的书就好了。可读者对书抱有的期望，跟书所能给予读者的相比，往往是大相径庭。我们最常干的，就是三心二意、不明就里地翻开一本书，读小说希望它真实，读诗希望它虚幻，读传记又要满纸美言，读历史必要迎合我们的成见。我们读书的时候，只有摒弃这些先入之见，才能有一个值得称道的开端。不要对着作者指手画脚，而要站在他的立场之上，成为他的同道和共谋。要是从一开始你就往后退，心存芥蒂或是满腹苛责，那你就是在妨碍自己从所读之书中获得更大的价值。而若是你可以尽可能地敞开心扉，那么，一打开书，循着字里行间委婉曲折的小道和难以察觉的蛛丝马迹，便可以走到一个与众不同的人面前。沉浸于此，习惯于此，不用多久，你就能找得到那些作者给予你的，或是试图给予你的，更为确定的东西。比方说，一部三十二章的小说——要是我们先考虑如何读小说的话——是在试图建造某种有章可循、形式完整，有如高楼大厦一样的东西。然而和砖瓦相比，文字更难捉摸；阅读和观赏比起来，也更漫长而复杂；或许，想要对小说家都在做些什么有一个大致的了解，最快的方法不是去读小说，而是自己写一写，亲身体验一下驾驭文字的艰难万险。我们可以回想一下某件让你印象深刻的事情——譬如，街角那儿，有两个人在聊天，而你，是如何从他们身边走过的。有一棵树，在摇曳；灯光，在闪烁；那两个人的交谈，听上去很好笑，却又让人觉得悲伤。这样一幅画面，整个构思，似乎全被包含在那一刻之中。

但如果，你也来试一试，把这一幕付之于笔端，你就会发现，这一刻变成了千千万万支离破碎、互相矛盾的印象了。有些印象需要我们去淡化，另一些则需要强调，就这样写着写着，说不定，原先体会到的那种情绪就已经荡然无存了。这时候，再把这几页思绪不清、杂乱无章的稿纸丢在一旁，去读一读笛福、简·奥斯汀、哈代，读一读那些伟大的小说家，他们的作品。这样一来，对他们的伟大之处，想必你一定更有体会了。也才能明白，这不单是让我们看到了一个与众不同的人——笛福也好，简·奥斯汀也好，托马斯·哈代也好，还让我们活在了一个与众不同的世界。读《鲁滨孙漂流记》，我们就是在一条坦途上跋涉。一桩桩的事情接踵而至；这些事儿和它们先后发生的顺序就是一切。可对笛福来说如此至关紧要的户外生活和探险历程，到了简·奥斯汀那里就一文不名了。

取而代之的，是客厅和人们的闲言碎语，以及从这些闲言碎语中，像镜子一般折射出来的人物性格。等我们习惯了这客厅和其间的镜像，再转向哈代时，便又会觉得峰回路转了。成片的沼泽环绕四周，群星在我们头上闪烁。这儿，展现给我们的，是人性的另一面——独处时最易浮现的黑暗，而非陪伴时的光明之面。与我们相关的，不再是人类，而是自然和命运。不过，尽管这些世界千差万别，每一个却都和谐一致。因为它们的造世主，都莫不小心谨慎，在自己独特的视角下，恪守其规。或许他们也会让我们殚精竭虑，但他们从不像二三流的作家那样，经常在一本书里，混淆两种现实，让我们无所适从。这样看来，读完一个大作家的作品，再去读另一个——从简·奥斯汀到哈代，从皮科克到特罗洛普，从司各特到梅瑞德斯——这就好像让人连根拔起，被丢来抛去，从这儿给扔到了那儿。读小说，是一门艰难而复杂的艺术。要想从小说家，尤其是那些了不起的小说家那里，领悟到他们所给予的一切，那就一定要有非常敏锐的感觉，和非常大胆的想象力。

但是，只消看上一眼书架上那些五花八门的书，便可以知道，没有几位作家，可以称得上"了不起"，更没有几本书，称得上艺术。比方说，和小说、诗歌肩并肩放在一起的这些传记或自传，无非是些名人传记，写的都是死去已久、被人遗忘了的人。不过，就因为它们算不上"艺术"，我们就不去读了吗？还是说，我们应该读一读，只是，需要我们换一种方式，带着不同的目的去读？譬如，为了满足我们不能自已的好奇心。就像有时，夜幕降临后，我们从一幢大房子前经过，看到家家户户点亮了灯火，又还未放下窗帘，一层一层都在上演着人生戏剧的方方面面，我们会情不自禁停下脚步。这时，我们对这些人的生活，便会满腹好奇——仆人们在传闲话，绅士们在吃晚餐，女孩子为了聚会在梳妆打扮，窗边的老妇人打着毛衣。这些人是谁，他们都做什么，姓甚名谁，工作地位怎样，都有些什么想法，又有些什么样的经历？

传记和回忆录就是在回答这些问题，就这样点亮了万家灯火，向我们展示人们的日常生活，他们的辛苦劳作，成功失败，饮食爱恨，直至他们死去。有时，在我们的注目下，这幢房子渐渐消失了，铁栅栏也消失了，我们来到了海上；我们去打猎，远航，战斗；我们站在了野蛮人和战士们之中；我们参加了伟大的战役。或者，要是我们高兴留在英格兰，留在伦敦，场景同样改变了，街道变窄了，房子变小了，窗子成了小格子，屋里挤得很，还散发着一股臭气。我们看到一位诗人——多恩，就从这样的一所房子里被赶了出来，因为这儿的墙壁太薄，抵挡不住孩子们的哭闹。我们可以跟着他，沿着书间的小路，到特威克南；去著名的贝德福德夫人公园看看，这是贵族和诗人爱去的地方；接着，路一转，我们又走到了威尔顿庄园，那座建在山坡下的豪宅，听一听锡德尼给他的妹妹读《阿卡狄亚》；接着，就去那片湿地间走一走，亲眼看看那著名的浪漫故事里独具特色的鹭；接下来，再次向北，跟着另一位彭布罗克夫人——安妮·克利福德，去看一看她的广袤荒野；要么，让我们冲向城市，看一看加布里埃尔·哈维如何一身黑丝绒，与斯宾塞争论诗歌，不过，一定要小心别笑出声来了。伊丽莎白时期的伦敦，既黑暗又辉煌，在这里跌跌撞撞地摸索前行，没有什么比这更有趣了。不过，我们也不能总待在那儿。因为邓普尔和斯威夫特、哈利还有圣·约翰在召唤我们继续前行；要搞清楚他们之间的争执，弄明白他们每个人的性格，会花上我们太多时间。等到我们对他们感到不胜其烦了，我们就继续前进，走过一位一身珠光宝气的黑衣女士，走到塞缪尔·约翰生，走到戈德史密斯，走到加里克那里。要不然，我们就穿过海峡，只要我们愿意，去见一见伏尔泰和狄德罗，见一见杜·德芳夫人；然后，再折回英国，再回到特威克南——有些地方和有些名字总是一再出现！——贝德福德夫人曾在这里拥有过自己的花园，之后，教皇也曾安居于此，还有草莓山庄，沃波尔的家。不过，沃波尔又向我们引荐了许多新的面孔。这么多的房子等着我们去拜访，这么多的门铃等着我们去摁响，恐怕我们一时都不知道该如何是好了。比如说，我们来到贝里斯小姐的门口，正在迟疑，就在这时，萨克雷走上前来。沃波尔钟情的这位小姐，恰是他的好友。就这样，我们只是跟着一位朋友去见另一位朋友，从一座花园走到了另一座花园，拜访了一幢房子，又去了另一幢房子，就已经从英国文学的一头走到了另一头，然后，才意识到，我们又回到了此时此刻，倘若此时此刻和已然逝去的时时刻刻可以如此判然分开的话。而这，便可以算作是我们阅读传记和书信的一种方式。我们可以借此重新点亮旧窗子里的灯火，可以看到那些故去的名人，他们的起居生活。还可以想象一下，我们离他们是如此之近，可以时不时地，趁他们不备，抓住他们的小秘密，或是，抽出一部剧作、一首诗，看看当着作者的面读起来，会不会有什么不同。不过，即便如此，新的问题也会随之而来。我们一定会问，一本书，在多大程度上，会受其作者生活的左右呢——在多大程度上，我们可以把生活中的这个人等同于作者呢？要知道，文字是如此敏感，太容易受到作者的性格影响，那么，因为他的生活所带给我们的喜怒哀乐，在我们读书的时候，有多少可以保留，又有多少可以听之任之呢？读到传记和书信，这样的问题就接踵而来，而这些问题，必须由我们自己一一作答，因为，要是在如此私人的问题上还被别人的喜好牵着走，那简直是太要命了。

　　不过，读这类书倒也可以抱着另外一种目的——不为品读文字，不为了解名人，而是为了让我们的创造力保持活跃、得以锻炼。书架右手边不是有一扇打开的窗子吗？把书放在一旁，看看窗外多好！这样的画面真让人耳目一新，浑然天成，不费心思，不相关联，又永不停歇——马驹在奔跑，水井旁的女人正往水桶里打水，驴子昂首嘶鸣。图书馆里的大部分书，不过就是对此的记录而已，不管这些转瞬即逝的片刻，属于男人也好，女人也好，驴子也好。而任何文学，随着它日渐老去，都会留下一些故纸堆，用一种再也听不到了的口音，颤颤巍巍地，讲述着那些消逝了的瞬间和被遗忘了的生命。不过，要是你一头钻进了这些故纸堆，并且还能以此为乐的话，一定会大有所获，因为即使这里记录的人类生活已为人所弃，注定会湮灭，留下的遗迹也会让人叹为观止。或许只是一封信——却让人大开眼界！又或许是只言片语——却让人回味无穷！有时候，一篇故事读来，让人觉得妙趣横生、心潮澎湃、天衣无缝，以为准是出自某位大师的手笔，但其实，这不过是一位老艺人——泰特·威尔金森，在回忆琼斯上尉的传奇经历；或是在讲述阿瑟·韦尔斯利麾下的中尉如何坠入爱河，钟情于里斯本的一位漂亮姑娘；又不过是在说玛利亚·艾伦长叹一声，丢下了手头的针线活，对着空荡荡的客厅，后悔自己没听伯尼博士的忠告，不该跟着她的里希一起私奔。这些毫无意义的故事，大可以一弃了之，可偶尔翻一翻这些故纸堆，从埋藏已久的过去中翻出一两枚旧戒指、几把破剪刀，还有几个打断了的鼻子，当你努力把这些串在一起的时候，窗外，马驹在田间飞驰，女人在水井旁汲水，一头驴子在嘶鸣，这不也是一件趣事吗？

但故纸堆终究会让人厌烦，我们再也懒得去绞尽脑汁，把威尔金森们、班伯里们，还有玛利亚·艾伦们告诉我们的只言片语拼凑完整。他们缺乏艺术家的才能，不懂得运筹帷幄、删繁就简；就算是他们自己的生活，也难以说出个所以然来；就算是个好素材，到了他们手中也会走了样。他们最多只能给我们罗列一些事实，而仅是事实的话，还远远称不上小说。就这样，在看够了这些半吊子的所谓作品之后，我们就不再乐意去寻找一些人物的只光片影，而是要去领略小说那种更宏大、更抽象、更纯粹的真实。就这样，我们的心中孕育出了一种情绪，强烈、普遍、不关注细节，而是随着节奏反复出现。这种情绪最自然的流露，就是诗歌，也就是说，等到我们差不多能写出诗来了，便是到读诗的最好时机了：

> 西风啊，何时你才会刮起？
> 才能让细雨，淅淅沥沥。
> 可爱的人儿啊，何时我才可以
> 再把你拥入怀中，同床共语。

诗歌的感染力如此之强，又如此直截了当，这一瞬间，诗歌完全占据了我们的心灵，吞噬了一切感觉。我们坠入其中，如此深邃！既没有什么旁骛让我们攀附，也没有任何东西让我们止步，简直是一落千丈。小说所营造的幻境，并非一蹴而就，一定要有所准备，才能渐入佳境。可是，读了这四句诗，谁还顾得上去问一问作者何人，去猜一猜是不是多恩的家事，关不关锡德尼秘书的事儿？谁还会去纠结千丝万缕的历史，或是新旧时代的更迭？诗人永远和我们同处一个时代。此时此刻，我们一定是全神贯注、心无旁骛的，想一想，若是情感突起波澜，开始就是这个样子。不过，随后，这种感情就会慢慢泛起涟漪，从我们的内心深处向外荡漾，渐渐冷静下来，进入了理性的领地，当我们听清楚了这些回音和反响，便可以品评探讨了。诗歌所蕴含的情感，不仅强烈，还如此丰富。我们只须比较一番这两句诗中的力量与直白：

> 我要像树，倒在自己的葬处，
>
> 只把我的悲伤，铭记在心上

和这一节诗中的节奏与韵律：

> 沙漏中落下的黄沙，
>
> 数过了时光；我们的一生
>
> 也这样被白白埋葬；
>
> 狂欢之后，回家的人，
>
> 也只剩忧伤；而这生命，
>
> 厌倦了放纵，数一粒黄沙，
>
> 伴一声叹息，一声啜泣，
>
> 直到落尽了沙粒，
>
> 了却不幸，永世安息

或是体味一下冥思的平静：

> 无论我们是少年，或是老夫，
>
> 我们的命运，我们灵魂的栖所

　　　　　　都与无尽同在，别无可去。
　　　　　　也与希望同在，永不破灭，
　　　　　　与努力，与期望，与欲望，
　　　　　　与之同在，以至永远。

还有这完整而活泼可爱的诗句：

　　　　　　巡游的月神，升上了夜空，
　　　　　　她漫步前行，却也片刻不停，
　　　　　　轻盈的脚步，踏上天穹
　　　　　　只有一两颗星星，伴她左右。

或是这首诗中瑰丽的想象：

　　　　　　那漫步林间的人儿，
　　　　　　怎会停下脚步，
　　　　　　纵使林中燃起了烈火，
　　　　　　他远远看在眼里，
　　　　　　那升起的火苗，温柔恰似
　　　　　　暗处绽开的番红花

就会让我们明白诗人是如此多才多艺。他可以让我们同时既做了演员，又当了观众；他对人性的把握，了如指掌，既可以写出福斯塔夫，也能创造出李尔王；他可以提炼，可以铺陈，可以叙述，从始至终，永远如此。

"我们只消比较一下"——这话让我们露了馅，也就只好承认读书是件非常复杂的事情。这第一步，尽力理解、留下印象，还只算读了一半；要想从读书里获得完整的乐趣，还要把剩下一半读完才行。我们还要从这成千上万的印象里，得出自己的判断；我们还要把这些千变万化、稍纵即逝的形状，凑在一起，拼出一个实实在在、稳定持久的模样。不过，还不能操之过急。要等到阅读的尘埃落定，等到那些矛盾和问题都偃旗息鼓了，去散散步，聊聊天，修剪一下玫瑰花的败叶枯枝，要么，去睡上一觉。然后，不经意间——所以说，自然造化便是如此——这本书就又回到了我们的眼前，只是变了模样，从我们的脑海中完完整整地浮现出来了。要知道，完整的一本书，和读书时零零碎碎读到的句子可是截然不同的。现在，书中的细节详情，各就其位。它的模样，也被我们从头到尾看了个一清二楚，知道了，这是间谷仓，还是猪圈，又或者是座富丽堂皇的大教堂。现在，我们便可以把书和书进行比较了，就像我们把高楼与大厦相比一样。不过，这种比较就意味着，我们的态度不同了；我们不再是作者的朋友，而成了他的审判官。但道理没变，我们既然从不嫌朋友宽宏大量，也就不要嫌法官秉公过严。有些书，既浪费了我们的时间，又滥用了我们的好意，难道说，这不是罪过吗？有些人，在书中弄虚作假、谎话连篇，搞得四处乌烟瘴气，难道说，他们不是社会的公敌，人民的败类吗？那就让我们的判决公正严明，让我们把每本书都与最好的相比。

好在有些书早有定论，它们的模样，我们早已谨记在心，譬如《鲁滨孙漂流记》《爱玛》《还乡》。小说就要和它们相比——即便是刚刚出版，还名不见经传的新书，也有权利和最好的放在一起评判。诗歌也是如此——只有从诗歌的沉醉中醒来，不再为辞藻而着迷，才看得清诗歌的模样。而后，一定要拿《李尔王》《费德尔》，还有《序曲》为准绳，来做一番比较，不然的话，也一定要拿最好的，或是说，在我们看来，同类中的佼佼者做比较才行。我们大可以放心，新诗也好，新小说也罢，这些所谓的新，不外是些浅薄的妆貌，拿来以前的标准，只须稍做调整，并不用改弦易辙，便定然可行。

话虽如此，但要是以为读书到了这一步，到了要去议论短长、比较高下的时候，还会和一开始那么简单——只要放开眼界、用心感受那纷至沓来的无数印象就好了，那也未免太过愚蠢。要放下手中的书，而继续读下去，把心中模糊的形象一一对照，不仅要读得够多，还要有相当的见地，这样在对照的时候，才能生动鲜明、有所启发——这已经很难了，而更难的是，还要进一步指明，"这是不是一本好书，具有怎样的价值；哪里不如人意，哪里又大获成功；哪里写得不好，哪里又写得好"。这样的责任，对于读者而言，需要超凡的想象力、洞察力和学识。很难想象，这些品质，会有人兼而有之，即使一个人自信过了头，最多也只敢说，他有如此的潜力罢了。这样一来，干脆把读书的这一步免去，全交给批评家，让图书馆里进来的这些衣冠楚楚的权威来替我们做决定，告诉我们这本书是好还是不好，这样做，岂不要明智得多？这可不行！我们或许是该强调读书时的感同身受，是该沉浸在书中，忘记自己的存在。但我们也心知肚明，让我们完全与作品共鸣，忘我地投入是不可能的，我们的耳边总有个魔鬼在低语"我恨，我爱"，而我们也无法让他闭嘴。其实，恰恰是因为，我们爱恨分明，所以我们和诗人和小说家才如此亲密无间，才无法忍受任何其他人的插足。而且，即使我们的看法遭人反对，我们的评判也有失偏颇，但我们自己的口味，才是我们的指路明灯，才会让我们如此激动不已。我们凭着感情读书，若是压抑这种感情，早晚会变得麻木不仁。但或许，只要假以时日，我们就可以训练我们的口味，让它听从一些控制。在它不加辨别、囫囵吞下了各式各样的书后，诗歌、小说、史书、传记等等，它不再饕餮，而是将目光转向了参差多态、大相径庭的现实世界，看到了其中的差异和距离，我们就会意识到，它已经有了变化。它不再贪婪，学会了反思。它已经不再只是就书论书了，它还会告诉我们，这些书的共同之处是什么。听好了，它会对我们说，我们要管这个 [1] 叫什么呢？然后，它或许，先会为我们读《李尔王》，下一本，说不定是《阿伽门农》，好让我们分辨出其中的共同之处。就这样，让我们的口味指引着我们，超越一两本书的局限，去发现不同书籍的共同之处，再把这些共同之处分门别类，好立下规范，让我们的感受变得有序。这样一来，我们也可以更进一步，从这种分别中体会到更加难能可贵的快乐。不过，所谓规范，其实只有在读书中不断被打破时，才会存在——制定规矩，最简单的办法莫过于脱离实际、凭空捏造了，可这也是最愚蠢的办法——现在，为了让我们在这种困难的尝试中稳定下来，也该去读一读那些为数不多，却可以让我们大受启迪的作家，好让我们明白，文学何以为艺术。读一读柯勒律治、德莱顿和约翰生他们深思熟虑的评论，读一读诗人和小说家他们自己久经考虑的说法，定会让人大受启发。他们为我们点亮了明灯，让我们脑海深处本来乱作一团、朦朦胧胧的那些想法，变得清晰可见、实实在在。不过，只有我们有备而来，带着自己读书时诚实的问题和建议，他们才能帮助我们。若是我们对他们只是一味地唯唯诺诺，俯首听命，像一群躲在树荫下的绵羊，那

1　楷体词的原文首字母为大写，下同。——编注

他们也无能为力了。只有我们心中有了准则，再经过和他们的一番较量，我们才能真正理解他们的规范到底为何。

要是果真如此，为了读上一本书就一定要有非凡的想象力、洞察力和判断力不可，那你们大可以说，文学是一门复杂的艺术，就算穷尽一生来读书，我们也无法对文学的批评做出丝毫有意义的贡献。我们只能做读者而已。那些批评家，世间少有，他们的光荣与我们毫无关系。话虽如此，我们却有着身为读者的责任，因为读者的存在，也是重要的。因为那些作家们，他们写作时所呼吸的空气中，也流动着我们提出的标准、做出的评判。而这些评论，即使无法付梓，只要被他们听到，他们就会受到影响。只要我们的议论有的放矢，可以振聋发聩，不是人云亦云的鹦鹉学舌，而全部是自己的真诚见解，这种议论的影响或许更有价值，尤其是在那些所谓的批评也该适可而止的时候。因为图书之于批评，就好像打靶场里那些一闪而过的动物，批评家们只有一秒钟的时间来上好子弹，对准目标，射击。所以如果他瞄准了老虎却打中了兔子，瞄准了鹰隼却打中了土鸡，又或是瞄好了的目标一个没打中，却误伤了远处悠闲吃草的奶牛，我们也怨不得他们。只是，在出版社的这些毫无章法的开枪走火之外，尚有另一种声音，来自那些因为热爱阅读才去读书的人，他们读得慢，没受过什么专门训练，却有着一腔的热情和苛刻的眼光。他们的议论，如果作家们能够听得到，怎么会写不出更好的作品呢？而若是因为我们的努力，可以让图书的海洋变得更广阔、更富饶、更深厚，这样的一个目标，也大有可为吧。

可话说回来，目标固然美好，但谁读书是为了什么可为啊？就没有什么追求，仅仅是因为它们自身的美好，才让我们孜孜以求吗？难道追求乐趣本身，不可以视为我们的最终目的吗？读书不正是如此？至少，我有时会这样想，等到最后的审判来临的那天，所有伟大的征服者、大律师和政治家们都将获得上帝的奖赏——王冠、名誉和不朽的丰碑上镌刻的名字。可看到我们夹着书走来，万能的上帝一定会转过头去，不无几分嫉妒地跟彼得说："你看，这些人不需要我的奖赏。我们这儿也没有他们想要的东西。他们就爱读书。"

一间自己的房间 [1]

一

不过，你们或许会问，我们请你来谈谈妇女与小说——可是，这与自己的房间又有什么关系呢？我会与大家说一说这其中的究竟。在我收到邀请，要我来谈谈妇女与小说这个主题后，我坐在河边，开始琢磨这几个字眼的确切含意。或许，这几个字就是说，我可以点评一番范妮·伯尼 [2] 的小说，多说上几句简·奥斯汀，再称颂一下勃朗特姐妹，简单描述一下冰天雪地里的霍沃斯故居 [3]。如若可能，再打趣一下米特福德小姐 [4]，充满敬意地引上几句乔治·艾略特，还要提一下盖斯凯尔夫人 [5]，这样，大概就可以收场了。可转念一想，这几个字似乎又另有深意。妇女与小说这个主题，大概是要谈一谈

1　这篇散文是依据 1928 年 10 月为纽纳姆学院的艺术协会和格顿学院的"一件又一件该死的事情"协会宣读的两篇论文写成。当时因为论文篇幅过长而未能全部读完，之后又经过修改和扩充重新发表。——原注

2　范妮·伯尼（1752—1840）：英国女作家。

3　霍沃斯故居：勃朗特一家的住所，现为勃朗特故居博物馆。

4　米特福德小姐（1787—1855）：英国女剧作家、诗人和散文作家。

5　盖斯凯尔夫人（1810—1865）：英国小说家。

妇女和她们的形象——也许这才是你们的本意。不然，就大致是要说说妇女和她们所写的小说，或者，是妇女和那些描写妇女的小说。又或是，这三个方面你中有我，我中有你，难分彼此——而你们就是想请我从这一角度来考虑这个问题——这种方式似乎最为有趣，可一旦开始从这个角度思考，我很快便发现它有一个致命的缺点，那就是我永远无法得出结论。我也无法尽到自己应尽的责任，在我看来，站在这儿为你们做演讲，让你们在一个小时之后，能在笔记中记下方寸的真知，可以放在壁炉台上留作永久的纪念，才是我首要的责任。我所能做的，只是对一个次要问题跟大家谈谈我的看法：一个女人如果打算写小说的话，那她一定要有钱，还要有一间自己的房间。而这种看法，正如你们会看到的一样，并未解决何谓妇女、何谓小说的重大问题。所以，我并不打算就这两个问题得出什么结论，在我看来，妇女与小说的问题仍旧悬而未决。不过为了稍作补偿，我打算尽己所能，向大家说明关于房间和钱的观点，我是从何得来的。我会把自己的思绪如何归结于此的过程，原原本本、毫不掩饰地向诸位讲明。或许，只要我把这种说法背后的种种观点，或者说种种偏见，向大家一一道破，你们就会发现，这和妇女和小说都不无关系。不管怎么说，一个备受争议的话题——但凡一个问题牵扯到性别便会如此——很难指望有谁能道出些真理来。我们能做的只是把自己何以得出某种观点，且不管这种观点是什么，如实地说出来。我们只能让我们的听众，在领略了演讲者的局限、偏见或是癖好之后，得出自己的结论。在这种情况下，小说，跟事实相比，倒有可能包含更多的真理。所以，我打算充分发挥自己身为作家的自由和特权，来跟大家谈谈在我来这儿之前的两天里发生的故事——谈谈我自己，在知道了你们所赐的这个主题之后，是如何不堪重负，如何绞尽脑汁。在日常生活的里里外外，我都在为此伤脑筋。显而易见，我将要说的一切纯属虚构：牛桥大学只是杜撰，芬汉姆学院也是如此，而所谓的"我"也不过是为了方便起见的称谓，并非实有其人。我也会信口开河，但其中并非没有些许的真理，这就要你们来细心甄别、去伪存真，要你们来决定，是否也有些话值得牢记在心。倘若没有，你们大可把这些统统丢进废纸篓，把今天的一切统统抛在脑后。

接下来就说说一两周前的事，那是在十月的一个好天气里，我（姑且叫我玛丽·伯顿、玛丽·希顿、玛丽·卡米克尔，或是随便什么你们中意的名字——这无关紧要）坐在河边，陷入沉思。刚刚说到我肩上的重负，就是妇女与小说这个主题，还要为这个一说起来就会引出各种成见和偏爱的主题下一个结论，这压得我抬不起头来。在我的两旁，生长着一丛丛不知名的灌木，金黄与绯红的色彩，斑驳而闪亮，看上去仿佛燃烧跳跃的火焰。对岸，杨柳垂绦，随风拂动，在永恒的哀婉中轻声啜泣。河水随心所欲地将天空、桥，还有河边那燃烧的树丛映在自己的怀中。那位大学学子划船而过，倒影成了碎影，又合拢起来，一切如初，好像他从未经过。人们似乎可以从早到晚地坐在那儿，沉浸在自己的思绪当中。思考——让我们不妨冠之以一个更加堂皇的名字——像鱼线投到这涓涓的溪流之中。一分钟又一分钟，在倒影和水草间晃动，随波逐流，随之沉浮，直到——你们知道，就这么一拉——猛然间，线的另一头一沉，一团思想便上了钩。接下来，便要小心翼翼地收线，还要小心翼翼地将之理清排顺。哎呀，原来放在草地上，我的这么个思想，看上去不过是条无足轻重的小鱼，小到精明的渔夫会把它丢回河里，好让它长得更大些，直到有一天，可以下锅上菜，让人大快朵颐。现在，我还不会拿这个思想来让你们伤脑筋，不过，如果你们留心，还是可以从我接下来的说辞中察觉到它的存在。

但它不管有多小，都仍和它的同类一样，充满了神秘：一把它放回到脑海里，它就变得那么令人激动，而且意义非凡了起来；它时而猛地一头扎进水底，时而东游西窜，搅起一阵阵思想的湍流，让人坐也坐不安宁。所以，我才不知不觉中就健步如飞地踏进了一块草坪。顷刻之间，一个男人的身形便站到了我的面前，截住了我的去路。一开始我也没能明白，这个身上套着件白天穿的燕尾服，里面搭了件配晚礼服穿的白衬衫，看上去稀奇古怪的家伙，原来是在冲我指手画脚。他一脸恐慌和愤怒。幸亏是直觉而不是理性提醒了我，他是个学监，我是个女人。这儿是草坪，而路在那边。只有研究员和学者可以踏上这里，碎石小路才是留给我的。这些念头在我的脑海里瞬间闪过。等我回到了那条小路上，学监的手才放了下来，脸色也恢复了往日的平静。草地是要比碎石小路好走得多，但对我也没有什么大碍。不管这里的研究员或是学者来自哪所学院，我唯一能对他们提出控诉的，就是为了保护他们的草皮，这片被踏在脚下有三百年之久的草皮，他们把我的小鱼吓得不知道躲到哪里去了。

那是一个什么样的想法，竟让我如此大胆地擅闯禁地，现在我是记不起来了。心灵的安详就像云朵从天而落，要是这心灵的安详会落到什么地方去的话，那准是在十月的这个美好清晨，落到了牛桥那边的庭院和方形广场中。徜徉在几所学院里那一条条古老的走廊上，眼前的不快似乎也烟消云散。身体内仿佛藏着一个神奇的玻璃橱窗，没有声音能传进来，而心灵，也摆脱了事实的纠葛（除非你又闯入了那片草地），可以沉静下来，陷入与此时此刻正相宜的任何一种沉思里去。不经意间，偶然记起的某篇旧文中提到了假日重游牛桥的经历，又让我想起了查尔斯·兰姆[1]——萨克雷把兰姆的一封信放在了额头上，称其为圣查尔斯。确实，在死去的先人中（我想到哪儿，就跟你们说到哪儿），兰姆是最和蔼可亲的一位，会让人想要对他说："那么，告诉我你是如何写随笔的吧？"因为在我看来，他的随笔比马克斯·比尔博姆[2]写得还要好，虽然比尔博姆的随笔，每一篇也已尽善尽美，但他那狂野的想象力、行文之中时而迸发出的天才的灵光，为它们又添上了瑕疵与缺陷，不过，倒也处处闪现出诗意。兰姆大概是在一百年前来到了牛桥。当然，他写下了一篇随笔——名字我记不得了——记下他在这里看到了弥尔顿一首诗的手稿。那首诗大概是《黎西达斯》[3]，而兰姆写道，当他想到《黎西达斯》中的每一个字原本都可能并非现在这样，不禁大吃了一惊。弥尔顿对这首诗进行了改动，在兰姆看来，这样的事情连想一想都是一种亵渎。而揣测一番哪个词大概被弥尔顿更改了，又是出于什么道理，在我却是乐趣，所以我也在脑海中回忆着这首诗。然后我便想到，那份兰姆看过的手稿近在几步之遥，倒可以追随着兰姆的足迹，穿过方形广场，到那座有名的图书馆，便可以一睹珍藏在那里的那件宝贝。而且，在我把这个想法付诸实施的时候，我还想到了，就在这座著名的图书馆里，还保存着萨克雷的《艾斯芒德》[4]。评论家们常把《艾斯芒德》誉为萨克雷最完美的小说。可在我的记忆里，这本书矫饰的文风，加上其对 18 世纪的模仿，只会让

1　查尔斯·兰姆（1779—1848）：英国随笔作家。此处的旧文，指的是兰姆的散文《假日中的牛津》，文中脚注提到了手稿。
2　马克斯·比尔博姆（1872—1956）：英国漫画家、作家。
3　《黎西达斯》：弥尔顿为悼念亡友所作哀歌，手稿存于剑桥三一学院。
4　《艾斯芒德》：即《亨利·艾斯芒德》，萨克雷所著历史小说。

24

人束手束脚，除非在萨克雷看来，18世纪的风格真算得上自然——这要看一看手稿，看看萨克雷是修饰了文风，还是丰满了文意，也许就可以得到证实。可那要分得清什么是文风、什么是文意才可以，这个问题——不过，想到这儿，我已经站到通往图书馆的大门前了。我一定是打开了那扇门，因为立刻便有一位银发苍苍、看似和善的先生不以为然地拦住了我，就像是一位守护天使堵住了我的去路，只是他张开的并非一双白翼，而是一袭黑袍。这位先生冲我挥了挥手，示意我回去，并且语带遗憾、声音低沉地告诉我，女士不得入内，除非有学院的研究员陪同或是能提供介绍信。

一个女人的诅咒，对一座有名气的图书馆来说，自然是无足轻重。它把宝贝全都紧紧锁在怀里，一副德高望重、若无其事的样子，志满意得地睡去了，而且对我而言，还将永远这么沉睡下去。我一边怒气冲冲地走下台阶，一边赌咒发誓，我永远不会来打扰它的清梦，永远不会再请求它的款待了。还要一个小时才该吃午饭，那我还能做些什么呢？在草地上散散步？到河边去坐坐？这当然是个秋高气爽的早晨，红叶飘落满地，散步或是坐坐，都不是什么苦事。不过一阵音乐声恰好传到了我的耳朵里。是在做礼拜或是正在举行什么庆典。当我走至门边，小教堂里的管风琴哀怨地奏响了恢宏的曲目。那基督门徒的哀悼，从如此安宁静谧中传来，更像来自记忆，而不是哀悼本身了。甚至那古老管风琴的哀鸣，也融入了这片恬静。我并不想推开门走进去，即使我有这样的权利，教堂的执事恐怕也会来把我拒之门外，向我索要受洗证明或是地方主教开具的介绍信了。不过这些宏伟建筑的外观之美与其内观相比，通常毫不逊色。何况，教众的集会看上去就够可笑，他们从小教堂的大门进进出出、忙个不停，就像一群蜜蜂拥在蜂巢的洞口。他们多数身披长袍、头戴方帽，一些肩上披着毛皮制成的穗带，另一些被人用轮椅推了进去。还有些，虽然人还未过中年，但脸上已起了褶子，为压力所迫，变成奇形怪状的一团，让人想起水族馆的沙滩上费尽力气爬上爬下的那一只只硕大的螃蟹和龙虾。我斜倚在墙上，眼中的大学确实像处庇护所，稀有物种尽在其中，要是把他们全丢在斯特兰德大街的人行道上任他们物竞天择，恐怕不久就全都要一命呜呼了。我又想起了那些老学究的陈年旧事，在我鼓起勇气吹响口哨之前——过去听人说，只消口哨一响，那些老教授立刻就会撒腿飞奔——这些可敬的教众早已进了教堂，只留下小教堂的外墙以供观瞻。你们也知道，那高高的穹顶和尖塔，每逢夜晚点亮了灯盏，几英里之外都可以看得分明，甚至连高山也挡不住，就像远处行驶着一艘航船，却从不靠岸。不妨设想一下，曾几何时，这块草坪齐整的方形广场，连同其宏伟的建筑和那座小教堂一起，不过是片沼泽地，也曾荒草萋萋，任由猪儿拱土刨食。我以为，想必有一队队的牛马从遥远的乡村拉来一车车的石头，然后又费了千辛万苦，自下而上一块挨一块地砌就，我才得以倚在这灰色的长石旁遮阴纳凉。还有画师携来玻璃装窗，泥瓦匠几百年来在穹顶上忙碌，带着泥刀铁铲，涂抹油灰水泥。每逢周六，必定有人从皮制的钱袋里把金币、银币倒进那些工匠们攥紧的手里，好让他们也能在酒水和九柱戏中换得一夜的快活。我想，那金币银币必定如流水般源源不断涌进这庭院里来，好让石头一车车运来，泥瓦工人一天天忙碌，平地、挖沟、掘地，还要凿渠。但那时还是信仰的年代，万贯的钱财滚滚而来，让这些石头根基深厚，而当长石砌成了石墙，又有银两从国王、王后以及王公贵族的腰包里流淌出来，以确保这里颂歌长传、诲人不倦。土地有人赏赐，俸禄有人供给。而当理性的时代来临，信仰的时代一去不返，金币银币依然长流不息，既增设了研究员的位子，又添加了讲师一职，只是那掏腰包的不再是国王，而是换作了商人和厂主，换作了，嗯，靠着工厂赚了大钱的人，他们立下遗嘱，分出大笔的钱财，添置了座椅，请来更多的讲师和研究员，当作对大学的回报，毕竟，他们是在这儿学到了本事。于是，便有了图书馆和实验室，便有了天文台，便有了由昂贵而精密的部件组装成的优良设备，如今正放在玻璃架上。而这里，几百年前，也曾荒草萋萋，任由猪儿拱土刨食。我绕着这庭院信步走去，毋庸置疑，脚下金币与银币夯实的地基似乎已足够深厚，供人行走的路面也已结结实实地铺在了那荒草之上。头顶盘子的男人们匆匆忙忙地从一个楼梯走上另一个楼梯。窗口的花坛里，艳丽的花朵正在绽放。屋内传来留声机刺耳响亮的旋律。一切都不容得你不去沉思——且不管想到了什么，也只能到此为止了。钟声响了。到了该去吃午饭的时间了。

让人好奇的是，小说家总有办法让我们相信，午餐会让人回味，想必是有人在餐桌上说了什么俏皮话、做了什么高明的举动。但对于吃了些什么，他们却只字不提。避而不谈鲜汤、鲑鱼和乳鸭，已经成了小说家的祖传家训之一了，就好像鲜汤、鲑鱼和乳鸭根本就无关紧要一样，就好像从没有人吸上过一口雪茄，或是喝过一杯红酒一样。不过，我要在这里不客气地挑战一下这些祖传家训，要跟你们说一说，这一顿午餐先上的是比目鱼，盛在一口深沿儿大碗里，学院的厨师在上头浇上了雪白的奶油，只零星露出些褐色，像雌鹿两肋的斑点。随后上来的是鹧鸪，但你们要是以为这道菜不外乎一两只褪了毛、黑乎乎的飞禽，那你们可就大错特错了。一道菜上了这么多只鹧鸪，色泽各异，口味也不同，一并端上的，还有酱料和沙拉，辛辣搭配了香甜，各有各的次序。配菜里的土豆薄如分币，不过自然没那么硬，而球芽甘蓝的叶子，好像玫瑰的花苞，不过要鲜嫩多汁得多。我们的烤鹌鸪和配菜刚刚用完，那位静候一旁的男仆，或许就是学监本人，只是面目表情和颜悦色了许多，便将餐后的甜点端了上来，餐巾点缀在四周，宛若浪花簇拥着白糖。把它叫作布丁，免不了让人想到大米和淀粉，这未免失之不敬。而一餐之间，玻璃杯中的酒，空了又满上，杯中的酒色，交错在淡淡的黄与浓烈的红之间。小酌几杯之后，从我们灵魂的栖息之地——脊柱中央，燃起了一团火焰，不是那种刺眼的、电光火石般的灵光，那只在我们谈吐的唇舌间闪现，而是一种更深邃、更晦暗也更隐秘的理性之火，在人与人的交流中，燃起熊熊的金色火焰。不必行色匆匆，不必光芒四射，不必成为别人，只须做自己。我们都会升天，而范·戴克[1]也会与我们一起——换句话说，生活是多么美好，而其回报又是多么甘甜，东埋西怨太过微不足道，唯有友谊相伴、志同道合才令人艳羡不已，就像现在，点上一支好烟，靠在软垫上，坐在窗边。

要是手边正巧放着一个烟灰缸，要是不必随手把烟灰弹出窗外，要是事事都稍有不同，我又怎么会看到，譬如说，一只没了尾巴的猫。看着这闯入我眼中、短了一截的小东西轻柔地穿过那方形广场，一时间触动了我的心弦，心境也变得不同，就像有人投下了影子，改变了光线的明弱。或许那美酒已让我不胜酒力。我看着那只曼岛猫[2]停在了草坪的中央，似乎它也在思索万物，的确，是少了些什么，有了些不同。但少的是什么，不同的又是什么，我一边听着旁人的

1　范·戴克（1599—1641）：比利时画家，英王查理一世时任宫廷首席画家。
2　曼岛：一译马恩岛；曼岛猫是一种无尾猫。

交谈，一边问自己。为了能回答这个问题，我不得不想象着自己离开了这个房间，回到了过去，确切地说，是回到了战前，来到了另一场午餐会，就在离这儿不远处的几间屋子里，但那是截然不同的一番景象了，全都变了样。这时，交谈正在宾客间继续，来客不少，都很年轻，有女人，也有男人。一切都很如意，融洽的交谈，轻松而风趣。与此同时，我把那另一场谈话做了参考，将眼前的交谈与之对照，两相比较，我便毫不怀疑这其中的一个是另一个的后裔，是其合法的继承人。没有任何改变，没有任何不同，除了我站在这里竖起了耳朵，却不是去听他们在说些什么，而是在听那交谈之外的低沉声音，或是说，气流而已。没错，就是这个——不同就在这里。在战前这样的午餐会上，人们聊的话题和如今并无二致，可他们说起话来，语气却大不相同，因为那时，他们的腔调里有一种低沉的共鸣，并非吐词清晰，而是略带些吟唱，听上去就连那些词句都变了味道，让人兴奋。难道我可以给字句配上共鸣吗？或许这要借助于诗人的力量。在我身旁放着一本书，我信手翻开，不经意翻到了丁尼生。这里，我听到丁尼生在吟唱：

一滴晶莹的泪珠落下
是那门前怒放的西番莲花。
她来了，我的白鸽，我的爱人；
她来了，我的生命，我的年华；
红玫瑰叫得响亮，"她近了，她近了"；
白玫瑰在啜泣，"她来迟了"；
飞燕草在倾听，"听到了，听到了"；

还有百合，细语轻轻，"我在等待"。[1]

那就是战前男人们在午餐会上的吟唱吗？那女人呢？

　　　我的心房，像歌唱的鸟儿

　　　它的巢筑在挂满露水的新枝；

　　　我的心房，像一株苹果树

　　　弯下的枝上缀着累累的果实；

　　　我的心房，像七彩的贝壳

　　　静谧的海湾曾是我嬉水的地方

　　　我心中的欢乐胜过这所有一切

　　　因为我的爱人已走近身旁。[2]

那就是战前女人们在午餐会上的歌唱吗？

　　一想到人们沉吟着这样的字句，甚至是在战前的午餐会上，男男女女还在喃喃作唱，我不禁觉得滑稽可笑，便忍不住笑出了声，只好指着草坪中间的那只曼岛猫来托词自己的笑声，那可怜的小东西没了尾巴，看上去确实有点不合情理。是它生就这副模样，还是事出意外才掉了尾巴？虽然有人说，曼岛上就有这种无尾猫，可其实要比想象中少得多。这是一种奇怪的动物，与其说它美，倒不如说是新奇。一条尾巴就可以有如此不同，真让人匪夷所思——你们也知道，那不过是等到午餐会曲终人散，大家各自去取大衣、帽子时所说的一类话。

1　诗文为丁尼生长诗《莫德》中选段。
2　诗文为罗塞蒂所写《生日》一诗中选段。

这顿午餐，因为主人的盛情款待，一直吃到了将近黄昏。十月的艳阳已经西沉，我走在林荫道上，秋叶从树上纷纷落下。一扇接着一扇的大门似乎都在我的身后关闭，虽然轻柔但也坚定。无数个学监将无数把钥匙塞进油润的锁眼里，宝库又将安然无恙地睡过一夜。林荫道外是一条大街——我忘记了它的名字——只要你不曾转错了弯，就会一直通往芬汉姆学院。不过，时间还尚早。晚餐要到七点半后。而刚刚吃过这样一顿午餐，大可不用再吃晚饭了。奇怪的是，依稀记得的几句诗行，也让双脚踩着诗歌的行板一路走下来。那些字句：

> 一滴晶莹的泪珠落下
>
> 是那门前怒放的西番莲花。
>
> 她来了，我的白鸽，我的爱人……

在我的血液中歌唱，而那时，我正快步朝着海丁利走去。然后，在河水拍上了堤堰的地方，我的脚下换了不同的音步，唱道：

> 我的心房，像歌唱的鸟儿
>
> 它的巢筑在挂满露水的新枝；
>
> 我的心房，像一株苹果树……

多么伟大的诗人啊，我放声呼喊，像人们在夕阳将尽的时候会做的那样，他们是多么伟大的诗人啊！

　　或许，在我的赞美之中，也夹杂着些许的嫉妒，那是为我们自己的时代。尽管这样比较愚蠢和可笑，可我还是想知道，平心而论，真有人能说出两位在世诗人的名字，一如那时的丁尼生和克里斯蒂娜·罗塞蒂那般伟大？河水在我面前泛起浪花来，显而易见，在我的心里，他们是无与伦比的。所以诗歌可以让人心醉、让人痴狂，就在于它所唱诵的，是那些我们也曾拥有的情感（也许是在战前的午餐会上），如此熟悉，如此轻易，不必再三琢磨，不用与此时此刻的任何心情相比，我们的心弦便被拨动了。而如今诗人的歌谣里，却只是唱着那在我们心底生造出来又生生剥去，转瞬即逝的感情，让人难于一眼认出，出于某种原因，也让人心生畏惧，不愿面对。每每读到，也迫切地将之与熟悉的往日情怀一一对照，又不免心生妒忌而疑虑重重。这就是现代诗读来难懂的原因，也正是出于这种困难，谁还记得住两行以上的诗句，即使那也出自一位大诗人。因此——我的记忆力也有所不及——拿不出什么材料来佐证我的说辞。但又是为何，我一面继续朝着海丁利走去，一面问自己，我们的午餐会上，再没有人低声沉吟了吗？为何阿尔弗雷德不再吟唱：

> 她来了，我的白鸽，我的爱人……

为何克里斯蒂娜不再应和：

> 我心中的欢乐胜过这所有一切
> 因为我的爱人已走近身旁。

我们是否可以将之归咎于那场战争？当1914年8月的枪声响起，难道男人和女人的面庞就在彼此的眼中变得索然无味，而将浪漫从此扼杀？在炮火中看到我们的那些统治者们的嘴脸，真是大吃一惊

（尤其是对那些心存幻想，希望能读书受教凡此等等的妇女而言）。那副嘴脸真是丑陋——德国的，英国的，法国的——真是愚蠢。但不管我们将之归咎于哪里，归咎于谁，那曾燃起了丁尼生和克里斯蒂娜·罗塞蒂的热忱，让他们为爱人的到来如此忘情歌唱的幻象，跟那时比，已所剩无几。我们只能去阅读，去观察，去倾听，去回忆。但为什么要说"归咎"呢？如果那是幻象，为何不去称颂那场浩劫？且不去管他是什么，因为幻象破灭了，真相才会取而代之。因为真相……这些省略号记下的，是我在寻找真相时，在哪里错过了通往芬汉姆的岔道。是的，没错，我问自己，究竟什么才是真相，什么又是幻象呢？譬如说，关于这些房屋，什么才是真相，是此刻薄暮映红窗、朦胧而喜庆，还是上午九点钟的时候，散落的甜点、乱丢的鞋带，粗砖红墙一片肮脏呢？还有那柳树、长河、沿岸的花园，此刻正隐约在雾色的缭绕中，但若艳阳普照，便会满目金灿灿、红彤彤——它们的真相和幻象又是什么呢？我不用你们为我心底的纠结辗转而大伤脑筋，因为向着海丁利一路走来，我也并没能得出什么结论，只是要请大家相信。很快我便发现自己转错了弯，就又回到通往芬汉姆的正道上了。

我已经说过，这是十月的一天，我还不敢更换了季节，去把花园墙头上垂下的丁香描写一番，又或是番红花、郁金香或是其他春日盛开的鲜花，生怕自己辱没了小说的美名，让你们也大失所望。小说务必忠于事实，越是真实，小说就越好——我们听到的都是这种说法。因此，就仍是秋天，树叶也依然枯黄、飘落如旧，要是有任何的不同，譬如比以往落得更快，那也是因为夜色已至（确切来说，是7点23分），微风拂起（确切地说，是一阵西南风）。但虽说如此，总有些什么不妥之处：

我的心房，像歌唱的鸟儿

它的巢筑在挂满露水的新枝；

我的心房，像一株苹果树

弯下的枝上缀着累累的果实

或许是克里斯蒂娜·罗塞蒂的诗句，在某种程度上让我们为幻象蒙蔽了双眼——这一切当然不过只是幻象——花园的墙头丁香摇曳，黄粉蝶飞来飞去、翩翩起舞，还有漫天的花粉一同飘扬。一阵风不知从哪里吹来，却掀起了新嫩的叶子，于是，那漫空中便闪闪地亮起了银灰色的光芒。正是夕阳沉下、夜色初起的时分，色彩更加浓郁，每一扇窗上紫色的火焰与金色的火光交织在一起，就像激动的心房，跳动不已。不知为何，世间的美一时间喷涌而出，却又倏忽而逝（这时，我推开花园的大门径直走了进去，一定是有人大意了，门没有上锁，而学监也不在左右），那即将逝去的世间之美，有如利刃的两面，一面惹人笑，一面惹人怒，把心切成了碎片。芬汉姆学院的花园沐浴着春天的暮光，在我面前一览无余，那里荒芜空旷，萋萋长草间，星星点点的黄水仙和蓝铃花肆意地生长，或许，即便是最美的花期，它们也依旧纷乱如此，何况现在疾风吹拂，它们更是摇曳多姿，似乎与地下的根在一较劲力。那建筑上的窗子，错落有致，仿佛是轮船上的窗，浮沉在红砖卷起的浪花间，春天的浮云匆匆掠过，时而在窗上投下影子，让它一会儿映着辉煌，一会儿蒙了灰妆。有人正睡在吊床上，还有人，在这昏暗的光线中，那都是些朦胧的影子，我似乎是看到了，又像是幻觉，从草坪上匆匆跑过——没有人把她拦下吗？——接下来从阳台上探出了一个身影，像是出来透口气，顺带看一眼花园，衣衫那么朴素，前额如此饱满，

34

为人谦卑，也让人敬畏——那会不会就是那位著名的学者，会不会就是J——H——[1] 本人？一切都那么暗淡，却也如此强烈，似乎黄昏为花园笼上的薄纱已被星辰或是利刃划成了碎片——那是可怕的真相露出的锋芒，它从春天的心田里一跃而出。因为青春——

我的汤上来了。晚餐就设在大餐厅。其实，这是十月的夜晚，离春天还尚远。大家都集中在大餐厅里。晚餐已经准备好了。汤端上来了。就是那种清淡的肉汤。看上去平淡无奇，毫无诱人之处。汤清得可以见底，若是盘子底儿绘了什么图案，那也看得一清二楚。可惜连盘子也那么平淡无奇，什么图案都没有。接着端上来的是牛肉，配了青菜土豆——家常菜里最常见的三样搭配，让人想起周一的早晨，妇女们提着编织袋，走进满地泥泞的菜市场，在挂着的后臀肉前，或是对着叶边儿卷曲带着些枯黄的卷心菜，讨价还价，直到便宜了几分。既然供应充足，没有理由去抱怨我们日常的三餐，不用说，煤矿工人吃的还不如这些。梅子和蛋奶糕随后也上来了。若是有人抱怨，梅子即便和蛋奶糕一同下咽，也还是没营养的蔬菜（它们算不得水果），它们像守财奴的心脏一样多筋，渗出的汁液也像来自守财奴的血管，他们一辈子也舍不得喝酒、舍不得穿暖，更舍不得拿去接济穷人，这抱怨的人也该想到，毕竟还有些人慈悲为怀，连梅子也能接纳。下面上来的是饼干和乳酪，水罐便开始频繁地在人们之间传来传去，因为饼干本来就是干的，何况这饼干又味道十足。这就是全部了。晚餐到此结束。每个人都吱吱扭扭地把椅子从桌旁推开，旋转门来来回回地转个不停，不消一会儿，大厅里就收拾一空，再也找不到一丝饭菜的影子，毫无疑问，这里

---

1 J——H——：这里伍尔夫指的是简·哈里森，文化人类学家、古典学者，剑桥学派"神话—仪式"学说的创立者。为伍尔夫所仰慕。

已经为明天的早饭准备就绪了。走廊里、台阶上都可以看到英格兰的青年们，一边打打闹闹，一边放声歌唱。而一位客人，一个外人（因为我在芬汉姆学院这儿，和三一学院、萨默维尔、格顿、纽汉姆或是基督堂学院相比，也并无权利可言），能不能说上一句"晚餐一点儿也不好"，或是说（我们现在，我和玛丽·席顿，正在她家的客厅里）："我们不是能在这里单独享用晚餐吗？"因为要是说出了这样的话，我就已经在暗中打听、想弄明白这间房子里人家的经济情况了，在外人看来，这房子如此美丽，充满了欢笑和勇气。不，这样的话可不能说出来。说真的，谈话一时间变得索然无味了。人体结构就是如此，心脏、身体还有大脑浑然一体，并非一个个分开来装在不同的地方。毫无疑问，即使再过上千百万年也还是这样，所以，若要交谈得愉快，吃得好坏至关重要。一个人要想头脑清醒、爱情甜蜜、睡眠酣畅，若是吃不好，决然办不到。牛肉和梅子点不亮那心灵栖所的灯光。我们大概都会升天，而范·戴克，我们希望，就在下一个街角等着我们。这就是一日辛劳后，靠着牛肉和梅子滋养出来的心灵：将信将疑，还有诸多限制。让人高兴的是，我这位传授科学的朋友，橱柜里还有一坛酒、几盏小巧的杯子——可惜没有了鲑鱼和鹧鸪来开胃——我们才得以围坐在炉火旁，让一天生活里所受的伤害也有所慰藉。无须两分钟，我们的话匣子便打开了，你一句我一句，左不过是那没来的人激起的好奇和关心，再次相聚也无非如此——怎么有人结了婚，另一个却还没；这个人这么想，那个人那么想；谁也想不到有人会飞黄腾达，有人却每况愈下——话一开头，就难免会落到揣测人性并对我们所处的大千世界评头论足上去。虽然嘴上还在对这些议论纷纷，我已经暗自羞愧起来，因为心里的念头早已另起了炉灶，任由着自己的思绪飘向了另一个方向。你可能提到了西班牙或是葡萄牙，在谈论书籍或是赛马，但不管说了些什么，其实都并非兴趣所在。吸引你的，是五百年前，泥瓦匠们在高耸的屋顶上忙碌的画面。国王和贵族带了大袋大袋的钱财倾倒在土地上。这样一幅画面总会生动地浮现在我的心中，而在这画面之外，我还看到了皮包骨头的母牛、泥泞的菜市场、干枯的青菜，还有老人那满是筋络的心——这样两幅画面，既不相关也无联系，看上去都有些荒诞可笑，却总是一道出现、争先恐后，无可奈何之下，我也只得听之任之。最好的做法，莫过于把我心里的画面和盘托出，只要不会让交谈变了味，要是运气好，就会像先王的头骨，它们在温莎的古堡打开棺墓时便褪色、破裂了。于是，我便三言两语地告诉了席顿小姐，那些年来泥瓦匠们一直在小教堂的屋顶忙碌。还告诉她，国王、王后还有王公贵族们扛了整袋的金币银币在肩上，又一铲一铲地把它们埋进了土地；在我们自己的时代，那些金融大亨又是如何把支票和债券，我是这样以为的，投进了别人曾经藏金埋银的地方。而这些，我告诉她，全都长眠于那几所学院之下。但是，我们身处其间的这所学院，她那雄伟的红砖和花园中未经修刈的野草下，又埋藏着什么呢？在我们餐桌上那平淡无奇的瓷盘后面，还有（我还没来得及停下，就已经脱口而出了）那牛肉、蛋奶糕、梅子的后面，又是什么样的一种力量呢？

对，玛丽·席顿说，那大概是1860年吧——哦，这事儿你也知道，她这样说，大概是说的次数多了，听上去有些不耐烦。然后她告诉了我——房间原本是租来的。委员会碰了面。信封上写了几个地址，公告就贴了出来。会议接踵而至，一封封信被宣读，某某人许下了重诺。而相反，某先生连一个子儿也没给。《星期六评论》口下可不留情。我们去哪里筹笔钱来租下办公室？我们要不要搞个义卖？就不能找个漂亮姑娘来撑撑门面吗？去看看约翰·斯图尔特·穆勒[1]对这事儿是怎么说的吧？有没有人能说服某报的编辑把这一封信刊登出来？我们能不能找来某夫人为这封信落款签名？某夫人出城去了。六十年前，事情就是这样办成的，付出的汗水非比寻常，耗费的时间也如此之长。长期斗争、几经周折才筹来了三万英镑。[2]显而易见，她说，我们喝不上美酒，吃不上鹧鸪，没有头顶托盘的男仆，也没有沙发和单独的房间。"安逸舒适，"她从某本书上引述了这么一句话，"还是再等等吧"。[3]

　　一想到那些妇女，年复一年辛勤劳作也难以赚到两千英镑，却竭尽所能地筹来了三万英镑，我们忍不住要义愤填膺地疾声呐喊，来谴责女性的贫困处境。我们的母亲们那时都做什么去了，一笔钱也没给我们留下？忙着涂脂抹粉吗？是在盯着商店的橱窗，还是在蒙特卡罗的艳阳下招摇过市？壁炉台上挂着几张照片，玛丽的妈妈——要是那就是她的话——也许有了些闲余，便用去享乐了（她和教堂里的一位牧师生了十三个孩子），可真要是这样，那些铺张享乐的生活，又不曾在她的脸上留下多少欢乐的痕迹。她看上去是位平淡无奇的老太太，包在一块格子花披肩里，披肩用一枚大胸针扣了起来。她坐在柳条椅中，哄着一只长耳猎犬向镜头看，看上去

1　约翰·斯图尔特·穆勒（1806—1873）：英国哲学家、经济学家，早期女权主义者。

2　"人家跟我们说，至少应该要三万英镑……考虑到整个大不列颠、爱尔兰加上所有的殖民地，这样的学院就只有这么一所，这根本算不上大数目，再想想，一所男子学校筹得天文数字的巨款也是轻而易举的事情。但一考虑到就只有那么几个人真的希望妇女去读书，这还真是笔大数目了。"（史蒂芬夫人《艾米莉·戴维斯小姐生平与格顿学院》）——原注

3　"能刮来的每一个子儿，都被留作盖楼了，安逸舒适，都等以后再说吧。"（R.斯特里奇《事业》）——原注

乐在其中，却又有些紧张，因为她知道只要闪光灯一闪，她的猎犬准会直扑上去。若是她当初从商，做了丝绸制造商，或是证券市场上的大亨；若是她为芬汉姆学院留下了二三十万英镑，今夜会变得何等安逸，而我们的话题，也会变作考古学、植物学，或是人类学、物理学，可以探讨原子的属性，研究一下数学，说说天文，聊聊地理，还有相对论。只要席顿夫人还有她的母亲，还有她母亲的母亲，都学会了赚钱的伟大艺术，并像她们的父亲与祖父们先前所做的那样，把自己的钱财留下，专为女同胞们设置研究员和讲师职位，设立奖金和奖学金的话，我们就可以从容不迫地在这儿单独享用上一顿飞禽和美酒，可以理直气壮地去憧憬生活，在某种慷慨捐赠的职位里，尽享荫庇，愉快而体面地度过一生。我们或许正在探险，或是在写作，在迤逦的风光中信步游荡，坐在帕台农神庙的阶梯上沉思，或是早上十点钟去坐坐办公室，下午四点半舒舒服服地回家写上一首小诗。只是，如果席顿太太们从十五岁起就开始经商的话——这个论点的困难就在于——那就不会有玛丽了。我便问玛丽对此有何看法。从窗帘的缝隙往外看去，十月的夜晚静谧而甜美，渐渐枯黄的树木之间，闪亮着一两颗星星。她会不会愿意牺牲眼前的良辰美景，也牺牲她对苏格兰的回忆，那里的嬉戏和争吵（那是多么幸福的一家人，虽然是一大家人），那里让她赞不绝口的清新空气和可口的糕点，来换得芬汉姆学院那大约五万英镑的捐赠，只需她动一动手中的钢笔？须知，若要有钱捐给学院，势必要以家庭的牺牲为代价。既要赚大钱，又要生养十三个孩子，绝没有人可以做得到。想想这些事实吧，我们说道。先要十月怀胎，才能生下孩子。一朝分娩后，还要喂上三到四个月的奶水。哺乳期过了，又要花上大约五年的时间来陪伴孩子嬉戏玩耍。似乎也不能放任孩子们满街乱跑。有人在俄国看到过四处撒野的孩子，便告诉我们，这一点儿也不讨人喜欢。人们还说，从一岁到五岁，正是人性形成的时期。我便问道，要是席顿太太一直在忙着赚大钱，那些嬉戏和争吵会变成什么样子？苏格兰在你心中又会变成什么形象？还有那里清新的空气、可口的糕点，以及其他一切？只可惜这些问题并无意义，因为如果这样的话，你也就根本不会来到人间。更何况，如果席顿太太和她的母亲，以及她母亲的母亲积攒了大量财富，埋在了学院和图书馆的地基之下，结果会是怎样，这个问题本身同样毫无意义。因为，首先，她们不可能去赚钱，其次，即使她们有了可能赚到了钱，法律也拒不承认她们有权利把这些赚来的钱归为己有。席顿太太的钱包里装进了自己的一便士，也不过是最近四十八年来才发生的事情[1]。而在此之前的千百年来，那一直都是她丈夫的财产——而席顿夫人和她的母亲，以及她母亲的母亲一直都被证券交易所拒之门外，这种想法大概也难辞其咎。她们大概会说，我赚的每一分钱，都被拿走交给了我的丈夫，任由他的如意算盘来量入为出——或许就被拿去了贝利奥尔学院、国王学院，设了个奖学金，添了个研究员的职位。所以说赚钱，即便我可以去赚钱，也提不起我多大的兴趣。还是让我丈夫去操这个心吧。

无论怎样，且不去提该不该责怪那位忙着照看猎犬的老太太，毋庸置疑的是，出于某种原因，我们的母辈把自己的事情打理得一团糟。一个子儿也拿不出来以供我们"安逸舒适"，更别提让我们吃得上鹧鸪，喝得到美酒，请得起学监来护理草坪，读书，抽雪茄，去图书馆和拥有闲暇。在这荒芜的土地上建起光秃秃的墙壁，已经

---

1 伍尔夫在此处指的是 1870 年和 1882 年通过的《已婚妇女财产法案》，该法案允许已婚妇女保有自己挣来的财产。

尽了她们最大的努力了。

我们就这样倚在窗前谈天说地，俯瞰着下方，和每晚千万双眼睛一样，注视着这座名城里的穹顶和尖塔。在深秋的月色下，它们如此美丽，又如此神秘。古老的石墙洁白而庄严，让人想起那儿收藏的书籍；想起老主教和伟人们的画像，挂在木雕饰壁之上；想起斑斓的窗子，在地面上洒下圆圆的繁星和弯弯的新月；想起匾额、纪念碑，还有铭文；想起喷泉和青草，还有方形广场两侧安静的房间。我还想到（请原谅我的这种想法），那令人艳羡的轻烟、美酒和深深的扶手椅，还有柔软的地毯；想到温文尔雅与端庄体面无不来自奢华的生活、舒适与安逸。这些是我们的母辈不曾为我们提供的——她们连三万英镑都是一个子儿一个子儿挣来的，她们还为圣安德鲁斯大学的教士们生了十三个孩子。

于是，我便走回旅馆。走过那些幽暗的街巷时，我就像一个下了班的人那样左思右想。我在想，为什么席顿夫人什么钱都没给我们留下，贫穷又会给心灵带来什么影响，还有财富带给心灵的影响。我又想到了那天早上见到的那些肩披毛皮穗带、稀奇古怪的老先生们；又想起要是谁吹了声口哨，不知道那位老先生会跑成什么样子；想起小教堂里管风琴的哀鸣、图书馆紧闭的大门。而后又想到被拒之门外的不快，但转念一想，被关在门内说不定还要等而下之；还想到了男人享有安逸与富饶，而女人却要忍受贫穷和不安，还有传统的有无又在一位作家的心中留下了怎样的影响。最后我想，是时候该把这一天皮肤里的褶皱，还有种种争论、各种印象和这一天中的愤怒与欢笑，统统卷起丢到篱笆墙里去了。茫茫天幕上，千万点星光闪亮。而在一个不可思议的社会中，人人都似乎是形单影只。所有人都睡下了——或仰或卧，悄然无息。牛桥的街头巷尾，也杳

41

无人迹。甚至旅馆大门突然间的开合，也全然看不到推它的双手——连门役也全都睡下了，没有一个来为我掌灯，送我安息。夜已如此深了。

二

现在要是可以的话，请你们跟上我，换一个地方。还是一样落叶纷纷，只是，我们已经离开了牛桥，来到伦敦了。我还要请你们想象出这么一间屋子来，就是千家万户普普通通的那种，站在窗口，可以看得到往来的行人——他们头上戴着各式各样的帽子，还有形形色色的车辆，还看得到对面一扇扇窗。屋里有一张桌子，桌上放着张白纸，上面除去几个大字"女人与小说"，就空空如也了。遗憾的是，牛桥的午宴和晚餐，似乎让我有了去一趟大英博物馆的必要。唯有把个人的情绪和偶然的几率从这林林总总的印象中一一榨干滤净，才能提炼出纯净的甘露、真理的精油。因为，牛桥之旅连同那儿的午宴和晚餐，让我心下生出了许多疑问。何以男人饮酒，而女人喝水？何以一种性别享尽荣华富贵，而另一种却如此寒酸落魄？贫穷之于小说，影响几何？艺术创作，又需要哪些条件？——千般疑问蜂拥而至。但我们需要的是答案，而非问题。而要想知道答案，就要去咨询一下博学的先生、公正的大人，他们早就不逞口舌之争、不为身体所惑，而将自己的推理和论断编纂成书，公之于众，陈列在了大英博物馆里。倘若大英博物馆的书架上也找不到真理，我拿起了本子和铅笔，不禁自问，又要到哪里才找得到呢？

既然准备就绪，我就带着如此自信和这番好奇踏上了寻求真理的道路。天虽没下雨，但也阴沉沉的，而博物馆左近的街巷中，那四处可见的地下煤库洞口大开，一麻袋一麻袋的煤飞泻而下。四轮马车驶来，停在人行道边，卸下一箱箱捆扎结实、兴许是满满一大衣柜的衣物，这一家子大概是瑞士人或意大利人，想在这儿发大财或是避难，又或许是在布卢姆茨伯里[1]租间屋子，谋个生计，聊以过冬。嗓音粗哑的小贩们照例推着一车车的蔬菜在街道上熙来攘往。有人大声吆喝，有人唱腔十足。伦敦就像一个大作坊。伦敦就像一架织车。我们都不过是些前前后后穿来穿去的梭子，在这灰底子上织出些花纹来。大英博物馆就是这工厂里的另一个车间。推开几扇转门，我就站到了那恢宏的穹顶之下，就好像光秃秃的大脑门里一个念头飘然而入，这脑门儿上还写了一圈响当当的名字[2]，更添了几分辉煌。走到借阅台，拿过一张卡片，打开一卷书目，接着"·····"这儿的五个点，代表了我倍感惊愕、迷茫而不知所措的那五分钟。你们知不知道，一年之中，关于女人的书出了多少本？你们又知不知道，这些书中，有多少是出自男人的手笔？你们有没有意识到，或许，这世界上被人谈论最多的动物就是你们？我已经备好了纸笔，打算在这儿读上一个上午，满心期待只要花上一早上的时间，就可以把真理全都记在本子上。不过，要做到这一点，我得有一群大象和一窝蜘蛛的本领才行，因为众所周知，大象活得久，蜘蛛的眼睛多。另外，我还需要铁爪和钢牙，才凿得开这厚厚

1　布卢姆茨伯里：伦敦的一区，布卢姆茨伯里文化圈即因之而得名，包括弗吉尼亚·伍尔夫和她的姐姐，画家瓦奈莎·贝尔，小说家 E. M. 福斯特，经济学家约翰·梅纳德·凯恩斯等人。
2　这里是指大英博物馆穹顶周围所刻名人的名字。

的果壳。卷帙堆积如山，要我怎么才能找得到那么几粒真理的果仁？我扪心自问，绝望之下开始上下打量那长长的书单。即便只有这些书目，也够我好好动一动脑筋，细细咀嚼一番的了。性别及其特征，或许足以吸引医生和生物学家。但令人吃惊又让人费解的是，不单是讨人喜欢的散文家、妙笔生花的小说家，还有拿到了硕士学位的文人和什么学位也没有的男人，以及那些除了不是女人这一点之外就不值一提的男人，全都对性别——也就是说，对女人——兴趣盎然。这些书里，有几本，一看便让人觉得浅薄可笑。不过，更多的书恰恰相反，语气一本正经，通篇高瞻远瞩，满口道德教诲。只是读读书名便可想而知，曾几何时，不计其数的男教师和不计其数的男教士登上他们的讲台或是讲坛，口若悬河、滔滔不绝地就此话题做过长篇大论，而他们在此话题上费时之长，已经是超乎寻常了。这件事儿，真是奇怪之极，而很显然——说到这儿，我特意查了字母 M 这一栏——果然，只有男人才会这样。女人不写关于男人的书——这下我可放了心，因为若是要我先把所有男人写女人的书读上一遍，再将女人写男人的书也通读殆尽，那百年方开的龙舌兰大概都要开上两回，我才能开始动笔行文了。所以，我随便选了那么十来本书，便将借书卡放进了铁丝托盘，坐回我的座位，与同样在此寻求真理精油的人一起等待。

那么，这么奇怪的差别，究竟是什么原因造成的呢？我一边思考，一边在借书卡上信手涂鸦起来，这纸可是花了英国纳税人的钱买来的。从眼前的这份书单上看，男人对女人的兴趣要远远大于女人对男人的兴趣，可这究竟是为什么呢？虽说看上去事实如此，却让人觉得奇怪，我也开始浮想联翩，开始在脑海中勾勒那些在书中谈论女人的男人们到底过着怎样的生活：他们是年事已高还是青春年少，已婚还是未婚，有没有酒糟鼻子，驼没驼背 ——不管怎样，如此为人瞩目，他们不觉间也有些沾沾自喜，只要他们不全是瘫着腿或是老弱病残就好——我就这样沉浸在自己的胡思乱想之中，直到一大堆书倾倒在了面前的桌上。现在麻烦才算开始。牛桥的学生想必受过训练、会做研究，自然有办法绕开弯路，将问题径直引向答案的所在，就像羊儿直奔羊圈一样。就像我身旁的这位学生，正埋头抄录着一本科学手册，我敢肯定，每过十来分钟，他便能从中淘出些真金来。他那满意的咕哝声，无疑就是明证。但若是不幸没在大学里受过这样的训练，那问题大概就不再似羊儿归圈，而是成了惊惶的羊群，在一大群猎犬的追逐下，一哄而乱，四散而逃。教授、男教师、社会学家、牧师、小说家、散文家、新闻记者，还有那些除了不是女人外别无可提的男人，就是这样一拥而上，对我的那个简简单单的问题"女人为何贫穷？"穷追不舍，结果，这个问题一下子就变成了五十个问题；结果，这五十个问题发了疯似的纵身跳下了湍急的溪流，不知被冲到哪里去了。我的本子上，每一页都记满了笔记。为了让你们也知道我那时的所思所想，不妨念几页给你们听听。就拿这一页来说吧，标题倒很简单，明明白白几个大字：女性与贫穷。不过，下头的笔记却是这样：

中世纪的女性状况

斐济群岛上的女性习俗

女性被奉为女神

女性的道德意识较弱和其理想

女性的理想主义

女性更为勤恳

南太平洋诸岛女性青春期的年龄

女性之魅力

作为牺牲而被献祭的女性

女性的脑容量小

女性的潜意识更深

女性的体毛较少

女性的心智、道德和体力都较差

女性对儿童之爱

女性更长寿

女性的肌肉不发达

女性的情感丰富

女性爱慕虚荣

女性的高等教育

莎士比亚之女性观

伯肯赫德勋爵之女性观

英奇教长之女性观

拉布吕耶尔之女性观

约翰生博士之女性观

奥斯卡·布朗宁先生之女性观……

　　读到这儿，我歇了口气，对，我是在空白的地方又添上了一笔：为什么塞缪尔·巴特勒会说"聪明的男人从来不会说出他们对女人的看法"？显然，聪明的男人什么也不说。不过，我一边想，一边向后靠在椅子上，抬头仰望着这恢宏的穹顶，飘然而入的念头依然形单影只，而且现在还添上了些许烦恼。这么不凑巧，聪明的男人

46

们谈起女人来，偏偏总是各执一词。蒲柏说：

> 女人大都毫无个性。

而拉布吕耶尔却说：

> 女人爱走极端，跟男人比，不是更好，便是更坏。

他们两个，既是同代人，又都目光敏锐，得出的结论却针锋相对。女人有能力上学，还是没有？拿破仑认为她们没这本事。约翰生博士的意见正相反。[1] 她们有灵魂，还是没有？有些野蛮人就说她们没有。可与之相反，又有些人认为女人近乎神明，对她们顶礼膜拜。[2] 有些哲人认为她们头脑浅薄；另一些则认为她们的思想深邃。歌德称颂她们，墨索里尼则瞧不起她们。但凡读到男人谈及女人之处，就会看到他们的议论都莫衷一是。我以为，要从中理出头绪来，是不可能的了。同时，我不无妒忌地看了一眼隔壁的那位读者，他的笔记本上工工整整，一二三点，秩序井然，而我自己的笔记本上，左一句右一句，潦草凌乱记下的全是些相互矛盾的言论。这真让人沮丧、心烦意乱，脸上也觉得无光起来。真理已经从我的指缝间溜走了。一滴不剩。

---

1 "'男人知道女人更胜一筹，才选来她们之中最弱者与最无知之辈。倘若男人能放下成见，自然无须担心她们懂的跟他们一样多。'……为了避免对女人有失公允，我还是决定要开诚布公地承认，他在随后的谈话中对我说，他所说的并非虚言。"（鲍斯威尔《赫布里底群岛旅行日记》） ——原注
2 "古代日耳曼人相信女人身上有神圣之处，也因此将她们当作大祭司，凡事请教。"（弗雷泽《金枝》） ——原注

我还不能就这么回家，我想了想，一定要煞有介事地记下来，好让女人与小说的研究更为充实：女人较之男人，身上体毛稀少。要么就记下：在南太平洋诸岛上，女人的青春期是从……九岁开始还是十二岁？——心烦意乱之下，就连我的笔迹也益发潦草难辨了。忙了整整一个早上，要是拿不出什么更有分量、让人钦佩的东西出来，真是丢人。何况，若是从前我就不能抓住有关 W（为了简洁起见，我用此来称呼女性）的真相，那今后又有什么必要再去为 W 而操心呢？看来，再去向那些专门研究女性的先生们求教，也不过是白白浪费时间，虽然他们为数众多，博学广识，个个深谙女人和她们带给政治、孩子、工资或道德的影响。他们的书，我还不如不看。

不过，我也没有办法像我邻桌的那位一样，在本子上写下什么结论了。因为，我一边这样无精打采、毫无希望地动着脑筋，一边却不知不觉地画了幅画，占据了这本该写上结论的地方。我一直在画一张脸，一个人。画的就是那位忙着撰写他的传世之作《女人的心智、道德和体力都较差》的冯某教授的模样和形象。我画下的他，对女人而言，一点儿魅力也没有。他是个大块头，下巴也挺宽。为了平衡起见，我给他画了双极小的眼睛，还有个大红脸。脸上的表情一目了然，他在奋笔疾书时准是情绪激昂，下笔有如投枪，一笔一笔落在纸上犹如捕杀害虫，可惜即使杀掉了害虫，也未能让他如愿，他一定要能继续屠戮才行。即便是这样，也还有让他怒气冲冲、心烦气躁的理由。是不是因为他的妻子？我一边看着自己的画，一边问。她是不是爱上了一位骑兵军官？这位军官是不是玉树临风、风度翩翩，身穿一袭翻毛皮装？要么，按弗洛伊德的说法，是不是他在摇篮里就被某个漂亮姑娘嘲笑过？因为，我想，恐怕在摇篮里的时候，教授的尊容就不那么讨人喜欢。不管为何，总之是使得这位著书立说，大谈特谈女人的心灵、道德和体能如何低劣的教授，在我的勾勒下变得怒气冲冲、丑陋不堪。如此画上几笔，也算是一种休闲的方式，来为一早上的碌碌无为画上个句号。但常常正是在我们的闲暇里、我们的梦中，真理才从藏身之处显露出来。稍稍运用一下心理学的知识——根本不必拿精神分析的名号以壮声威——看上一眼自己的笔记本，我就明白，这幅怒容满面的教授是在怒气中画就的。就在我胡思乱想之际，愤怒夺去了我的画笔。可我的愤怒又从何而来呢？好奇、困惑、欢愉、厌倦——种种情绪在这个早晨接踵而至，每一样我都可以道出原委。而愤怒这条黑蛇，是不是一直都潜藏其间？没错，这幅素描如是说，愤怒的确潜藏在这诸多情绪之中。毫无疑问，就是那本书、那句话，唤醒了心中的这条恶魔——就是那位教授的那句"女人心灵、道德和体能低劣"。我便血脉偾张，面颊滚烫，不禁怒火中烧。这倒没有什么稀奇的，尽管这么做是有点傻。可谁也不喜欢被别人说成天生就比某个小男人还要低劣——我看了一眼身旁的那个男学生——他喘着粗气，戴着现成的领带，看上去两个星期都没刮胡子。人人都有些愚蠢的虚荣心。这只是人之天性，我一边想着，一边开始胡乱涂画，绕着教授的那副怒容画起了圈，直到教授的那张脸看上去就像是烧着了的灌木丛，或是一颗熊熊燃烧的彗星——不管怎样，反正已经是不成人样的鬼画符了。这位教授现在不过是汉普特斯西斯公园上烧着了的一把柴火了。不一会儿，我自己的怒火就得以释怀、烟消云散了。但好奇还在。那些教授的怒容该作何解释呢？他们是因何而怒呢？因为，只要把这些书拿来，细细体味一下它们留给我们的印象，总能觉察到有那样一丝热气。这股热气的表现纷繁多样：或讽刺，或伤感，或好奇，或斥责。而另有一种情绪也常常出现，只是难以立刻看得分明。我称其为愤怒。不过，这愤怒是在暗中涌动，掺杂进其他各种情绪之中的。从它那不同寻常的影响来看，这是遮遮掩掩、错综复杂的怒火，而非简单、直白的怒气。

不管是什么原因，我仔细打量着桌上的这堆书，心里想：对我来说，没有一本是有用的。尽管书中满篇人情世故，诸多耳提面命，有趣和无聊杂而有之，甚至还谈到了斐济岛居民习俗的怪诞之处，可从科学的角度来看，这些书毫无价值。它们都是在情绪的红光中写就，而非在理智的白光下写成。所以，必须把它们还到中间的那张桌子去，再把它们一一放回到那巨大的蜂巢里，各归其位。这一早上的工作，我所得到的，就是有关愤怒的这个事实。那些教授——且让我这么笼统地说吧——在发怒。可是，为什么？我还了书，站在廊柱下，站在成群的鸽子和史前的独木舟之间，我又开始问自己：为什么？我一再追问：他们为何而发怒呢？就这样，脑海中盘桓着这个问题，我漫无目的地行走，想要找处地方吃顿午餐。他们所谓的愤怒，究其本质又是什么呢？我这样问自己。而这个难题也陪着我在大英博物馆附近的一家小餐馆落了座，直至上菜。先前用餐的客人把晚报的午间版落在了椅子上，那时菜还没有上，我便漫不经心地浏览着标题。一行大字标题有如缎带横跨整版——有人在南非大获成功，小一点的缎带宣布奥斯汀·张伯伦爵士去了日内瓦，地下室惊现沾有人发的屠刀，某位大法官在离婚法庭上对女人的伤风败俗发了一番感慨。还另有几条新闻点缀在报纸的各处。一位女影星从加利福尼亚的山巅降下，被悬在了半空，又要起大雾了。在我看来，即便是这所星球的匆匆过客，只要拿起这份报纸，仅凭这些七零八落的证词，也不会看不出英国是个父权制的国家。任何人只要神志清醒，都不会感觉不到那位教授的高高在上。他有权，有钱，也有影响力。连报业都是他的，连同主编和副手们。他既是外务秘书，又兼为法官。他还是板球运动员。赛马也有，游艇也有。他是大公司的经理，在他的公司，股东可以赚到百分之二百的利润。他给慈善机构和大学留下了上百万英镑，不过这慈善机构和大学也全是他自家的。是他把女影星悬在了半空。也是他，来决定那屠刀上的毛发是不是属于人类；又是他，将要宣布凶手有罪无罪，是该施以绞刑，还是要当庭释放。除了那场雾之外，一切都尽在他的掌握之中。可他还是这么怒气冲冲。我是这样知道他在发怒的。在我读到他对女人的那些高谈阔论之时，想到的并非是这些言辞，而是他本人。立论者若是心平气和、据理力争，自然会专心于自己的论点。而读者也会一心不二，关注于此。要是他议论女人时心平气和，举出的例证也无可争议，让人看不出他意图得到的结论是此而非彼，我也不会因之而动怒。我会欣然承认事实，就像承认豌豆是绿的、金丝雀是黄的那样。我也会说："的确如此。"可我生气了，这是因为他在生气。我翻了翻晚报，想到如此大权在握的一个男人竟然会动怒，真是太可笑了。还是说，怒气这东西，不知何故成了魂灵，附上了权势，不离左右？我思忖着。譬如说，有钱人就常发火，因为总担心穷人会夺去他们的财富。那群教授，或者更确切一点来说，那群父权主义者，会如此怒气冲冲，大概是因为也有这种担心。不过，除此之外，还另有一个从表面上看并非如此明显的原因。说不定，他们压根就没"动怒"。确实，他们在私人生活中常常为人所仰慕，个个古道热肠，堪称楷模。但说不好，在他稍嫌过分地强调女人低劣的时候，其实关心的并非是她们的低人一等，而是自己的高人一等。那才是他涨红了脸，声嘶力竭来维护的东西，因为这才是他视如无价之宝的东西。生活，对于男男女女——我正看着他们一个挨一个地走在人行道上——都同样充满了艰辛、苦难，还有无尽的拼搏。这就要求我们付出无比的勇气与力量。或许，既然我们如此耽于幻想，那么生活便更要求我们拥有对自己的信心。没有了信心，我们就好像摇篮中的婴儿。而这样一种弥足珍贵、无法衡量的品质，又要如何才能在最短的时间内养成呢？想想别人不如自己。只须想一想和别人相比，自己有一些与生俱来的优越之处——或是财富，或是地位，或是自己的高鼻梁，或是收藏的罗姆尼为祖父画的肖像——好在人类的想象力无穷无尽，总有可怜的小花样来激发自己的优越感。因此，对这个不得不去征服、去统治的家长来说，自觉生来就高人一等，觉得无数的人，确切地说，是人类的一半都在其之下，这种心理是何等重要。这确实是他力量的一个来源。且让我用自己观察到的这个结论来考察一下实际情况，来看看这对于理解那些日常生活中曾让我们困惑不解、不得不在生活的空白处记下的那些心理疑团，是否也有所裨益，是否能解释 Z 先生[1]带给我的惊愕。有一天，这位一贯温文尔雅的谦谦君子，拿起了丽贝卡·韦斯特的某本书，读了其中的一段便大呼小叫了起来："十足的女权主义者！她把男人说成了势利小人！"这一句怒吼，倒让我吃惊不小。因为关于男人，韦斯特小姐说的差不多句句属实，除了不太好听。何以她就成了一个十足的女权主义者？这不仅是虚荣心受到了伤害而发出的哭号，也是他赖以自信的能力受到威胁时的抗议。几个世纪以来，女人的角色，就是一面可以让人心满意足的魔镜，男人照上一照，就可以看到两倍于自己的伟岸身材。若是失去了这种

1　Z 先生大约是指英国作家、评论家德斯蒙德·麦卡锡。伍尔夫在其 1928 年的日记中有所记述。

魔力，恐怕世界还是一片洪荒泥泞、密林草莽，又何来战争的荣耀？恐怕我们也还在羊骨的遗骸上刻画鹿的形状，还在用火石换来羊皮或是以我们单纯的眼光看来任何中意的朴素饰品。超人和命运之手从未有过。沙皇和恺撒也不曾戴上或丢掉头上的皇冠。不管各大文明社会将镜子用在何处，一切暴力和英雄壮举的背后，镜子的功劳都不可抹杀。这也就是为何拿破仑和墨索里尼两个都一口咬定女人低劣，因为如若不然的话，他们就没法变得伟岸了。在一定程度上，这就解释了为何男人常常需要女人，也解释了他们若是受了女人的批评，心里会多么不安；若要说这本书写得差，那幅画缺乏力度，诸如此类的评论，从男人嘴里说出来，都会让他们伤心愤怒，更何况还要让一个女人对他们评头论足、说出同样的话来，这又怎么可能不令他们更加心疼，更加愤怒。因为若是她开始说出实话来，那镜子里的形象便会开始萎缩，他在生活中的地位也要开始动摇。这样的话，要他怎么继续去宣布判决、开化民智、制定法律、著书立说，又如何盛装打扮以在宴会上高谈阔论？除非早餐晚饭之际，他还能看到至少两倍于自己的伟岸身材。我这么思考了一番，一边把面包捏碎，一边搅着咖啡，间或看了看街上往来的行人。镜中的幻象如此重要，因为它激发了生命力，刺激着神经系统。倘若移开，男人只怕活不下去，就像瘾君子一旦被夺去了可卡因。我望向窗外，想着在这往来的行人中，有一半人都为这种幻象所驱使，为工作而奔波。他们一大早就在这宜人的光芒中戴好帽子，穿上大衣。他们的一天从一开始便信心十足，精神抖擞，相信自己在史密斯小姐的茶会上定会大受欢迎。他们踱步进屋之时，还不忘对自己说"我比这儿一半的人都要高贵"，因此说起话来也扬扬自得。这对公共生活影响深远，也因此才在我们心中的空白处留下了这些疑团。

不过，就男性心理这样一个既危险又诱人的话题——这个话题，我希望，等你们每年能拥有自己的五百英镑时再去做一番考量——我的一二思绪，因为不得不付账单而被打断了。账单总共五先令九便士。我给了侍者一张十先令的钞票，他去找零钱给我。我的钱包里还另有一张十先令的钞票，这引起了我的注意，因为这是件让我激动不已的事——我的钱包会自动生出十先令的钞票来。我打开了钱包，钞票就出现了。社会为我提供鸡肉和咖啡，床榻和寓所，就因为有那么几张纸片。而那是我的一位姑姑留给我的，只因为我们的姓氏相同，别无他因。

我一定要告诉你们，我的姑姑——玛丽·贝顿，是在孟买骑马透气时从马上跌落而死的。我得知获赠遗产的那天晚上，国会也通过了赋予女人选举权的法案。一封律师信丢在了我的信箱里，打开之时我才知道，她留给我的，是从此往后每年的五百英镑。与选举权相比，属于我的那一笔钱似乎更为重要。在此之前，我靠着从报社讨来的一些零活来养活自己，报道一下东边的驴戏、西边的婚礼。我还靠着为人写信封，为老妇人读书诵报、扎些纸花，在幼儿园教小孩子识字赚过几英镑。而这些就是1918年以前对女人敞开大门的主要职业。恐怕不用我再把这些工作的辛苦之处一一详述，因为你们大概也认识做过这些工作的女人；也不用告诉你们赚钱糊口的艰苦，因为你们大概也曾尝试过。可依然让我记忆犹新，而且比这两者更让我倍感痛苦的，是那些日子在我心中孕育出的恐惧和酸楚。首先，总是要做自己不想要做的工作，还要像个奴才那样阿谀逢迎，虽说大概不必一直如此，但看上去还是有这种必要，倘若冒险，赌注未免太大；其次，一想到那才华——须知才华之逝如同魄散，虽然这才华微不足道，但对拥有的人来说却弥足珍贵——渐渐黯淡，连同我与我的魂魄——这就仿佛锈菌的侵蚀，落了春红、朽了树心。不过，我也说过，我的姑姑去世了。每兑现一张十先令的钞票，那锈斑和腐迹便剥去了一层；痛苦与酸楚也便消散了一分。的确如此，我把银币小心地放进了钱包，想到往日的艰辛苦痛。这的确意义非凡，一笔固定的收入竟可以让人的脾性发生这么大的变化。这世界上，没有任何力量可以从我这儿把那五百英镑抢去。衣食寓所将永远属于我。如此一来，消失的不仅仅是辛苦与操劳，连同愤恨与酸楚也一并无影无踪了。我无须再怨恨哪位男士，他也无法加害于我。我也不必去讨好哪位男士，他已经给不了我什么了。不知不觉中，我发现自己对那一半性别的人类，已经换了新的态度了。对任何一个阶层或是一种性别笼统地加以责备，实是荒谬。从不为自己的所作所为负责任的人大有人在。他们感情用事，无法自已。那些家长老爷、教授先生们，他们也有无穷无尽的烦恼、令人手足无措的障碍要去面对。他们所受的教育，在某些方面似乎与我并无不同，都有缺陷。而这也让他们养成了同样严重的毛病。没错，他们有钱也有权，付出的代价却是让一只鹰、一只兀鹫住进了他们的胸膛，无时无刻不在撕扯着他们的肝脏肺腑——那就是占有的本能、攫取的欲望，驱使着他们无休无止地去垂涎别人的土地与货物，去拓宽疆土、占据领地、建造战舰、研发毒气，甚至献上自己和儿女们的生命。行走在海军部拱门（我已经到了那座纪念碑）之下，或是任何一条用来摆放战利品和大炮的林荫道上，可以回想着这儿曾庆祝过的那份辉煌。或是在春日的阳光下，看着股票经纪人和高级大律师进了屋去赚钱，赚的钱越来越多，越来越多，而其实一年五百英镑就足以让人在阳光下享受生活了。我想，心里装满了这样的冲动，想必令人讨厌。优越的生活条件滋养了这些冲动，还有文明的匮乏，我看着剑桥公爵的雕像时这么想——确切地说，是看着他那顶三角帽上插着的那几根羽毛的时候。它们从未像如今这般被我凝神注目。而在我意识到这些缺点之后，心中的恐惧与酸楚也一点一点变作怜悯和宽容。要不了一两年，这怜悯与宽容也会化为乌有，而后，一切释然，万物本色尽观自在。就譬如说那座楼，我是喜欢还是厌弃？那幅画是美还是丑？在我看来，那部书是好还是坏？其实，姑姑的遗产让我眼前豁然开朗，我所看到的，不再是弥尔顿要我去永世敬仰的那一位体格魁梧、仪容威严的绅士，而是一方广阔的天空。

就这样左思右想间，我走上了河边那条回家的路。万家的灯盏渐渐点亮，夜色下的伦敦与晨曦时分相比，已是另一番景象。它仿佛一台巨大的织机，整日运行后，在我们的协助下，织出了几米的布匹来，美得让人惊叹——火红的缎面上燃烧着红通通的眼睛，像一个黄褐色的庞然大物，咆哮着喷出股股热气。甚至晚风也像是一面旗帜，拍打过房子，摇响了围栏。

而我的那条小街上，占上风的还是家庭生活。粉刷匠正从梯子上下来；保姆小心地推着婴儿车进进出出，回到餐桌旁；运煤的工人把空了的麻袋一个压着一个叠放整齐；戴着红手套的菜店老板娘正把今天的进账一笔一笔核清。而我正全神贯注于你们放在我肩上的这个难题，以至于眼前这些寻常的家长里短，也要找出一个核心所在来。我想，和一个世纪之前相比，要说清楚这些工作究竟哪个更高人一等，哪个又更急人所需，倒是更困难了。是做运煤的工人好，还是做个保姆好呢？跟一位赚了上万镑的高级律师比，一个拉扯大了八个孩子的清洁女工对这个世界的价值，是否就等而下之了呢？这样的问题，问而无益，因为没有人能够答得上来。不光是清洁女工和律师的相对价值，一个年代和另一个年代相比也会有涨有落，即使就是现在，我们也没有一杆秤可以为他们一分高下。要让那位教授提供这样那样"无可争议的证据"，以证明他对女人的论断，这是我的不对。即使现在有人可以说出每一种才能的价值来，这价值也会变化，很可能过了一个世纪，那些价值就完全变了样。何况——我站在自己的房门前，心想——再过一百年，女性已经无须再被保护了。她们理应可以参与到那种种曾向她们紧闭大门的活动中去。那位保姆会铲起煤块。那位老板娘会去开车。所有那些基于女人须受保护这样一个事实的想法都将一去不复返了——就像，举例来说（这时一队士兵正从这条街上列队走过），女人、教士和园丁要比其他人活得更长。取消对她们的保护，让她们面对同样的劳动与工作，让她们参军入伍、下海出航，让她们也去开汽车、在码头忙碌，女人们岂会因此就比男人们折了寿命、死得更早，以至于他们会说出"今天我看到了一个女人"，就好像从前人们会说"我看到了一架飞机"一样？一旦身为女人不再意味着要被保护，那么任何事情都有可能发生。我这么想着，打开了房门。可这些与我的主题——女人与小说，又有什么相干呢？我问自己，进了屋。

三

傍晚已至，却连一句有分量的说法、一个确凿无疑的事实都没能带回来，未免让人失望。妇女之所以比男人贫穷，是因为——这样那样的原因。或许，最好还是现在就放弃，不要再去探寻什么真理，不要再去轻信蜂拥而至的见解，管它是有如熔岩般炽热，还是像刷碗水一样淡而无味。最好还是把窗帘拉上，将惹人分心的事都拒之窗外，点亮灯盏，缩小探寻的范围，去请教一下历史学家，他们记录在案的可不是见解，而是事实，请他们描述一番妇女生活的境况怎样——倒不用从古至今地描述，只须讲一讲英国的妇女，譬如说，在伊丽莎白时代是个什么样子。

这是因为，那时的男人，似乎每两个人之中就有一个会写歌谣或是十四行诗，但在如此非凡的时代，却没有一位女人为其文学胜景添上过任何只言片语。长久以来，这让人百思不得其解。我便问自己，那时的妇女是生活在何等的境地中？因为小说本是源于想象，若说会像石子一样从天而降，绝无可能，虽然科学或许正是这样；小说就像一张蛛网，即便只是轻轻相连，那网的四角也连接着生活。通常其间的相连是极不易察觉的，就拿莎士比亚的剧作来说，它们似乎是单凭一己之力，悬而不落。但一俟把蛛网拉弯，钩住边角，扯破了中间，才让人想起来，这也并非是什么看不见的精灵在半空中的杰作，依然是受苦受难的人类之作，总是和物质生活息息相关，譬如健康、财富还有我们栖身的房屋。

我便走到了放着历史书的书架前，拿下了最新的一本——特里威廉教授所著《英国史》。我又在索引中搜寻"妇女"的字样，找到了"其地位"几个字，翻开所指的那几页。"男人打老婆，"我读下去，"已成天经地义，不管他地位高下，打起老婆来，便没了分别，全然没有一点羞耻。"这位历史学家继续写道："女儿若不嫁父母所择之婚，便有可能被关进屋里饱受拳脚，而公众对此也是无动于衷。婚姻无关个人情感，只视乎家庭的贪婪，这在'骑士风度'十足的上流社会尤甚……往往一方或是双方还尚在摇篮，婚约便已订好，而尚未能离得开保姆，就要迈入婚姻的殿堂。"那是1470年前后，乔叟的时代刚结束不久。再提到妇女的地位，已是二百年之后的斯图亚特王朝时期了。"妇女为自己选择夫婿，即使在中上流社会，也属罕事，若是许配给了某位先生，那先生便是一家之主了，至少法律和习俗给了他这个地位。但即便如此，"特里威廉教授总结道，"不管是莎士比亚剧中的女性，还是更可信的17世纪的回忆录中所记载的女性，譬如弗尼夫妇和哈钦森夫妇回忆录中的女性，似乎都不乏个性和特点。"那是当然，我们想想也知道，克莉奥佩特拉一定魅力非凡；麦克白夫人，我们会觉得，富有心计；罗莎琳德，我们大概可以断定，是位动人的姑娘。特里威廉教授说莎士比亚剧中的女性似乎不乏个性和特点，这倒是说出了实情。倘若不是历史学家，或许可以走得更远一些，大可以说有史以降，一切诗人的一切作品中，妇女无不灿若光华——剧作家的笔下，就有克吕泰涅斯特拉、安提戈涅、克莉奥佩特拉、麦克白夫人、菲德拉、克瑞西达、罗莎琳德、苔丝狄蒙娜、马尔菲公爵夫人；还有散文家笔下的人物：米拉芒特、克拉丽莎、蓓基·夏泼、安娜·卡列尼娜、爱玛·包法利、盖芒特夫人——这些名字纷至沓来，一时涌上心头，没有哪一个让人觉得妇女缺乏"个性和特点"。一点不假，要是妇女只存在于那些男人所著的小说中，我们还会以为她准是个举足轻重的人物呢。她们千姿百态，或高尚，或恶毒；或光彩照人，或肮脏卑鄙；既有美得无与伦比，也有丑得不堪入目；她们和男人一样了不起，还有人认为她们甚至更胜一筹。[1]但这是小说中的妇女。事实恰如特里威廉教授指出的一般，她被关进屋里，饱受拳脚。

于是，一个非常奇特、杂糅而成的人物便诞生了。在想象之中，她无比尊贵，而实际上，她根本无足轻重。翻开诗卷，她的身形随处可见；查阅历史，她却几乎无迹可寻。小说中，她左右着帝王和征服者的生活，事实却是，只要哪个男孩的父母为她硬套上了枚戒指，她就听命于那个男孩，做了他的奴隶。文学作品中，她也时常有感而发，唇间道出隽永深刻的思想；而真实生活里，她却认不得几个字，更不会写，只算得上丈夫的财产而已。

先读过历史，又读完诗章，这样拼凑出来的，一定是个奇特的怪物——她是长着鹰翅膀的蠕虫，是生命与美的精灵，却在厨房里剁板油。只是这些怪物，想象一下纵然有趣，其实并不存在。若要看到她生活中真正的模样，那么，我们就必须在同一刻，既要充满诗意，还能如实地看待她，这样一来，才不会远离了事实——就是说，她是马丁太太，已经三十六岁了，穿着一身蓝衣服，头上戴顶

---

1 "雅典娜之城的妇女所受压迫，几乎与东方妇女一样，或为宫婢或做苦工，然而在其戏剧舞台上，却诞生了克吕泰涅斯特拉和卡桑德拉、阿托莎和安提戈涅、菲德拉和美狄亚，还有所有那些主宰了那位'讨厌女人'的欧里庇得斯笔下一出又一出剧的女主角们，究竟为何，这仍是一个奇怪的不解之谜。生活中，为人尊敬的妇女是不可以独自外出抛头露面的，然而在舞台上，女人不是和男人平起平坐，就是更胜一筹，这种矛盾之处至今也不曾有过圆满的解释。在现代悲剧中，这种女性的支配地位依然如故。不管怎样，草草翻阅一遍莎士比亚的作品（韦伯的作品与此相似，马洛或约翰生的剧作则不同），便足以看出女性的这种支配地位、这种主动权，是如何从罗莎琳德到麦克白夫人一脉相承的。拉辛的剧也是如此，他的六部悲剧，都以女主角命名。我们又可以找哪一位男性角色可以跟埃米奥娜、安德洛玛刻、蓓蕾尼丝、罗克珊和费德尔、阿达莉相媲美？易卜生也不例外，哪一位男性又可以与索尔维格、娜拉、海达、希尔达·旺格尔，还有丽贝卡·韦斯特相提并论呢？"（F. L. 卢卡斯《论悲剧》，第114—115页）——原注

黑帽子，脚上穿着双棕色的鞋。不过，与此同时，也不要忘了诗意的眼光——在她身上，各种各样闪亮的精神和力量流动不息，永不停止。然而，一旦我将这种方法用在伊丽莎白时代的妇女身上，只有诗的想象也是无能为力，因为事实的缺乏让人望而却步。对于她，我无从了解，没有任何细节，既不确切也不具体。历史对她几乎不闻不问。于是我再次向特里威廉教授求助，看看历史对他来说意味着什么。浏览过诸章标题后，我发现，对他而言，所谓历史就是——

"采邑与敞田耕种法……西多会修士与牧羊业……十字军东征……大学……下议院……百年战争……玫瑰战争……文艺复兴时期的学者……修道院的瓦解……农村中及宗教中的冲突……英国海上力量之伊始……无敌舰队……"诸如此类。间或会提到某位女性、某位伊丽莎白或是某位玛丽，一位女王或是一位贵妇。可是，一位除了头脑和个性外便一无所有的中产阶级妇女，是绝无可能参与到任何重大运动中的，而正是这些运动——相继，才构成了历史学家对往昔的看法。即便是在那些趣闻逸事中，也找不到她的踪影。奥布里难得提起她。她对自己的生平，也只字不提，连日记也几乎不曾记过；只有几封她的书信尚且在世。她不曾留下过任何剧作或是诗歌来让我们借此做出评价。我想，人们所需要的——为什么纽汉姆学院或是格顿学院就没有一个才华横溢的学生可以提供这些呢？——是大量的信息：她是多大年龄结的婚？一般情况下，会有几个孩子？她的房子是个什么样子？她有自己的房间吗？她做饭吗？她会不会有一个用人？所有这些事实都不知在何处沉睡，也许，是在教区的名册或是账簿中。伊丽莎白时代的普通妇女，她们的生活一定是散落在某个地方，会不会有人收集了起来，编纂成册？

我一边在书架上寻找着并不在那里的书籍，一边想，要让我去跟那些知名学府的学生们说，建议他们重写历史，这恐怕是种奢求，超出了我的勇气，尽管我也认为，历史看上去总有一些古怪，不够真实、有失偏颇，可他们为何不能为历史添上一个补遗？当然，这一部分的名字不要太醒目，这样，妇女的出场，大概尚不失礼数。要知道，在大人物的生活中，她们也时常可见，只是匆匆就退到幕后，我有时会想，那藏起的，可能是一个眼色，或是一阵笑声，也许，是一滴泪水。毕竟，我们看够了简·奥斯汀的生平，乔安娜·贝利的悲剧对埃德加·爱伦·坡诗歌的影响，也似乎并无多加考虑的必要。就我自己而言，就算玛丽·拉塞尔·米特福德的住宅和行止之处向公众关闭长达百年以上，我也并不在意。然而，我之所以觉得可悲——我再次仰望着书架——是对 18 世纪之前的妇女，我们竟一无所知。在我的心中，找不到一个可供我细细考量的对象。如今我在这儿，思忖着为何伊丽莎白时代的妇女不写诗，却无法确定她们受过怎样的教育；是否学过写字；有无自己的起居室；有多少妇女在二十一岁之前就已生儿育女；她们一日之内，简言之，从早八点到晚八点之间究竟做了些什么。很明显，她们身无分文。按照特里威廉教授的说法，不管她们是否心甘情愿，未等成年，很可能不过十五六岁，便早已成婚。就凭这一点，我可以说，要是她们中能有人突然写出了莎士比亚的剧作，那才是天大的怪事。我想到了一位老先生，虽然现在已经离世，不过，我想到他曾做过主教，他宣称，不管是过去、现在，还是将来，都不会有任何一个女人，能像莎士比亚那般才华四溢。就此，他曾为报纸撰文。他还跟一位来向他讨教的夫人说，其实，猫是上不了天堂的。虽然——他补充道——它们也有类似灵魂的东西。为了救赎我们，这些老先生是多么殚精竭虑！他们每进一步，无知的边界便向后退缩！猫上不了天堂。妇女写不出莎士比亚的剧作。

诚然如此，我看着书架上莎士比亚的著作，不能不承认，那位主教至少在这一点上是对的，那就是，在莎士比亚的时代，没有任何一位妇女能写出莎士比亚那样的剧作，绝无可能。既然事实难寻，不妨让我想象一下，若是莎士比亚有一个天资聪颖的妹妹，比方说，朱迪丝，那会发生些什么事情。莎士比亚本人，非常可能上的是——他的妈妈继承了一笔遗产——文法学校，他在那里学习拉丁文——奥维德、维吉尔还有贺拉斯——还有基础的文法和逻辑。众所周知，他是个顽劣的孩子，在别人的地界偷猎野兔，或许还打到了一头鹿，还不该结婚时，便不得不娶进了邻家的女子，还没足十个月，她便为他生下了一个孩子。这场闹剧让他跑去了伦敦，自谋生路。他似乎对剧院情有独钟，先是在后台门口为人牵马，很快，就加入了剧团，成了当红的演员，从此长住世界的中心，交游甚广，无人不识，在舞台上实践他的艺术，在街头巷尾磨炼自己的才智，甚至登上了女王的殿堂。而此时，我们不妨认为，他那位天资聪颖的妹妹则是留在了家中。她和莎士比亚一样，喜欢探险，热爱幻想，也渴望去外面见世面。可没人供她读书。她没有机会学习文法或是逻辑，更不用说阅读贺拉斯或是维吉尔。她偶尔会拿起一本书翻上几页，那大概还是她哥哥的。可这时，父母进来了，让她去补袜子，要么就是去看着炉子上的饭菜，不要在书本纸张上浪费时间。他们语气严肃，但态度和蔼，因为他们是本分人家，知道女人的生活状况究竟是如何，也疼爱自己的女儿——没错，父亲极有可能把她当作自己的掌上明珠。说不定，在存放苹果的阁楼上，她也曾偷偷写过几页纸，不过，想必是小心藏好，或是烧掉了。可惜的是，要不了多久，她还不过十来岁，便被许给了邻居家羊毛商的儿子。她又哭又闹，说自己讨厌这门亲事，为此遭了父亲的一顿痛打。后来，父亲不再责骂她，而是求女儿不要惹他伤心，不要在婚姻大事上让他难堪。他说会给女儿一条珠链，或是一条上好的衬裙。说这话时，父亲的双眼噙着泪水。这让做女儿的怎么能不听从呢？她怎么会让父亲伤心呢？唯有生来的才情让她硬下了心肠。她把自己的物品收拾成一个小包袱，在一个夏夜沿着绳子爬下了窗，上路去了伦敦。她还不到十七岁。树篱间的鸟儿也不如她的音节悦耳。对于词汇的音韵，她和哥哥一样，有着最敏捷的想象力。和哥哥一样，她也钟情于戏剧。她站在后台门旁，她说，她想演戏。男人们当面嘲笑她。剧院经理——一个多嘴的胖男人——更是一阵狂笑，嚷嚷地说了一通狗儿跳舞和女人演戏什么的——女人哪里会演戏，他这么说。他还暗示——你们一定能想到他暗示了什么。她无处训练她的才艺。难道能让她去找家酒馆就餐，夜半三更还在街头徘徊？不过，她的才华适宜写小说，她渴望能观察到形形色色的男女，研究他们的行为举止。最后——要知道她还很年轻，长得和大诗人莎士比亚十分相像，同样是灰色的眼睛，弯弯的眉毛——最后，演员经理尼克·格林对她心生怜悯，结果，她发现自己怀了那位先生的孩子，所以——当诗人的心为女人的身体所困，谁能知道她心中的灼热和狂暴呢？——在一个冬天的夜晚，她结束了自己的生命，葬身在某个十字路口，如今，那里成了大象城堡酒店，门外停靠着往来的公共马车。

在我看来，若是在莎士比亚的时代，有一位妇女的才华堪与其比肩，她的人生故事大致就是这样了。但是，就我而言，我还是同意那位已逝的主教，倘若他的确做过主教——也就是说，莎士比亚时代的妇女，若是有如莎士比亚一般生就如此的才华，那绝对是不可思议的事情。因为如此才华是不可能诞生在日夜操劳、大字不识、卑躬屈膝的一群人当中的，不可能诞生在英国的撒克逊人和不列颠人当中，也不可能诞生在今天的工人阶级中。那么，按照特里威廉教授所说，那些尚且年幼，便被父母逼去做工，而在法律和习俗的束缚下又不得脱身的妇女中，又怎能诞生出如此的奇葩？但妇女中必定也有天才，正如工人阶级中也一定存在天才一样。间或会有一位艾米莉·勃朗特或是一位罗伯特·彭斯一时间光彩夺目，证明了天才的存在。而这种天才想必不曾载于史册。但是，当我读到有位女巫被推入水中，读到某个女人被魔鬼上了身、一位聪明的女人在卖草药，甚至是某位声名显赫的男人有位母亲时，我就想到，沿着这些踪迹找下去，就会找到一位被埋没的小说家，一位受压制的诗人，某位默默无闻、不为人知的简·奥斯汀，某个艾米莉·勃朗特，正在荒野上撞得头破血流，或是在路旁愁眉苦脸，因为天赋的折磨让她发了狂。没错，我敢说那位写下那么多首诗，却不曾签上真实姓名的"无名氏"，多半是位女人。我想，应该是爱德华·菲茨杰拉德曾暗示说，创造了这么多民谣和民歌的，是一位女人，她为自己的孩子低声哼唱，来打发纺线的时光，度过漫长的冬夜。

这或许是真的，也或许是假的——谁知道呢？——但想一想我所编造的那个莎士比亚妹妹的故事，在我看来，这其中的真相就是，任何一位生在16世纪的才女，注定会发疯，饮弹自尽，或是在某个远离村庄的荒舍孤独终老，既像个女巫，又像个魔法师，为人取笑，却又让人害怕。要知道，这位天赋过人的妇女，一旦将其才华用于诗歌，除了旁人的百般阻挠，她对这诸多障碍的本能抗拒也让她备受折磨、精疲力竭，不用太多心理学的技巧也能肯定，她的健康和精神想必是大受其害了。没有哪个女人走到伦敦，便可以从剧院的后台径直冲到演员经理们面前，而不曾经受侮辱、遭受痛苦，也许这毫无道理可言——贞洁，或许只是一些社会不知出于何种居心所创造出来的崇拜之物——但却是不可避免的。贞洁，在当时，以至现在，在妇女的生活中，仍具有着重要的宗教意义，牵扯着每一根神经和种种本能，若要将它剥去这重重束缚，将之暴露在光天化日之下，需要的是莫大的勇气。要在16世纪的伦敦过着无拘无束的生活，对一位女诗人、女剧作家而言，就意味着精神上将要承受巨大的压力与困窘，而这，或许就会将她逼上绝路。纵使她可以绝处逢生，她写下的文字也已经扭曲变了形，因为激发这些文字的想象力早已走了样、生了病。我看了看书架，上面没有一部戏剧是女性所作，我想，毫无疑问，她是不会在作品上署名的。这必定是她保护自己的方法。这是贞洁观对妇女所要求的缄默残留在19世纪晚期的遗迹。柯勒·贝尔、乔治·艾略特、乔治·桑，无一例外都是内心斗争的牺牲品，这在她们的作品中昭然若揭。她们用男人的名字来做掩饰，却是徒劳无功，这样做只是向传统低了头。而传统，即使不是由男人们牢牢树立，也是他们大加鼓励的（伯里克利曾说过，一个女人最大的光荣，莫过于不让人议论纷纷，虽然他自己常为人所议论），认为妇女抛头露面是为人所不齿的。缄默流淌在她们的血液中，遮遮掩掩的念头也仍左右着她们。时至如今，她们也不曾像男人那样关心声誉的好坏，一般而言，女人经过墓碑或是路牌，也没有那种迫切的欲望想要把自己的名字篆刻其上。换作阿尔夫、伯特或是查斯，则必定会听从他们的本能，就像看到了漂亮女人或是条狗，便会喃喃自语，这狗是属于我的。当然，也可能并不是一条狗。我想到了议会广场、胜利大道和其他的林荫大道，也许就是一块土地，或是一个黑色卷发的男人。身为女人的一大好处就是，就算看到一个极其漂亮的黑人女子，也可以径直走过，而不必心生奢念，要把她造就成一个英国女人。

那么，那个身负诗才，生在 16 世纪的女人，必定是不幸的女人，一个违背自己心愿的女人。不管她的胸中有何机杼，也须有合适的心境，才能得以抒发，可身边的种种条件，心底的样样直觉，全都与之作对。我自问，究竟是何等心境，才最有益于创作呢？此刻，我翻开一卷书，那是莎士比亚的悲剧。在他写下《李尔王》和《安东尼与克莉奥佩特拉》之时，会是怎样的心境呢？那自然是古往今来最适宜写下诗行的心境。但是莎士比亚对此只字未提。我们只是不经意间，偶然地知道了他"从未涂改过一行字"。或许，18 世纪以前，确实没有哪一位艺术家谈起过自己的创作心境。也许是卢梭开了先河。不管怎样，到了 19 世纪，自我意识有了长足的发展，文人墨客大都喜欢谈一谈他们的心境，不管是在忏悔录还是在自传中。也有人为他们著书立传，他们的书信在死后也有人出版。所以说，尽管我们不知道在创作《李尔王》时莎士比亚的心境如何，我们却知道卡莱尔在写下《法国革命史》时所经历的境况，也知道撰写《包法利夫人》时福楼拜所历经的一切，还有济慈，在他试图以诗歌来抗议死之将至以及世间的冷漠时，他的所经所历。

现代文学中卷帙浩荡的忏悔录和自我分析留给人的印象就是，任何一部天才作品的诞生都须历尽千辛万苦。事事都妨碍着作家将心中的作品完整写下。物质环境一无是处，狗儿也来吵，人们也来打扰，钱还必须去赚，身体也要垮掉。除此之外，还有那世间无人不晓的冷漠，让这一切更为艰辛，让人格外难以忍受。这个世界并不要求人们去写诗、写小说，甚至是写历史，这个世界并不需要这些。它不在意福楼拜是否找到了正确的字眼，卡莱尔是否谨慎地查证了这儿或那儿的事实。自然，对它不需要的东西，它连一个子儿也不会付。所以，那些作家，济慈、福楼拜、卡莱尔，没有一个不曾为生活所困，频频沮丧气馁过，尤其是在他们尚还年轻、创作力最旺盛的时候。从这些自我分析和忏悔录中传出的，是一句诅咒，一声痛苦的哀号。"伟大的诗人在不幸之中死去"——这是他们的歌谣传唱的主题。倘若还有任何东西可以历经所有的一切留存下来，那便是奇迹，而很有可能，没有任何一本书在其诞生之际还能与最初的构思完全一致而未经损害。

但看着眼前这空空的书架，我想，对妇女而言，这重重的困难岂非更让人生畏。首先，想要有一间自己的房间，即便是在19世纪初，也还是绝无可能，更不用说这房间还要安静、隔音，除非她的父母格外富有，或是尤其尊贵。既然她的针线钱完全仰仗着父亲的脸色，倘若有剩些，也只够她自己的穿衣，她甚至不能像济慈、丁尼生或是卡莱尔，不能像所有贫苦的男人那样找些消遣，譬如徒步旅行，到法国去，找一间寓所住下，哪怕条件再简陋，也可以让她远离家庭的强求与专制。这些看得见的困难是可怕的，但更为可怕的，却是那些看不到的。世间的冷漠，曾让济慈、福楼拜和其他的才子难以忍受，而到了她那里，冷漠已经变作敌意。世人对她所说的话，并不像对他们的一样，要写便写吧，这与我无关。世人的话变成了哄笑：写作？你写出来的东西又有什么用？我看着依然空空如也的书架，心想，纽汉姆学院和格顿学院的心理学家们在这儿或许可以帮上我们的忙了。因为，要想知道挫折究竟对于艺术家的心灵影响几何，现在正是应当来衡量一番的时候了，我就曾见过一家乳制品公司是如何衡量普通牛奶与优质牛奶对老鼠身体所造成的影

68

响。他们把两只老鼠关进不同的笼子，放在一起，其中一只胆小、体弱、贼头贼脑，另一只则胆大、肥硕、毛色光亮。那么，我们提供给女性艺术家的食物又是怎样的呢？我想，是那顿梅子和蛋奶糕的晚宴让我想起了这个问题吧。要想回答这个问题，只消打开晚报，就可以读到伯肯黑德爵士的高见——不过我确实不打算为引述伯肯黑德爵士对妇女写作的见解而费神。英奇教长的话也搁在一边。就算哈利街上的专家去用喧嚣在哈利街上激起回声，我头上的秀发也不会为之所动。但我还是要引述一下奥斯卡·勃朗宁先生的话，因为勃朗宁先生曾在剑桥显赫一时，也曾为格顿和纽汉姆两所学院的学生考过试。奥斯卡·勃朗宁先生常说，看过任何一份试卷，都会让他以为，不管他打的分数高低，最优秀的女人跟最差的男人相比，还要等而下之。说完这句话，勃朗宁先生便转身回了房——而正是这后一点，让他如此受人爱戴，成了一个颇有分量和威仪的人物——他回到自己的房间，发现一个小马倌躺在沙发上，瘦得皮包骨，双颊凹陷，脸色蜡黄，牙齿漆黑，看起来四肢瘫软无力……"那是阿瑟，"勃朗宁说道，"他可是个难得的好孩子，品行那么优秀。"在我看来，这样两幅画面正可以取长补短。而在如今这个传记盛行的年代，颇让人欣慰的是，这样的两种情形，也确实勾勒出了更为完整的画面，也因此，对于大人物们的高见，我们才可以既听其言，又观其行，才可以理解得更为透彻准确。

虽然现在这已成为可能，但即便只是五十年前，大人物嘴里若是说出这种话来，还是会让人大惊失色。不妨假设，一位父亲，出于最良好的动机，不愿让女儿离开家去做什么作家、画家或是学者。他准会说："听听奥斯卡·勃朗宁先生是怎么说的。"何况，远不止奥斯卡·勃朗宁先生这么说，还有《星期六评论》，还有格雷格先生——"妇女生命之本质",格雷格先生斩钉截铁地说,"就在于为男人所供养,并伺候男人。"——大男子主义的观点不胜枚举,大体上都是在说,女人的才智一无可取。即使那位姑娘的父亲并没有大肆说教,她自己还是可以读到这些观点,而这样的文章,就算是在 19 世纪的今天读到,也会让人觉得心灰意冷,让她的作品也因此受了影响,打了折扣。总有人会斩钉截铁地跟你说——这是你不能做的,那是你做不到的——而我们就应该提出抗议,去摆脱这种影响。也许对小说家来说,这种病菌已经不再那么容易让人感染,因为,已经有了杰出的女小说家。但画家们一定还在为之困扰。而我想,音乐家们,哪怕是到了现在,一定还在深受其害。女作曲家的地位,就和莎士比亚时代的女演员地位相同。我想起了自己编的那个莎士比亚妹妹的故事。尼克·格林曾说,女人演戏让他想到狗儿跳舞。两百年后,约翰生对布道的妇女又重复了同样的话。而翻开一本有关音乐的书,此时,我可以说,就在公元 1928 年,对于试图作曲的妇女,这些字眼又出现了。"关于热尔梅娜·塔耶芙尔小姐,我只能重复约翰生博士对一位女教士所说的至理名言,不过要换成音乐的说法。'先生,一个女人作起曲来,就像一条狗要用后腿走路一样。曲子自然不好,不过,让人吃惊的还是她竟然会去作曲。'"[1] 历史的重现,就是这般毫厘不爽。

因此,合上奥斯卡·勃朗宁先生的传记,也抛开其他人的不谈,我的结论就是,很明显,即便是在 19 世纪,人们也不鼓励女人成为艺术家。相反,女人遭人冷落、侮辱、训诫、规劝。她们又要抵制这个,又要反对那个,势必思想紧张、筋疲力尽。在这儿,我们谈

1　塞西尔·格雷,《当代音乐概述》,第 246 页。——原注

论的范围仍然没有超出那个非常有趣却又不招人注意的男性情结，它对妇女运动产生了巨大影响。这一根深蒂固的愿望，即与其要让她低人一等，不如让他高人一筹，使得他不仅处处横挡在艺术的前面，还封锁了通往政治的道路，哪怕这给他带来的风险微乎其微，而乞求者谦卑又忠诚。我记得，就连对政治满腔热情的贝斯伯勒夫人也屈身低头，写信给格兰维尔·莱韦森-高尔："……尽管我对政治极为狂热，也就这个话题谈了很多，但你说女人无权搞政治或是其他严肃的事业，顶多（在别人问起她时）给点意见，这点我倒是完全同意。"她接着将一腔的热情都花在了那个极其重要、对她也毫无阻碍的话题上去了，那是格兰维尔勋爵在下议院的首次演说。这在我看来才是个奇怪的情形。男人反对妇女解放的历史也许比妇女解放本身的历史还要有趣得多。若是格顿或纽汉姆学院的哪位学生搜集来例证、演绎出什么理论，大可以写出一本有趣的书来——不过，那她可要准备好一副厚手套戴在手上，还要有磐石般的意志来保护自己。

不过，合上贝斯伯勒夫人的书之后，我所想到的是，现在看来的可笑之处，人们也曾极为认真地对待过。我敢说，如今被认作鸡毛蒜皮、只有那么几个人用来打发夏夜的闲书，也一度让人为之潸然落泪。你们的祖母以及曾祖母辈中的人，为这些书失声痛哭的不在少数。弗洛伦丝·南丁格尔因为痛苦而放声哭号[1]。何况，对你们来说，一切尚好，可以读大学，有了自己的起居室——还是说，不过是卧室兼起居室？——你们便可以说，天才大可以对这些意见不屑一顾，天才应当超然于旁人的议论。不幸的是，正是天才的男人和女人才最在意众人对他们的评头论足。请记住济慈。记住他为自

---

1 参见弗洛伦丝·南丁格尔的《卡珊德拉》，见于 R. 斯特雷奇所著《事业》。——原注

己刻下的墓志铭。再想想丁尼生，想想……不过，似乎不用我一一举出这些无可否认的事实。虽然事实确乎让人惋惜，但过分在意自己的声名正是艺术家的天性。而文学中自然不乏由于过分在意旁人的议论而毁于一旦者。

在我看来，这种敏感使他们的不幸加倍，因为若要一抒胸臆，把心中的作品完整顺利地写出，这种巨大的努力有赖于艺术家炽热澄明的心境。这就回到了我最初提出的"何种心境才有益于创作"的问题。看着眼前摊开的《安东尼与克莉奥佩特拉》，如我所想，那就是莎士比亚的心境，无所挂碍，无有异物。

尽管我们说，对于莎士比亚的心境我们一无所知，诚然如此，在我们说出这句话之时，我们也道出了一些有关莎士比亚心境之事。之所以我们对莎士比亚知之甚少——若是与多恩或是本·琼生，又或是弥尔顿相比的话——是因为，他所有的愤恨、怨气和憎恶都不为我们所知。没有什么"秘闻"来左右我们，让我们时时想到作家。抗议，劝诚，诉冤，报复，让全世界来见证艰辛与不公，这一切的痴心妄想都从他的身上燃烧殆尽，烟消云散了。所以，他的诗歌自由地奔流，无拘无束，无挂无碍。若曾有人将自己的作品表达得如此圆满，那就是莎士比亚。我再次转向书架，心里想到，若曾有人的心境如此澄明清净，那就是莎士比亚的心境。

四

我们发现，在 16 世纪，显然找不到一位心境如此的妇女。只要想一想伊丽莎白时代雕刻在墓碑上的那些儿童，没有一个不是双手紧握跪在地上的。想一想他们的夭折，看一看他们家中狭窄阴暗的小房间，便会意识到，妇女怎么可能写得出诗歌呢。我们只能期望在晚近的时候，兴许有位了不起的女士，凭借自己相对自由而舒适的条件，写下一些诗行出版发行，署上自己的名字，还冒着被人视为怪物的风险。男人，当然并非势利之徒——我继续思忖，并且小心翼翼，以免和丽贝卡·韦斯特一样成了"十足的女权主义者"——但对于某位公爵夫人在诗歌上付出的努力，他们多半是带着同情而表示欣赏。可想而知，一位有头有脸的女士得到的鼓励与赞扬，要远远超过某位不为人知的奥斯汀小姐或是勃朗特小姐在那个时代可能得到的所有称赞。同样可想而知的是，她的心境想必为一些与创作格格不入的情感所干扰，譬如恐惧和愤恨，在她的诗歌中，这些干扰也都有迹可循。我看到了温切尔西夫人的书，就拿她来做例子，我这样想着，拿下了她的诗集。她生于 1661 年，贵族出身，嫁的也是名门，她也没有子女。她写诗，但一翻开她的诗卷，便可以听到她为了抗议妇女的地位而发出的怒吼：

> 我们如此沉沦！荒谬的规矩让我们沉沦，
>
> 我们并非天生冥顽，教养却将我们愚弄；
>
> 心灵无处发展，却如人所愿，
>
> 按部就班，变了沉闷，没了生气；
>
> 若有人凭借热切的幻想，
>
> 让壮志张开了翅膀，脱颖而出，
>
> 仍会遇上无比的反对势力，
>
> 纵有成功的希望，终不敌那恐惧的力量。

显然，她的心境绝无可能是"无所挂碍，无有异物"。正相反，她的心为怨恨和不公而烦忧分神。在她看来，人类一分为二。男人皆是"反对势力"，男人既可恨，又可惧，因为他们大权在握，阻住了她心中的去路——写作：

> 啊！那试笔的女人，
>
> 人们只当她肆意而妄为
>
> 这等过失，纵有美德也无从相救
>
> 他们说，我们不知身份，有失仪态；
>
> 良好的教育、时装、舞蹈、打扮和游戏，
>
> 才是我们恰当的志向；
>
> 写作、阅读、思考，或是探究，
>
> 会遮掩我们的美貌，耗费我们的光阴，
>
> 叫人停下了征服我们青春的步伐，
>
> 而乏味地把下人的房间打理停当
>
> 却被认为是我们最高的艺术、最大的成就。

而实际上，她不得不假定自己的作品永远不会出版，才能鼓足勇气继续创作。她要以哀伤的咏唱来抚慰自己：

> 向几位朋友，并为你的哀伤歌唱，
>
> 那月桂树，从未因你而成林；
>
> 那林荫下黝黯无光，而你在其间已心满意足。

诚然如此，倘若她可以放下心中的愤恨和恐惧，不再平添痛苦

和不满，还是可以清楚地看到她心中燃烧的那团烈焰。她的字句间或也会流出清澈的诗意：

> 那褐色的丝线又怎可以
> 绣得出一丝一毫，玫瑰的华丽

——这些诗行得到了默里先生公正的赞许，据说，蒲柏记下并在自己的诗中借用了这样几句：

> 如今，水仙战胜了虚弱的头脑；
> 我们在那芬芳的痛楚下沉沉昏迷。

可以写出如此的诗句，如此倾心于自然、静心于思考的女人，却不得不去书写怒火和痛苦，这太令人遗憾了。可她又怎能不如此呢？我一想到那些讥讽和嘲笑、马屁精的奉承、职业诗人的怀疑，我不禁如此自问。她想必是把自己关在某个乡间的房里写作，被心中的顾虑和痛苦折磨得肝肠寸断，尽管她的丈夫对她体贴入微，婚后生活也尽善尽美。我说"想必"，是因为若是有人想要知道温切尔西夫人的生活，就照例会发现，我们对她也差不多还是一无所知。她饱受忧郁之苦，这一点我们至少可以说出几分真相，因为她告诉了我们她忧郁时的想象：

> 我的诗行为人诋毁，我的作为受人揣测
> 这是愚蠢的徒劳，还是狂妄的过失。

如此遭人非难的作为，就我们所知，不过是些无伤大雅的田间漫步和心中的遐思而已：

> 我的手喜欢去追寻独特与稀奇，
>
> 偏离了坦途，不走大道，
>
> 那褪色的丝线又怎可以
>
> 绣得出一丝一毫，玫瑰的华丽

自然，如果这便是她的乐趣所在、习惯使然，那难免会让人嘲笑，据说蒲柏或是盖伊就讽刺她"是位爱涂鸦的书呆子"。又据说她曾嘲笑盖伊，因此得罪了他。她说他的《琐事》表明"他更适合抬轿子，而不是坐在上面"。不过，这只是"流言蜚语"，而默里先生也称之为"无聊"。但这一回，我却不敢苟同，因为我倒是认为，哪怕只有流言蜚语，也是多多益善，这样我便大有可为，可以找到或是拼凑出这位忧郁夫人的某种形象来。她喜欢在田间漫步，常有一些奇思妙想，对于"无聊的家务"，如此犀利、如此轻率地大加菲薄。不过，默里先生说，她变得散乱芜杂了。她的才华生了杂草，为荆棘所缠绕，再没有可能一放原先独特曼妙的光彩。所以，我把她的诗集放回了书架，转向了另外一位了不起的女士，那位傻头傻脑、整日想入非非，却让兰姆钟情的公爵夫人——纽卡斯尔的玛格丽特，她比温切尔西夫人年长，不过也是同一时代的人。她们二人截然不同，但同为贵族，也都没有子嗣，嫁的也都是最好的丈夫。两人对诗歌都是满腔的热忱，也因为同样的原因而为之形容憔悴。打开公爵夫人的书，看到的，是同样燃烧的怒火："妇女像蝙蝠或是猫头鹰一样生活，像牲畜一样操劳，像虫子一样死去……"玛格丽特也是一样，本可以成为诗人。在我们这个时代，如此付出总可以推动某个车轮向前滚动。但在那时，她那狂野、充沛而又未经雕琢的智慧，又怎能够被驯化或是文雅到可以为人类所用？只是喷涌而出，肆意流淌，杂乱无章地造就了韵文和散文、诗歌与哲学的洪流，凝固在无人问津的四开本或对开本上。本该有人为她递上一台显微镜，让她拿在手中。本该有人教她仰望星空并且科学地思考。她的才智是在孤独与自由中练就的，没有人来阻挡，也没有人来教导。只有教授们的逢迎、宫廷里的奚落。埃杰顿·布里奇斯抱怨过她的粗俗——"竟来自一位出身名门又在深宅大院里长大的女人"。她把自己独自关在韦尔贝克。

想一想玛格丽特·卡文迪什，脑海中会浮现出怎样一副孤独而绚丽的画面！仿佛一株巨大的黄瓜在花园里蔓延生长，将玫瑰和康乃馨淹没在身下，令其无法呼吸，窒息而亡。这个女人曾写出了"最有教养的女人莫过于头脑最文明的女人"，却把她的时间挥霍在了胡乱涂写废话之上，并在糊涂和愚行中愈陷愈深，以至于出行之时，竟有人蜂拥在她的马车四周围观，真是何等浪费。显然，这位疯狂的公爵夫人已被当成了老妖婆，用来吓唬那些聪明的姑娘们。这时，我想起多萝西·奥斯本曾写信给坦普尔，跟他谈起公爵夫人的新作。我便把公爵夫人的书放在一边，打开了多萝西的书信集。"果然，这个可怜的女人是有那么点儿精神错乱，要不然，她怎么会这么荒唐，胆子大到去写书，写的还是诗歌，就算我两个礼拜都睡不着觉儿，也不至于会这么做。"

所以，既然理智而谦逊的女人不能写书，那么多萝西，这个敏感又忧郁，性情脾性都和公爵夫人大相径庭的女人，便什么都不曾写过。除了书信。一个女人可以坐在父亲的病榻前写信，可以在炉火旁，在男人交谈的时候写信，而不会打扰他们。但奇怪的是，我一边翻看着多萝西的信件，一边想，这位未经教导、孤独的姑娘在遣词造句、勾画场景方面拥有何等的天分啊。听听她接下来说的话：

"吃过饭，我们坐下来聊天儿，说到了 B 先生，后来我就离开了。读书、做活儿，就这样打发炎热的白天。大约六七点钟，我出了家门儿，到了家附近的一片公共草地，那儿有一伙儿年轻的乡下姑娘正在放牧牛羊，坐在树荫下唱着民歌儿。我走近她们，她们的嗓音和美貌跟我在书上读到的古代牧女可大不相同，不过，相信我，她们的天真无邪和那些牧女并没有什么两样。我和她们谈天儿，发现她们个个儿心满意足，个个儿是世上最快乐的人，就差她们自个儿还不知道。我们谈着谈着，就有一位姑娘东张西望，看见了她的牛跑进了麦地，她们爬起来就全都跑了，好像脚底下长了翅膀一样。我没那么灵活，所以落在了后头，而等我见着她们把牛儿全赶回了家，我想我也该回去了。吃完喝完之后，我就去了花园儿，走到一条流水潺潺的小河儿边，坐了下来，真想你就在我身边儿……"

我们大可以确信，在她的身上也有着作家的潜质。不过，"就算我两个礼拜都睡不着觉儿，也不至于会这么做"——即使是这位极具写作才能的女人也说服了自己，让自己相信写书实属荒唐，准是精神错乱了，可想而知，那空中回荡着的反对女人写作的声音会有多么响亮了。我把多萝西·奥斯本那薄薄的一册书信放回了书架，接下来我找到的，是贝恩太太的书。

到了贝恩太太这里，我们走到了一处非常重要的转折点。我们把那些孤独的贵妇留在身后，她们写书，不过是自娱自乐，既没有读者，也听不到批评，只和自己的那些对开本禁闭在她们自己的花园里。我们来到城里，和街上的普通百姓摩肩接踵。贝恩太太是一名中产阶级妇女，拥有普通百姓的种种美德：幽默、活泼、勇敢……因为丈夫的死和生意上的失败，而不得不凭借自己的才华来谋生路。她不得不和男人在相同的条件下写作。她勤奋有加，挣到的钱足以维持生计。而这一事实的重要性，胜过了她写出的任何作品——即便是那篇出色的《千次殉道》，或是《爱在奇妙的胜利中坐》。因为，自此心灵获得了自由，换句话来说，不久之后，她们就可以尽情写出心中的所喜所爱了。因为，既然阿芙拉·贝恩做出了榜样，姑娘们就大可以去跟父母说，你们不用再给我零花钱了，我可以凭自己的笔养活自己。但不用说，几年之后我们都还会听到这样的回复：好啊，就像阿芙拉·贝恩那样！还不如死了好！门摔得也比以往更加响亮。女人的贞洁在男人眼中如此重要，还影响到妇女的教育，这个意味深长、颇有趣味的话题，此时此刻有了讨论的必要，若是有格顿或纽汉姆学院的学生就此话题做一番研究，兴许会写出一本妙趣横生的书来。达德利夫人珠光宝气地坐在蚊虫纷飞的苏格兰荒野中，这大可以作为卷首的插图。达德利夫人辞世的那天，《泰晤士报》写道，达德利勋爵是"一位品位高雅、多才多艺的先生，心地善良为人大方，但却尤为专横。他定要自己的夫人盛装打扮，哪怕去苏格兰高地狩猎，在最偏僻的木屋里也要如此；他为她戴上灿烂夺目的珠宝"云云，"他给了她一切——却不要她负上一点责任"。后来达德利勋爵中了风，自此以后，她便一直服侍他，以过人的才干打理他的庄园。那种尤为专横的作风在 19 世纪也依然存在。

还是回到正题。阿芙拉·贝恩证明了，也许，牺牲一些令人愉快的美德，写作是可以赚到钱的。而长此以往，写作也就不再只被看作愚行或是精神错乱，而是有了实际的重要性。说不定，丈夫会先她一步离开人世，或是家中飞来横祸。18世纪尾声将至，数以百计的妇女做起了翻译或是写下了无数蹩脚的小说，为自己挣些零花钱或是用来贴补家用，只是如今连教科书上也无迹可考了，不过，在查令十字街的四便士书摊上，还可以找得到。18世纪末的妇女，头脑异常活跃——她们做演讲、组织集会，撰文评论莎士比亚，翻译经典著作——足以证明，妇女可以通过写作来赚钱。钱让先前的消遣添了些荣光。也许，人们还有理由继续嘲笑她们是"爱涂鸦的书呆子"，但谁也不能否认，她们可以把钱放进自己的钱包了。这样一来，在18世纪即将结束之际，一场转变开始了，若是由我来重写历史，我会把这一转变原原本本地记录下来，因为在我看来，这比十字军东征或是玫瑰战争的意义还要重大。中产阶级的妇女开始写作了。因为，如果说《傲慢与偏见》确有价值，《米德尔马契》《维莱特》和《呼啸山庄》确有价值的话，那么妇女写作的意义，要远远胜过我在这一小时中所能证明的，而我所谓的妇女，不仅仅是指那些关在乡野，在自己的对开本中孤芳自赏，或是为人奉承的贵妇们，更是指普通妇女。没有那些先行者，简·奥斯汀和勃朗特姐妹以及乔治·艾略特便不能写作，正如莎士比亚不能没有马洛，马洛不能没有乔叟，而乔叟又不能没有那些已被遗忘的诗人，是他们驯服了语言的桀骜，为后人铺平了道路。须知每一部杰作都并非孤身一人来到世间，它们无不是经年累月共同思考的结果，是群体智慧的结晶，因而，在一个人的声音之后，响起的其实是众人的共鸣。简·奥斯汀应该在范尼·伯尼的坟茔上放下一个花环，而乔治·艾略特则应向伊丽莎·卡特——那个坚定地在她床头拴了个铃铛，好让她能早些起来学习希腊文的老太太——健硕的阴魂致以敬意。所有的女性都应当去阿芙拉·贝恩的坟头，为她撒满鲜花，虽然她被

80

葬在威斯敏斯特教堂里，多少有些惊世骇俗，但也恰如其分，因为正是她为她们赢得了表达心声的权利。正是她——尽管她名声不佳、举止轻佻——才让我今晚对你们所说的话听起来不至于那么异想天开：用你们的智慧每年赚五百英镑。

如今，我们到了19世纪初。就在这里，我第一次发现，有几个书架上摆放的全是妇女写的书。可我看过书架之后，不禁问道，为何除去极少数的几本，眼前全是小说？要知道，诗歌才是创作冲动最初的所属。"歌者之尊"也是一位女诗人。不管是在法国，还是在英国，女诗人都要先于女小说家。何况，看了看那四个著名的名字——乔治·艾略特和艾米莉·勃朗特又有什么共通之处？夏洛蒂·勃朗特不是完全无法理解简·奥斯汀吗？除了她们都没有孩子这一点似乎可以把她们联系在一起，只要是能在一间屋子聚在一起的四个人，都不会比她们更加格格不入——以至于假设她们间的会面和交谈让人如此心仪。可是，当她们开始动笔之际，不知是什么力量在左右她们，让她们全都选择了小说。这是否与她们出生于中产阶级有关？我这样问。又是否，像艾米莉·戴维斯小姐稍后要向我们清晰地展现的，是因为在19世纪初，中产阶级的家庭成员共用一间起居室？如果妇女想要写作，她就只有在公共房间里写了。因此，南丁格尔小姐如此愤愤不平——"女人从没有过半个小时……是属于自己的"——总是有人打断她。诚然如此，写写散文和小说，还是要比写诗或戏剧容易。因为无须那般专心。简·奥斯汀就这样一直写到她生命的尽头。"她能完成这一切，"她的侄子在为她撰写回忆录时说，"真让人意外，想一想，她连一间书房都没有，那就意味着必要在共用的起居室里做完大部分的工作，不时被各种情况打断。她小心翼翼，不让仆人、到访的客人或是家人之外的任何人疑心她在做的事情。"[1] 简·奥斯汀把手稿藏起来或是用一张吸墨纸盖在上面。而且，在 19 世纪初期，妇女接受的所有文学训练，均在于观察人物、分析情感。妇女的情感，几个世纪以来，一直就是在人来人往的起居室中孕育而成的。形形色色的情感给她留下了深刻的印象，各式各样人与人之间的关系呈现在她的眼前。因此，中产阶级的妇女一开始从事写作，她所写的自然就是小说。尽管这么说看上去没错，不过，在我们提到的那四位著名的女性中，有两位就其本性而言，却并非小说家。艾米莉·勃朗特本该写诗，乔治·艾略特的创作冲动本属于历史或是传记，那里才施展得开她广阔胸怀中涌动的才华。而她们却都写了小说。我把《傲慢与偏见》从书架上拿了下来，我得说，人们不妨更进一步，说她们写出了很好的小说。人们可以说，《傲慢与偏见》是一部好小说，这既非夸耀，也不至于让男人痛苦。无论如何，若是被人发现在写《傲慢与偏见》，这绝不是件丢人的事。但让简·奥斯汀高兴的是，门轴在吱嘎作响，这样，还没等有人进来，她就可以把手稿藏好。在简·奥斯汀看来，写作《傲慢与偏见》总有些不够光彩。这让我好奇，要是简·奥斯汀认为不必把手稿在来客面前掩藏起来，《傲慢与偏见》会不会写得更为精彩？我读了一两页，想看看有无这种可能，却找不到一丝一毫哪怕是最轻微的迹象，可以说明生活环境影响了她的创作。这恐怕才是奇迹所在。我们看到这样一位女人，在 1800 年前后写作，心里没有怨恨，没有辛酸，没有恐惧，没有抗议，没有说教。莎士比亚就是这样写作的，看着《安东尼与克莉奥佩特拉》，我这样想。而人们若是将莎士比亚与简·奥斯汀做比较，他们的用

1　《回忆简·奥斯汀》，由她的侄子詹姆士·爱德华·奥斯汀－利所著。——原注

意，大概就是要说，这两人的心中都已经了无挂碍了。也因此，我们并不了解简·奥斯汀，并不了解莎士比亚，也因此，简·奥斯汀的字里行间处处是她的身影，莎士比亚亦复如是。若是说，环境给简·奥斯汀带来了任何不便的话，那就是强加给了她一个过于狭隘的生活。一个女人，要想只身上路，四处走走，那是绝无可能。她从未旅行过，从未乘过马车穿行伦敦，也从未独自在某家店里用过餐。不过，也许简·奥斯汀生性如此，并不奢求不曾有的东西。她的天赋与她的生活环境相得益彰。但当我打开《简·爱》，把它放在《傲慢与偏见》旁边时，我对自己说，我怀疑，夏洛蒂·勃朗特的情况并非如此。

我翻到了第十二章，看到了这样一句话："谁爱责怪我就责怪我吧。"我不禁好奇，夏洛蒂·勃朗特有什么好被人责怪的呢？我读到简·爱在费尔法克斯太太做果冻的时候，是如何爬上了屋顶，眺望远方的田野。然后她开始渴望——正是因此勃朗特才为人责怪——

"我渴望可以看得到比那里更远的地方，看得到那个繁华的世界，在城市和各个地方，都有我听说过的生活，却从未见过。我便渴望比现在拥有更多的人生经历；渴望与更多和我一样的人交往，结识更多性格各异的人，而不是被关在这个小圈子里。我珍视费尔法克斯太太的善良，还有阿黛勒的善良，但我相信还有其他不同种类、更为生动活泼的善良存在，而我所相信的，我就希望能亲眼看到。

"有谁来责怪我？很多人，没错，你可以说我不知足。我也无能为力：我天生便不安分。有时，这让我痛苦……

"空谈人应安于宁静的生活毫无益处，他们必须有所行动，即使找不到行动的目标，也要创造出来才好。无数的人注定要落入比我更为沉寂的结局中去，也有无数的人默默地与自己的命运抗争。没有人知道在芸芸众生之中，又有多少抗争在人们的心底深深埋藏。一般人都认为妇女最宜安分，不过女人的感觉和男人并无二致。她们和自己的兄弟一样，需要发挥她们的才华，施展她们的拳脚。苛刻的条件、止步不前，男人所要经历的一切，女人同样也要面对。也有条件更优越的女人，对她们来说，女人只应做做布丁、织织袜子，弹钢琴或是绣花袋，这未免是目光短浅、心胸狭隘了。若是她们想要打破习俗对她们的约束，要去做更多的事情，学更多的东西，却有人来谴责或嘲笑，那未免也太过愚蠢。

"我如此一人时，耳边常听到格雷斯·普尔的笑声……"

我想，这儿的停顿有些突兀。突然扯上格雷斯·普尔，不免让人扫兴。连贯性被打断了。我把书放在《傲慢与偏见》的旁边，我再继续，人们或许会说，写出了那些文字的人要比简·奥斯汀更有才华，但要是从头到尾读完这段话，留意到文字间的不连贯，留意到这种愤怒，人们就会明白，她永远无法把自己的才华完整而充分地表达出来。她的作品注定要扭曲变形。本该行文冷静之处，下笔却带了怒火。本该笔藏机锋，却写得愚蠢可笑。本该塑造角色，却把自己写了出来。她在与命运抗争。她除了备受阻挠，处处受制，以致早早离开了人世，又能怎样呢？

我情不自禁地让自己陷入幻想，要是夏洛蒂·勃朗特每年能有三百英镑，那会是怎样——不过，这个傻姑娘把小说的版权一股脑儿卖了一千五百镑。要是对这个花花世界、这个充满生命力的城市和地方多上几分熟悉，多上一些实际的经历，与更多和她一样的人交往，结识更多性格各异的人，那又会是怎样。在她的那番话中，她不光是道出了自己作为小说家的不足，还道出了那个时代女性的不足。没有人比她更清楚，若不是在眺望远方的田野、寂寞地憧憬中消磨了自己的才华，若是允许她去体验、去交际、去旅行，她将会有何等的收获。但没有任何机会，她被拒之门外。我们只能接受事实，承认所有这些出色的小说，《维莱特》《爱玛》《呼啸山庄》《米德尔马契》，都出自那些足不出户的女人笔下。她们的人生经历，不外是能够进了一位体面牧师的家门。这些小说，也是在这个体面家庭的公共起居室里写成的，而写书的女人们，穷得连纸都不能一次多买几刀，来写《呼啸山庄》或是《简·爱》。她们中的一位，乔治·艾略特，在历经磨难后终于得以摆脱这种境地，虽说这话不假，但也不过是隐居在了圣·约翰森林中的别墅而已。而即便定居于彼，也依然还处在世人非难的阴影之中。"我希望人们可以理解，"她如是写道，"若没有人要求，我永远不会请任何人来看我。"这难道不是因为，她和一个有妇之夫生活在一起，犯下了罪行，而只消看上她一眼，不管是史密斯夫人或是哪位不请自来的什么人，都会有损她们的贞洁吗？妇女必须遵从社会习俗，必须"与世隔绝"。而与此同时，在欧洲的另一侧，则有一位男士逍遥地与这个吉卜赛姑娘或是那位贵妇名媛生活在一起，去奔赴战场，随心所欲，无拘无束地经历着丰富多彩的人生，而后来，当他开始写书的时候，这些便成了不可多得的素材。要是托尔斯泰与一位"与世隔绝"的有夫之妇也隐居在修道院里，且不管这道德教训会多么给人启迪，我想，他恐怕是写不出《战争与和平》来的。

不过，对于小说的创作，以及性别之于小说家的影响，或许还可以深入探讨一下。如果闭上双眼，把小说想象成一个整体，就会发现，小说虽是创造，却如同镜中的生活，与现实生活如此相似，尽管处处可见简化和扭曲。更准确来说，小说是一种结构，在人们的心中投下其形式，时而成方，时而成塔，有时伸出侧翼和拱廊，有时坚实紧凑，拱顶犹如君士坦丁堡的圣索非亚大教堂。回想起几部著名的小说来，我想，这一形式在人们的心中激起了与之相称的情感。不过，这种情感立刻便融入了其他的情感之中，因为，这"形式"的结构，并非砖石的相砌，而是凭借着人与人之间的关系造就而成。这样一来，一部小说便在我们心中激起了各种敌对和矛盾的感情。生活与非生活的东西相互冲突。因此，小说如何也就莫衷一是，而个人的好恶也让我们摇摆不定。一方面，我们觉得你——主人公约翰——必须活下来，否则我会堕入绝望的深渊。另一方面，我们又觉得，啊，约翰，你还是死去吧，因为这是小说的形式所需。生活与并非生活的东西相互冲突。而既然小说在某种程度上亦是生活，那我们就将之当作生活来加以评判。詹姆士这种人我最讨厌，有人这样说。或者，这真是一派胡言乱语，我自己就从没见过种事情。想一想任何一部小说名著，显而易见的是，所谓整体结构，其实是一种无限的复杂性，其中交织着纷繁众多的判断、各式各样的情感。令人惊奇的是，这样写就的一部书也能俨然一体地流传下来。而英国读者心中所理解的，和俄国读者、中国读者的理解也竟有可能毫无二致。不过有时，有些书的完整俨然确实不同凡响。而让这少数的传世之作（我想到的是《战争与和平》）如此俨然一体的，就是我们所称的诚实，虽然这无关乎付不付账或是危难面前的高风亮节。我们所谓的诚实，在小说家这里，指的是他让人相信，这就是真实。没错，人们会想，我永远也想不到事情会是这样，我可从没见过有人会那样做。可你让我相信，就是如此，就是这样发生了。人们读书，书中的每一句话、每一个场景都有一道光照亮——那是造化的神奇，让我们心中生出光明，来把小说家的诚实和虚伪看得清楚分明。也或许，是造化一时的心血来潮，在心灵之墙上用隐形的墨水写下了预兆，来由这些伟大的艺术家将之印证，只须燃起天才的火焰，那预兆便可以看到。当其昭然若揭，如此生气勃勃地为人所见时，人们不禁欢呼，这岂不是我一直所感觉到，所熟知，所渴望的吗？我们心潮澎湃，近乎崇敬地合上书页，仿佛这无比珍贵，可以时常翻开，从中受益一生，我们把它放回到书架上——我说着，拿起了《战争与和平》放回原处。可另一方面，若是读到了蹩脚的句子，虽然也色彩亮丽、姿态奔放，初读起来也能立刻便与之热切共鸣，但细细审视，也便至此而止了：似乎有什么在阻碍着它们的发展，或是在我们的审视下，只在边边角角里看到了几笔淡淡的涂鸦，看到一处污迹，没有整体，也不充分，只让我们失望地叹息了一声说，又是一部失败之作。这部小说在什么地方出了岔子。

而大多数情况下，小说当然会在某些地方出岔子。想象力不堪重负，自然步履蹒跚。洞察力也神志不清，连真与假都无力再去分辨，更没有气力去继续如此的伟业，因为这时刻都要求将种种不同的才能灵活运用。何以小说家的性别会影响到凡此种种？我看着《简·爱》和其他书，心下思忖。一位女小说家，她的性别何以会干扰了她的诚实——而在我看来，诚实正是作家的脊梁。看来，在我引自《简·爱》的那一段文字中，怒气的确影响了小说家夏洛蒂·勃朗特的诚实。她放下本该全心全意创作的小说，开始宣泄个人的积怨。她记起自己被剥夺了本应经历的生活——在她想要自由自在地周游世界时，却不得不困在某个教区牧师的家中修补袜子。她的想象力因愤怒而走错了方向，这被我们察觉到了。可远不止愤怒在牵扯着她的想象，使之偏离了方向。还有，譬如说，无知。罗切斯特的肖像就是在黑夜中画就的。这是恐惧从中作祟，就像处处可见的尖酸刻薄，那是苦闷的结果，是激情之下郁积的痛苦之火还在慢慢燃烧，是积怨，让这些诚然出色的书因痛苦而痉挛。

　　而既然小说与真实生活如此紧密相连，那小说的价值，从某种程度上来说，也就是真实生活的价值所在。不过，显而易见的是，女人的价值观与男人比，常是相去甚远，这是很自然的事情。然而，占上风的，却是男人的价值观。简单来说，足球和比赛自然"重要"，追逐时尚、买衣服则是"琐事"。而这类价值观不免从生活进入了小说。这本书意义重大，评论家会说，是因为它涉及战争。这一本就无足轻重，它描写的是客厅里女人们的感受。战场上的情形自然远比商店里的画面更为重要——价值的微妙差异随处可见。因此，19世纪早期小说的整体结构，如若是出于女性的笔下，那就是在这样一种略失直率的心境下，因为要迁就外界的权威而不得不放下自己清晰的看法，换了眼界之后写就的。只须翻开那些已为人遗忘的旧时小说，听一听其中的语气，便知道作家正忙于应付批评。她时而挑衅，时而示弱，时而承认自己"不过是个女人"，时而又抗议，说她"跟男人不相上下"。温顺、羞怯，还是怒气冲冲，如何对待批评，全要视她的性情而定。其实，态度怎样，并无关系，问题是，她所关心的已不再是事情本身了。她的书落了下来，砸到了我们头上。书的中心思想有个瑕疵。这让我想到，所有这些女人写的小说，散落在伦敦的旧书店里，就像果园里的小苹果，长着疤痕。就是这心中的疤痕让它们腐朽。她为了迎合别人的意见，而改变了自己的价值观。

　　不过，她们又如何能够不去左右摇摆？在这个父权一统天下的社会，面对着所有这些批评，要有何等的才华，何等的诚实，才可能不为所动、毫不退缩地坚持自己的见识。只有简·奥斯汀做到了，还有艾米莉·勃朗特。这是另外一片羽毛，兴许是她们的桂冠上，最美丽的一片。她们按照女人的方式写作，而不是像男人那样。那个年代的上千名女小说家中，只有她们，毫不理会那固执的学究一成不变的训诫——要这样写，该那样想。只有她们，对这喋喋不休的声音充耳不闻——牢骚也好，俯就也罢，蛮横也好，哀恸也罢，或是震惊、愤怒，还有如叔伯长辈般的谆谆嘱咐。这声音就是不肯让妇女有片刻的安宁，而是像一位一本正经的女教师，时刻对她们耳提面命，就像埃杰顿·布里奇斯爵士那样，敦促她们务必要温文尔雅。甚至连诗歌的批评之中也要把性别考虑在内[1]，并告诫她们，如果想赢上一个——让我猜猜看——什么闪亮的大奖，那就要循规蹈矩，端庄得体，好让那位先生心里觉得合适——"……女小说家要想成功，只消鼓起勇气承认身为女人的局限，就可以了。"[2]这句话一语把问题道破。而当我对你们说，这句话并非是写在1828年的8月，而是1928年8月，这一定让你们吃惊了。我想，你们也会同意，不管这句话现在读来多让人觉得好笑，在一个世纪以前，这代表的却是力气更大、嗓门更高的大多数人的意见——我并不是打算翻旧账，我只是从脚边捡起了飘来的机会。在1828年，一个年轻女人，必须意志坚定，才可以抵制得住所有的那些冷落、

1　"［她］沉迷于玄学，将之当作目的。这其中的危险，对于一位女人，尤为甚之，因为妇女对修辞的热爱，罕有男人那般健康。奇怪的是，样样都比男人更原始、更物质的女人，竟然独缺了这一样。"（《新标准》，1928年6月）——原注

2　"若是像那位记者一样，你也相信，女小说家要想成功，只消鼓起勇气承认身为女人的局限，就可以了（简·奥斯汀［已经］展示过，如何优雅地做到这一点……）。"（《生平与书信》，1928年8月）——原注

苟责以至大奖的诱惑。除非她就像块一点就着的干柴，才对自己说得出：哦，不过他们不能连文学都买了去吧。文学对每个人都敞开着大门。我可不许你把我赶出这块草坪，就算你是个学监。爱把图书馆锁上就锁上吧，但休想把我自由的心灵关进门里，插上门闩，紧锁起来。

但不管挫折和批评对她们的创作影响如何——而我相信这种影响十分巨大——与她们（我所想到的，仍是那些 19 世纪初的小说家们）将思绪诉诸笔端之时所要面对的另一个困难相比，也就不值一提了。所谓另一个困难，就是当她们拿起笔来时，身后并无传统可循，即使有，也因为太短、不够完整而无济于事。因为，若是身为女人，我们便只能通过母亲来思考过去。不管我们从伟大的男作家那里获得了多少乐趣，向他们寻求帮助却是徒劳无益。兰姆、布朗、萨克雷、纽曼、斯特恩、狄更斯、德·昆西——不管他是谁——尚未对妇女有过帮助，虽然她可能从他们那里学会了几个小把戏，在自己的书中派上了用场。男人心中的轻、重、缓、急，和她心里的相比，大相径庭，所以她也难以从中学到什么实实在在的东西。画虎类犬未免相去甚远。下笔之时，她首先发现的，或许就是没有一句现成的话是可以供她使用的。所有伟大的小说家，像萨克雷、狄更斯还有巴尔扎克，他们的文笔都很自然，流畅而不马虎，富于表现而不矫揉造作，各有特色而又为大众所共飨。他们的小说，使用的是当下流行的句子。19 世纪初流行的句子听起来大概是这样："他们的作品之伟大，在于其立论，绝不半途而废，而势必进行到底。再没有比实践艺术、不断创造真与美，更让他们为之兴奋而满足的了。成功催人奋进，而习惯则助人成功。"这是男人的句子，在其背后，我们看到了约翰生、吉本和其他的人。这种句子，女人用来并不合适。夏洛蒂·勃朗特，尽管有着出色的散文天赋，手中拿着如此笨拙的武器，脚下就未免跟跟跄跄，跌了跟头。乔治·艾略特拿着它犯下暴行，总是以辞害意。简·奥斯汀看到这样的句子不免心生嘲笑，便设计出合乎自己需要、流畅自然、优美匀称的句子来，一生不离不弃。因此，虽然论才华比不上夏洛蒂·勃朗特，她却远远说出了更多的东西。的确，既然自由充分的表达才是这门艺术的精髓所在，那么，谈到妇女的写作，传统的缺失、工具的阙如与不当，显然说明了很多问题。更何况，一本书的完成，并非只是把句子首尾相连那么简单，而是要用句子去构筑，形象点说来，就是构筑起拱廊和穹顶。而就连这一形式本身，也是男人们出于自己的需要设计出来，留给自己所用的。没有理由相信，史诗或是诗剧的形式比这种句子更适合女人。但妇女一开始写作，原有的各种文学形式便已定了形，坚硬无比。只有小说，尚且年轻，足够柔软，还可以任她塑造——这或许，就是何以她会写小说的另一个原因。可是，即使是现在，谁又能说"小说"——我给它加上引号，是因为我觉得这一名称也并不合适——谁又能说，即使是这所有形式中最柔软的一个，在她用来，就已经是恰到好处了呢？毫无疑问，一旦她可以自由地运用自己的四肢，我们便会发现，她会将之敲打成形，拿来以供己用；会创造出新的工具——虽然未必是诗——来表达心中的诗意。因为正是这诗意仍无法宣泄。而我不禁又想，今天，一位妇女会如何来写一出五幕的诗意悲剧呢？她会用诗行，还是宁可用散文？

但这些都是难以解答的问题，它们仍在遥遥的暮色下晦暗未明。我必须将之放在一旁，以免跑了题，在它们的诱惑下走进一片荒芜人迹的森林，迷了路，很有可能，最后落进野兽的口中。这是我所不愿的，而我也相信，你们也不愿听我谈到这样一个凄惨的话题，那就是小说的未来。所以在此我只是稍作停留，请你们注意，就妇女而言，物质条件对小说的未来至关重要。书籍多少要与身体相适，也就不妨说，与男人相比，女人写的书应该会更短，更紧凑，在布局谋篇上也无须长时间聚精会神地工作，不用担心别人的打扰，因为打扰在所难免。还有，似乎男人女人用来滋养思想的神经，构造也不相同，若要它们全力以赴、出色地发挥作用，就必须因材制宜——举例来说，这种长篇大论、数小时之久的讲座，据说是几百年前僧人的发明，那么是否适合它们呢——对它们来说，工作与休息，又该如何一张一弛？不过，不要把休息当作无所事事，休息也是做事，只是，换了某种不同的事情。那么，区别何在呢？这正是需要讨论、需要回答的问题，这正是妇女与小说的题中之义。然而，我再次走向书架，又想到，我要上哪里才找得到对女性心理的深入分析，并且，还要是女人写成的呢？要是因为妇女踢不好足球，就不让她们去从医……

幸运的是，我的思绪现在又转向了别处。

五

终于，我在如此一番信步闲逛之后，还是来到了放着在世作家作品的书架前；既有女人的，也有男人的；因为如今妇女所写的书，几乎与男人一样多了。或者，如果说事实还并非如此，如果说男人在两性之中，还是更为健谈的一方，那么，毋庸置疑的是，女人不再是只写小说而已了。书架上放着简·哈里森有关希腊的考古学著作、弗农·李的美学专著、格特鲁德·贝尔的波斯游记。林林总总，包括了一代人之前，妇女从不曾涉足的各类话题。有诗歌、戏剧，还有评论、历史和传记，游记和各种学术研究著作，甚至还有几本哲学书，几本有关科学和经济学的著作。而且，虽然小说仍是主流，却因为与其他著作的联系，小说自身也大有可能已经变化了。那种天然去雕饰的简朴，妇女写作上的史诗时代，或许已一去不复返了。阅读与批评或许拓宽了她的见识，让她更为细腻。描写自我的冲动也渐已平息。她或许已经开始把写作当成一门艺术，而不再是表达自我的方法。从这些新小说中，我们或许可以找到对于此类问题的一些答案。

我随便从中抽出一本。这本书放在书架的一端，名为《人生之冒险》什么的，作者是玛丽·卡米克尔，这个十月刚刚出版。看上去是她的处女作，我自语道，不过，阅读时，务必要把这一本当作一套很厚的丛书中最后的一本，延续我刚刚浏览的所有另外几本书——温切尔西夫人的诗集和阿芙拉·贝恩的剧作，还有那四位著名小说家的全部小说。这是因为，书籍总是前后相继，虽然我们好把它们分开评判。而我也必须把她——这位不知名的女人——视为所有另外几个女人的后裔，我刚刚见识了她们的境况，现在来看看她们的个性和局限又被她继承了多少。因而，我坐下来，拿出笔记本和一支铅笔，看看我能从玛丽·卡米克尔的第一部小说《人生之冒险》中了解到些什么，可一想到小说给人的常不过是镇痛剂而非解毒剂，常让人昏昏睡去，而不是用燃烧的烙铁把人惊醒，我不免长叹一声。

我先是把这一页从上到下打量了一番。对自己说，我要先去领会她的句子何从写出，再去记清楚那些蓝眼睛、褐眼睛，还有克洛伊和罗杰之间可能会有什么关系。但得待我弄清她手里拿的是一支笔，还是一把锄头，才会有时间来关心这些。因此，我读了一两句话。随即便明白地感觉到，这其中有些不妥。句子间流畅的衔接被打断了。有什么被撕裂了，被划过，时而会从这儿或那儿迸出一个字眼来，在我眼前一闪而过。就像老戏中人们常说的，她"放开了"自己。在我看来，她就好比一个擦火柴的人，却无法将之点亮。可为何——我这样问，仿佛她就在我面前——简·奥斯汀的句子对你来说也不合适？就因为爱玛和伍德豪斯先生死了，这些句子也就必须统统抛弃吗？哎，我不禁叹息，竟然会这样。简·奥斯汀的笔下，就像莫扎特的协奏曲，美妙的旋律婉转相续。而这篇文字相比之下，就像是行舟海上，或浮或沉。这种短暂急促、上气不接下气的感觉，或许意味着她在害怕什么，或许是怕人叫她"伤感"，又或许是她记起妇女的作品曾被人称之为花哨，便刻意多添上了些荆棘。不过，若不是我仔细读了其中的一个片段，我也不能肯定这究竟是她本人，还是别的什么人。不管怎样，细读之下，我想，她还没有失去生命力。只是，过多地堆砌了事实。如此篇幅的一本书，恐怕连一半都用不上。（这本书只不过大约《简·爱》一半的长度。）不过，她还是有办法让我们——罗杰、克洛伊、奥莉维亚、托尼和比格汉姆先生——全都坐进了一条溯流而上的独木舟。等一下，我向后靠在椅背上说，在我做出进一步评论之前，我一定要把整本书仔细读上一读。

我告诉自己，我几乎可以肯定的是，玛丽·卡米克尔在跟我们耍花招。我的感觉，就像是行进在之字形起伏的铁路上，当你以为车厢就要俯冲下去时，它却即刻飞速升起。玛丽是在打乱这种预期的顺序。她先是打破了句子，随后又打乱了顺序。好吧，只要她不是为了破坏而破坏，而是为了创造，她自然有权利这样去做。但二者之中，究竟是哪一种，我还尚不能确定，除非她让自己面对一个特定的情形。我对自己说，我会给她一切自由，任她选择这是一个怎样的情形，哪怕是几个铁皮罐、几把旧水壶，只要她愿意，但她一定要让我信服，她确信就是这样的情形，而一旦她做出了选择，接下来就必须面对了。她一定会跳起来。而这样的话，我决心向她尽一个读者的职责，只要她向我尽到作者的责任。我翻过一页，读了下去……请原谅我如此唐突地突然停下。是不是没有男人在场？你能向我保证，在那块红色的窗帘后面，并没有藏着查特莱斯·拜伦爵士的身影？你肯定在座的全是女人？那么，我要告诉你们，接下来我读到的是这样一句话——"克洛伊喜欢上了奥莉维亚……"不要吃惊，不要脸红。就让我们在自己的圈子里私下承认，这样的事情时有发生。有时，女人确实喜欢女人。

"克洛伊喜欢上了奥莉维亚。"我读道。然后便突然意识到，这是多大的一个转变。在文学中，或许，这是克洛伊第一次喜欢上了奥莉维亚。克莉奥佩特拉并不喜欢奥克泰维娅。而若是她果真喜欢，那《安东尼与克莉奥佩特拉》将会整个变了样！我这样想着，任由自己的思绪，一时间，恐怕是离开了《人生之冒险》，若有人敢于说出来，这整件事就被简化了，变成了传统的一部分，如此荒谬。克莉奥佩特拉对奥克泰维娅唯一的感情，就是妒忌。她的个头比我高吗？她的发式是如何梳理出来的？除此之外，也许，这出戏就不再需要什么了。可若是这两个女人之间的关系更为复杂，那会是多么有趣。我匆匆回顾了一下辉煌的小说长廊中女人的形象，在我看来，所有这些女人之间的关系，都太过简单了。太多的遗漏，太多的空白，未被尝试过。我尽力回想，在我所读过的书中，是否也曾有过一段属于两个女人的友谊。《十字路口的黛安娜》中有过这样的尝试。当然，在拉辛和古希腊的悲剧中，她们是知己。她们偶尔是母女。但几乎毫无例外，只有在与男人的关系中，她们才得以存在。想想就让人觉得奇怪的是，直至简·奥斯汀的时代，小说中所有伟大的女性，不仅只是供给异性来看，而且，只有在与异性的交往中才得以被看到。而这种关系在一个女人的生活中只是多么微小的一个部分啊。而一个鼻子上架着性别意识给他戴上的黑色眼镜或是玫瑰眼镜的男人，从这之中，又只能看到些什么呢？也许，正因此，小说中的女人才有了如此古怪的禀性，要么美得惊人，要么丑得出奇；要么如天使般善良，要么如魔鬼般堕落——因为这皆来自情人的眼中，随着他的爱意充盈或是褪去，爱情成功或是不幸。当然，在19世纪的小说家笔下，就并非如此了。书中的女人变得多样，也更为复杂。确实，也许正是书写女人的欲望让男人日渐放弃了诗剧，因为诗剧过于强烈，难以将女人作为题材，这才发明了小说，以之作为载体，更为相宜。即便如此，即使是在普鲁斯特的文字中，也可以明显看出，男人对于女人的认识，仍是处处受了限制，有失偏颇，这就如同女人对于男人的认识，又何尝不是如此呢。

况且，我低下头，继续读了下去，接着发现，日渐明显的是，除去日复一日的家务事，女人也和男人一样，有了其他的兴趣。"克洛伊喜欢上了奥莉维亚。她们合用一间实验室……"我继续读下去，发现这两位年轻的姑娘正忙着切碎肝脏，而这似乎是治疗恶性贫血的良方。尽管其中一个已经结了婚，还有了——我想，说出来是对的——两个小宝宝。而这些，当然了，都必须被省略不提，也因此，小说中这幅光彩夺目的女肖像又变成寥寥几笔，单调而乏味。举个例子，我们不妨假设文学中的男性形象也只是作为女性的恋人而出现，从来都不曾作为男人的朋友、军人、思想家或是空想家。莎士比亚的剧中，能够留给他们的角色也只会少之又少。那么文学可就遭了殃！奥赛罗或许大体还在，安东尼也有所保留，但却失去了恺撒，失去了布鲁特斯，失去了哈姆雷特，失去了李尔，失去了杰奎斯——文学将会变得何其贫乏！其实，文学的大门始终对妇女关闭，其贫乏已经超乎了我们的估计。她们违心地嫁了人，被关在一间屋内，只有一件工作可做，这叫剧作家如何去把她们塑造得丰满、生动，哪怕只是如实而已？唯有诉诸爱情。诗人也不得不满怀着激情，又或是满腹的辛酸，除非，他是有意"仇恨女人"，而这往往只意味着，他对女人毫无魅力可言。

如果克洛伊喜欢奥莉维亚而她们又合用一间实验室——单凭这一点就会让她们的友谊富于变化，更为长久，因为这就不会太过个人；如果玛丽·卡米克尔知道如何去写的话——而我也开始喜欢上了她风格中的某些特点；如果她自己拥有一间房间——这一点我倒不敢确定；如果她每年可以拥有五百英镑的收入——但这也有待证明；那么，我想，某种意义重大的事情已经发生了。

这是因为，如果克洛伊喜欢奥莉维亚，而玛丽·卡米克尔又知道如何将之表达出来，她将在这间至今无人来过的大厅里燃起一支火炬。柔和昏暗的光线伴着黝黯未明的黑影，就像蜿蜒的洞穴，人们秉烛而入，四下里打量，不知将踏向何方。而我又开始读这本书，读到克洛伊看着奥莉维亚把一个罐子放到了架子上，跟她说该回家看孩子去了。我惊呼道，这幅画面可是自创世以来从未有人见过的。而我也十分好奇地关注着这一幕。因为我想看一看，玛丽·卡米克尔会如何动笔，来把那些未曾被记载过的姿态，那些未被说过或是只说了一半的话，一一呈现，因为，男人那随心所欲、有色的光芒，从不曾照亮过独处的女人，这样自然流露的姿态、言语，就像天花板上飞蛾的影子一般不易察觉。她只有屏住呼吸才行——我对自己说，继续读下去——如果她要这么做的话。因为妇女如此多疑，任何动机不明的兴趣都会引起她们的疑虑，又因为她们如此习惯了隐瞒和压抑，任何向她们投来的目光都会让她们惊惶离去。你要这样做的话，唯一的办法——我想，不免又对着似乎在这儿的玛丽·卡米克尔说——就要口上说着一些别的事情，眼睛从容地看着窗外，而这样记下来，也不是用铅笔记在笔记本上，而是要用最快的速记，用尚未读出过的词汇，记下发生了什么。当奥莉维亚——这个被岩石的阴影遮掩了上百万年的生物——感觉到光线照在身上，看到一份陌生的食物正送上前来——知识、冒险和艺术，她便伸手去拿。我想——又一次把视线从书上移开——她必须将现有的才智重新搭配，好让本已高度发达以供它用的才智能够将新与旧融合在一起，而不至于打破整体上无比错综复杂而又精巧细致的平衡。

不过，哎呀，我又做了我决意要避免的事情了，我开始不知不觉地为自己的性别大唱颂歌。"高度发达""无比错综复杂"，这是毋庸置疑的赞许，而称赞自己的性别总是可疑的，也往往是愚蠢的。而且，这一次，我又如何才能证明所言不虚呢？我不能指着地图说，哥伦布发现了美洲大陆，而且哥伦布是个女人；或者拿起一个苹果，说牛顿发现了万有引力，而牛顿是个女人；或是抬头仰望天空，说飞机在头上飞，而发明飞机的正是女人。墙上并没有刻度，来衡量女人确切的高度。没有刻画入厘的码尺，好让我量一量慈母的关爱、女儿的孝心、姐妹的忠实，或是主妇的能力。即使是现在，也少有女人进了大学的各个年级，她们也几乎不曾在各行各业——陆军和海军、贸易、政治和外交中担当起大任。甚至此时此刻，她们也还是无名无分。但若是我想要知道，譬如说，一个人就霍利·巴茨爵士可以跟我说些什么，我只需要翻开《伯克》或是《德布雷特》[1]，就能发现他拿过这样那样的学位，拥有一处宅邸，有一个继承人，是某个委员会的主管，出任过英国驻加拿大总督，还接受了若干学位、官职、勋章和其他荣誉，作为他勋劳的印记，不可磨灭。关于霍利·巴茨爵士，除了上帝，再没有人知道得比这还多了。

因此，在我说女人"高度发达""无比错综复杂"时，我却不能在惠特克或德布雷特的名鉴，或是大学年鉴中得到证实。面对如此尴尬，我又能做什么呢？我又把目光投向了书架。上面放着这样几本传记：约翰生、歌德、卡莱尔、斯特恩、柯珀、雪莱、伏尔泰、勃朗宁，以及许多其他人的传记。而我开始想到所有那些伟人，出于这样那样的原因，仰慕女人，追求她们，与她们一同生活，向她们吐露心中的秘密，向她们求爱，写下她们，信任她们，并且表露出某种，怎么说呢，只能称之为对异性中某人的需要和依赖。我不会说，这种种关系都不过纯粹是柏拉图式的，威廉·乔因森·希克斯爵士大概会一口否认。但若是我们固执地认为这些男人不过是从中得到了些欢愉、谄媚和肉体的愉悦，便再无所获了，那我们就大大地冤枉了这些显赫的名流。他们收获的，显然，是一些他们自身的性别所无法提供的东西。我们大概不必从诗人那里寻来狂放不羁的言辞以作明证，便可以进一步说，这是只有女人的天赋才能赐予的某种灵感，某种可以唤醒创造力的源泉。我想，他一打开客厅或是育婴室的房门，就可以看到她被孩子们团团围住，或是膝上正放

1　两者皆为参考书，是英国贵族和绅士的名录。

着一方刺绣——不管怎样，作为截然不同的一种生活秩序和系统的中心，女人，让他看到了另一个世界，和他的世界——也许那就是法庭或下议院——大相径庭，而这不同立刻便让他耳目一新，精神焕发。而接下来，即使只是最简单的几句闲谈，自然也会有见解的不同，便可以滋润他心中原已干涸的思想。而看到她也用了不同于他的工具在创作，他的创造力也变得活跃，不知不觉间他那贫瘠的心便又开始布局谋篇了，新鲜的句子或场景，在他戴好帽子打算动身去找她时，心中还百思不得，这时也已历历在目了。每一位约翰生都有他的斯雷尔，出于诸如此般的原因对她不离不弃，而后来斯雷尔嫁给了她的意大利音乐教师，约翰生又恼又恨，差点发了疯，不仅是因为他在斯特里特汉姆的夜夜良宵一去不返，还因为他的生命之光"仿佛燃尽了"。

而即使并非约翰生博士，并非歌德、卡莱尔或是伏尔泰，我们依然可以感觉得到女人的这种错综复杂的性质，以及她们高度发达的创造才能的力量，尽管，这种感觉和那些大人物的相比，如此不同。我们走进房间——但英语语言的运用也须穷尽其极才可以，而新鲜的词汇也必须不顾一切插上翅膀赶来，女人才有可能说得出当她走进房间时发生了什么。房间与房间如此大不相同：或者安静，或如雷鸣，或是面朝大海，或是，正相反，冲着监牢大院；有的挂满了洗净的衣物；有的被乳白玻璃和丝织绸缎装点得生机勃勃；也有像马鬃般坚硬，有的如羽翼般柔软——只消走到街上去，走进任何一间屋子，那错综复杂的女性气息就会一股脑儿地整个扑面而来。哪里会有别的可能？因为千百年来，妇女一直坐在屋内，时至今日，这房间的四壁早已浸透了她们的创造力，而实际上，那些砖石砂浆早已不堪重负，不由得这种力量不去诉诸笔端，或写或画，又或是要从商从政。但女人的创造力又和男人的大不相同。我们必须要说，若是这种创造力因为受阻而无法发挥，或是被白白浪费，那真是太可惜了，因为这是历经了多少个世纪、何等严厉的压制才赢得的，没有什么可以将其取代。若是女人像男人一般写作，像男人那样生活，连看上去也像男人，这真是太可惜了，因为，既然男人女人各有不足，而世界又是如此辽阔和丰富，只有一种性别哪里应付得了？难道教育不该彰显差异、突出个性，而非舍异求同吗？毕竟，我们的相似之处已经够多了。倘若有位探险家，探险归来告诉我们，还有其他性别的人，正从不同的枝叶间仰望着另一片天空，那么，恐怕没有什么会比这个消息对人类的贡献更大了；若是碰巧让我们看见某教授为了证明自己的"优越"，而冲去寻找他的标尺，我们一定会乐不可支。

我的思绪仍在书页的上方一段距离徘徊，我想，玛丽·卡米克尔将只会作为一个旁观者来修改她的作品。恐怕，她的确会变成一个自然主义小说家——在我看来，这一类小说却不太有趣——而不是一个思考者。有这么多的新鲜事物要由她来观察。她倒不必再把自己困在中上阶层的豪宅中。她可以不必心怀怜悯或是觉得委屈了自己，坦然走进那些香气扑鼻的小屋，里面坐着交际花、娟妓和抱着哈巴狗的太太。她们坐在那里，身上仍穿着粗陋的成衣，若是男作家进了房间，免不了要去拍拍她们的肩膀。但玛丽·卡米克尔一定会拿出手中的剪刀来，为她们将衣服边边角角剪裁得合体伏贴。等到我们可以一睹这些女人的真实面目，那必定别有一番景象，不过，我们还必须多等一会，因为，玛丽·卡米克尔仍在为自己所意识到的"罪恶"所累，这是野蛮的性传统留给我们的遗产。她的脚上仍会拴着那条锈迹斑斑的阶级脚镣。

不过，大多数的妇女既非娼妓也非交际花，她们也不会坐在那里，把哈巴狗裹在满布灰尘的丝绒里紧紧抱在怀中，就这样打发掉整个夏日的午后。那她们又都做些什么呢？我的脑海中浮现出一条长巷来，河南岸的某处遍布着这样的街巷，其间密密匝匝住满了人。在这条长巷上，走来一位颇为年迈的妇人，身旁一位中年女子挽着她，那也许是她的女儿。两人衣着体面，脚上穿着皮靴，身上穿着毛皮大衣，午后如此盛装，一定是种仪式。而她们的衣服，年复一年，每逢夏月，都被叠放整齐，和樟脑一起收在衣橱内。她们穿过街道时，路旁的灯一盏一盏点亮了（因为她们最喜欢的正是薄暮时分），想必她们年复一年都是如此。年长的就快要八十了，可要是有人问起，她的一生对她而言意味着什么，她会告诉你，她记得那些街巷曾为巴拉克拉瓦一战而灯火辉煌，或是说，她曾听到海德公园里为爱德华七世庆生时鸣响的枪声。可要是有人希望搞清楚究竟是几月几号，是春夏还是秋冬，而问她 1868 年 4 月 15 日或是 1875 年 11 月 2 日她在做些什么，她想必会一脸茫然地回答，她什么也不记得了。因为饭菜已经准备停当，锅碗瓢勺都已洗刷干净，孩子们都送去了学堂，一个一个长大成人。什么都没有留下。一切都消失殆尽。传记或是历史对此不置一词。而小说，虽非本意，也无一例外地对此撒了谎。

所有这些默默无闻的生命，仍有待被记载下来。我对玛丽·卡米克尔说，好像她就在这儿一样。我的思绪仍穿行在伦敦的那些大街小巷间，感受着沉默的压力。无从记载的生活日积月累，这或许来自街角叉起腰来的妇女，她们的戒指陷在肿胀的手指上，说话谈天还要比手画脚，仿佛莎士比亚剧中的词句那般韵律有致；也或许来自卖紫罗兰的姑娘、卖火柴的女孩，还有坐在门洞下的老太婆；

又或许来自那些逛来逛去的姑娘，她们的脸就像阳光和乌云下的海浪，让人看到来往的男男女女和商店橱窗里闪烁的灯光。所有这些你都要去探索，我对玛丽·卡米克尔说，要握紧你手中的火炬。但首先，你必须用它的深刻与浅薄、虚荣与宽宏照亮自己的灵魂，并要说出，你的美貌或平庸对你意味着什么，以及你与这个挂着摇来荡去的鞋、袜、手套等各色物品的转动不止、变换不休的世界有何关系。那些物品在弥漫着淡淡香气（从药剂瓶中散发出的），有着人造大理石地板的布料市场中悬挂着。

在想象中，我进了一家商店，那儿铺着黑白相间的地板，四处挂满了五颜六色的缎带，真是美得惊人。玛丽·卡米克尔若是走过，我想，她也不妨进来一看，因为这幅画面若是诉诸笔端，并不逊色于安第斯山脉任何一座白雪皑皑的山峰或是一处岩石林立的山谷。而且，这儿的柜台后面，还站着一个女孩——而我会乐意看到对她的如实刻画，就像看到了拿破仑的第一百一十五本传记，或是第七十部有关济慈的专著以及老教授Z之流正在对他笔下的弥尔顿式倒装句所进行的研究一样。然后，我继续小心翼翼地踮起了脚尖（我太胆怯了，太害怕那曾差点打到我肩头的一记鞭子），小声地跟她说，对于男人的虚荣——不说怪癖，是因为没有那么让人不快——应该学会一笑了之，而不必心下不快。因为人人脑后都有一先令大小的疤痕，唯独自己看不到。而两种性别之间的互惠互助，其中之一，便是为彼此描述一番这后脑勺上一先令大小的疤痕。想一想，女人从尤维纳利斯的言论和斯特林堡的批评中得到过怎样的好处。想一想，从始至今，男人多么仁慈、多么聪明地为女人指出了脑后不光彩的地方！而若是玛丽十分勇敢又十分诚实，她会绕到男人的身后去，并告诉我们她的见闻。除非有女人把这先令大小的疤痕加以描绘，否则的话，永远不可能画得出一幅真实完整的男人形象。伍德豪斯先生和卡索邦先生就是这种大小的疤痕。当然，没有任何头脑正常的人会怂恿她刻意地去讥讽和嘲弄——文学表明，如此写下的文字一无是处。常言道，诚实的结果必定令人喜出望外。喜剧必然会别开生面。新的事实必然会为人所知。

不过，也该把注意力重新集中到这页书上了。与其去猜测玛丽·卡米克尔会怎样写、该怎样写，倒不如看一看她实际上写了些什么。因此，我继续读了下去。我想起自己对她有一些不满。她将简·奥斯汀的句子拆散，而我也就失去了机会，无法炫耀我无可挑剔的眼力和过分挑剔的耳朵。"是的，是的，这还不错，可简·奥斯汀写得比你要好得多"，这样的话说出来毫无用处，因为我不得不承认，她们二人之间，毫无相似之处。她接着又更进一步打乱了次序——我们期望看到的顺序。也许她这么做只是尤心，她不过是按照女人的方式，恢复了事物自然的次序，女人就会这样写。但结果却多少让人困惑，我们看不到海涛汹涌，看不出危机将至。因此，我也就无法炫耀自己感情之深刻，对人心所知之深邃。可无论爱情，或是死亡，每当我以为就要故地重游、可以重温旧梦之际，那个恼人的东西就会一把将我拉走，似乎重要之处还在前方。而这样一来，她就使得我无法高谈阔论，堂而皇之地说出诸如"基本的感情""人性共通之处""人的内心深处"之类的词句，而正是这些让我们相信，虽然我们看似乖巧，但心底仍是十分严肃、深刻、慈悲。她却让我觉得，正好相反，人人都不过是思想懒散，而且因循守旧，毫无严肃、深刻、慈悲之心——这个想法实在是毫无魅力而言。

但我读下去，注意到了其他一些事实。她并非"天才"——这是显而易见的。她并不像她的前辈温切尔西夫人、夏洛蒂·勃朗特、艾米莉·勃朗特、简·奥斯汀还有乔治·艾略特那样，她们对自然一腔热爱，燃烧着瑰丽的想象之火，奔放的诗意、横溢的才华、深沉的智慧成了她们的伟大；她写不出多萝西·奥斯本那般悦耳动听、端庄郑重的作品——她不过是一个聪明的姑娘，十年之后，她的作品便会被出版商化为纸浆。不过，虽说如此，跟半个世纪之前的妇女相比，即使她们的天赋更胜一筹，她还是略占了些优势。男人不再是"反对势力"；她无须花费时间来抱怨他们；她不必爬上屋顶，不必因为憧憬着远行和经历、渴望去了解将她拒之门外的世界和众生，而失去了平和的心境。恐惧和仇恨也几乎消失殆尽。或许，只有当自由的喜悦略为夸张，她在刻画男人时，才少了几分浪漫，而带了刻薄讽刺的倾向，这种恐惧或仇恨的余迹才流露了出来。因而，可以肯定，作为一个小说家，她自然占据了优势，可以技高一筹。她的情感更为广阔、热切，也更为自由。纤毫之微也会触动她的心弦。就像一株新生的植物，婷婷地立在空中，尽情呼吸着扑面而来的每一个景象和声音。她也会四下打量，十分好奇又非常微妙，在这几乎不为人知也不曾记载过的事物之间，偶然发现了一些细小的东西，便也让我们知道，那或许并非微不足道。它让尘封已久的东西得以重见天日，让人们怀疑埋藏它们的必要。尽管她有些笨拙，也不像萨克雷或兰姆那样，无意间便与悠久的传统一脉相承，笔尖轻转，便可以流淌出悦耳的文字，她已经——我开始这样想了——学到了重要的第一课：作为女人而写作。虽然这个女人已经忘记了自己的女性身份，结果便是，她的字里行间充满了奇特的性别特征，而这唯有不再拥有性别意识的人方可为之。

大体而言，这都是有益的。但除非她能抓住倏忽而去的瞬间，连同个人的经验，凭此建起屹立不倒的大厦，否则的话，无论多么丰富的情感、多么敏锐的洞察力，也无济于事。我说过，我会等到她去面对一个"特定的情形"。而我这样说的意思，就是要等到她发挥才能、用尽解数、打起精神来证明她不只是一个浮光掠影的匆匆看客，她也透过表面，看到了事物的本质。她会在某个时刻对自己说，就是现在，无须声色俱厉，我也可以揭示出这一切的意义了。然后，她就会开始——就是这种跳跃，不会错！——用尽解数发挥才能，记忆中便会浮现出那几乎已被遗忘的、在其他章节中被丢在一旁的、也许是非常琐碎的事情。就在旁人缝缝补补，或是抽上一袋烟的时候，她要尽可能自然地让那些琐事鲜活起来，让人感觉得到。当她继续写下去，我们就会感觉自己仿佛登上了山巅，而世界尽在脚下，历历在目，蔚为壮观。

　　无论如何，她在努力。而在我看着她更进一步去迎接挑战时，我注意到——希望她不要看到——那群主教、学监、博士、教授、一家之长和老学究们全都对她大喊大叫，发出警告，提出建议。你不能这样，你不该那样！只有研究员和学者才可以踏入草坪！没有介绍信女士不得入内！有抱负、有风度的女小说家这边走！——他们就这样，像赛道围栏外聒噪的看客，对她纠缠不休，而她能否不去左右张望，径直完成自己的跨栏，便成了对她的考验。我对她说，别为了骂他们而停下脚步，不然你就输掉了；也别站在那里嘲笑他们，这也是一样。犹豫不决，或是笨手笨脚，都会输掉。全神贯注地去跳吧，我恳求她，就像是我把所有的家当一股脑儿全押在了她的身上。她越过栅栏，有如鸟儿飞过。可前面还有一道栅栏，再往前还有一道。她是否能坚持到底，我不敢肯定，因为恼人的掌声和呐喊不绝于耳。但她尽力了。想一想，玛丽·卡米克尔并非天才，她不过是个默默无闻的姑娘，在一间既当卧室又当客厅的房间里写出了她的第一部小说，时间、金钱和闲暇，想要的东西一样也不够用，我想，她做得已经不错了。

若是再给她一百年的时间，我读到了最后一章，心下得出了结论——人们的鼻子和赤裸的双肩在星空下一览无余，因为有人拉开了客厅的窗帘——给她一间自己的房间，每年给她五百英镑，让她敞开心扉，把她写进书里的东西删去一半，到时候，她一定会写出一本更好的书来。再过一百年，她会成为一位诗人。我把玛丽·卡米克尔的《人生之冒险》放在书架的一端，如此说道。

六

第二天，十月的晨光落下，飞尘中看得见一道道阳光照进了未拉上窗帘的窗子，与之同来的，还有街上川流不息的嘈杂声。伦敦的发条已经上紧，这间大作坊又开始运转了，车床也开始轰鸣。读罢这些书，我忍不住向窗外看去，看看1928年10月26日清晨的伦敦，到底在忙碌些什么。那么，伦敦在做些什么呢？看来，没有人在读《安东尼与克莉奥佩特拉》。看来，莎士比亚的剧作，完全不能让伦敦提起兴趣。丝毫没有人关心——而我并不怪他们——小说的未来、诗歌的死去，或是一名普通妇女对一种可以如实表达女人心声的散文文体所做的推动和贡献。就算有人用粉笔在人行道上把这些一一写下，也不会有谁愿意停下来读上一读。用不了半个钟头，无动于衷、匆匆而过的脚步就会把这些蹭得一干二净。这边走来一个差童，那边跑来一条狗，一个女人跟在后面。伦敦街巷的迷人之处就在这儿，你绝对找不到两个相似的人。每个人似乎都各有各的心事。有几位拿着公文包，像是在办公事；也有几个流浪汉，手拿着棍子，把庭院的护栏敲得当当作响；还有人彬彬有礼，冲着马车里的人打招呼，主动向人提供各种信息，好像街道就是他们的俱乐部。也有送葬的队伍经过，让人不由得想到有朝一日自己的遗体也会由此经过，便不禁脱帽致敬起来。然后，有一位气度不凡的绅士慢步走下门口的阶梯，停在一旁，以免撞上一位匆匆走过的夫人，那位夫人不知用了什么办法，弄了一件华贵的皮毛大衣，手里还有一束帕尔玛紫罗兰。他们看上去全都互不相干，只关注着自己，各忙各的事情。

此时此刻，一切往来的车辆戛然而止，万籁寂静，这在伦敦已是常事。街上悄无声息，没有人从此经过。一片树叶从街头的梧桐树上掉落，恰在这个停止的瞬间，飘落下来。不知为何，这就像是一个信号，从天而降，为我们指向事物之中一直为人忽略的一种力量。它好像指向了一条河，一条看不见的河，从这里流过，转过拐角，沿街而下，携了路人随之奔流，就像牛桥的溪流载了泛舟的学子和枯叶。现在，它就载着一位脚穿漆皮靴的姑娘，从街的一侧流向了街的对角，而后是一个身着褐红色外套的年轻男子，它还捎上了一辆出租车，并将这三者汇合到了一处，正在我的窗下。出租车停下了，那位姑娘和年轻男子停下了，他们上了车，接下来，这辆出租车悄然而去，仿佛被水流冲去了别处。

这一幕实在是司空见惯，奇怪之处在于我的想象力赋予了它一种韵律十足的秩序。而两个人上了出租车这么普通的一幕，也能向我们传达出他们看上去的那种心满意足。看到两个人沿街走来，在街角相遇，似乎也可以缓解某种紧张的情绪。我这样想着，看见出租车转过街角，匆匆离去。或许，总把男人和女人视为不同是件辛苦事，而我这两天所做的便是如此。这让我大伤脑筋，难以协调地思考。而现在，看到两个人走到一起，上了一辆出租车，我的辛苦便消失了，我也不再伤脑筋了。头脑当然是个再神秘不过的器官，我从窗口缩回了头，想到我们对它完全一无所知，却事事都要依赖它。身体受了伤，总能找到明确的原因，那么为何我会感到心中也有隔阂和对立？而所谓"协调地思考"又是什么意思？我沉思了一番，因为显然，头脑的力量如此之大，随时都可以集中心思，思考各种问题，那么其存在的状态，似乎不会是某种单一的形式。它可以把自己与街上的人群分开，譬如，想象自己和他们拉开了距离，正从楼上的窗子向下望着他们。也可以与其他人共同思考，就像，举例来说，在人群中等待着听到某条消息。它可以通过自己的父辈或是母辈回顾往昔，如我所言，一位写作的女人从母亲那里才看得到过去。而且，如果身为女人，便常常会因为意识突然间一分为二而感到吃惊，比如，走在怀特霍尔大街上，原本还是那种文明理所当然的继承者，一转眼就成了一个外人，既陌生又挑剔。显然，心思所在，时常不同，而世界，也就在不同的眼光中依次呈现。不过，即使是自然呈现的心境，也有些较之另一些更为相宜。而要保持如此心境，人们便会在无意间有所克制，长此以往，这压抑也让人劳力伤神。但或许也有种种心境，可以毫不费力便得以保持下去，因为一切都无须克制。而我从窗边回来，心想，这大概就是其中之一吧。因为在我看到两人上了出租车后，一度散乱的心思，自然间便恢复了纹丝不乱的状态。显然，这是因为两性之间本该和睦相处。即便毫无理性可言，内心深处的直觉也让我们相信，男人和女人的结合会给人莫大的满足、无上的幸福。不过，看到这样两个人上了车，以及随之带来的满足感不禁让我想到，人的头脑，是否也有性别之分，就像身体分作了男女，那是不是说，头脑中的男女也应该结合，才会带来莫大的满足和无上的幸福？于是我不熟练地勾勒起了一张灵魂的草图，让每个人都被两种力量所主宰，一种是男性的，另一种是女性的。在男人的头脑中，男性的力量胜过了女性，而在女人的头脑中，女性的力量战胜了男性。正常又相宜的状态，就是这两者和睦相处，情投意合。若是身为男人，也要头脑中的女人有所作为；若是身为女人，也要和她心中的男人相互契合。柯勒律治说过，伟大的头脑是雌雄同体的，他说的大概就是这个意思。只有合二为一，头脑才会变成沃土，而各种才能才会发挥得淋漓尽致。我想，若是头脑只由男人来支配，恐怕和只由女人来做主一样，都无法进行创造。但最好还是稍停片刻，打开一两本书，来考察一番所谓女性化的男人，或是反过来，男性化的女人，到底意味什么。

柯勒律治所说的"伟大的头脑是雌雄同体的"，当然不是说这个脑袋里专门装了对妇女的同情，这个脑袋致力于妇女的事业或是为她们立言。或许跟单性的头脑相比，雌雄同体的头脑倒不倾向于做出这种区分。他大概是想说，雌雄同体的头脑引起回想、易于渗透，感情可以在其间自由流淌、通行无阻。它天生富于创造力，粲然晶莹，浑然一体。其实，若说雌雄同体或是女性化的男人，莎士比亚的头脑便是典型，虽然无从得知莎士比亚对于女人的看法如何。但如果说，对性别毫不在意，或是并不把性别一分为二来看待，正是心智成熟的特征之一，那么要获得如此心境，如今看来，不知道比以往要困难多少。我走到在世作家的作品前，停在那里，心里想到，莫非这就是一直以来让我大伤脑筋的根源所在？从没有一个时代像我们这个时代一样，性别意识如此昭著，男人讨论女人的书在大英博物馆里堆积如山便是明证。这无疑要怪罪于妇女参政的运动。想必这让男人有了自我维护的强烈欲望，想必这让他们重视了自身的性别以及诸种品性，而若非是受到了挑战，他们才懒得去为此费神。男人面对挑战，即便只不过是几个头戴黑色软帽的姑娘前来挑衅，都会以牙还牙，若是首次应战，更会变本加厉地还以颜色。这或许可以解释这儿留给我的某种印象。说着，我拿下了 A 先生新写的一本小说。这位 A 先生正值年富力强，而显然，批评家对他也青睐有加。我打开了书。读罢女人的书，又读到男人的作品，确实让人愉快。相比之下，男人更为直白，也更加坦率，让人看到了自由奔放的思想、无拘无束的人，以及强烈的自信。这样一个汲取了充足的营养、接受过良好的教育、享有充分自由，并且从未被阻挠或反对过的头脑，从其诞生之初就任其自由成长，让人看了便心旷神怡。这都让人羡慕。但读上一两章之后，便似乎看得到书页上横着一道阴影。这是一道直直的阴影，形似大写字母"I"。我只好左右探过身子，才看得到这阴影下面的景色。但也不敢确定，那到底是一棵树，还是一个女人正在走来。因为这个"I"始终挡在眼前。我开始厌倦这个"I"了。虽然这个"I"最值得人们尊敬，为人诚实，通情达理，和果核一样坚硬，几百年来，良好的教育和营养，将之琢磨得晶莹剔透。我打心底尊重仰慕这个"I"。不过 —— 说到这儿，我又翻过了一两页书，看看这个，瞅瞅那个 —— 落到"I"的阴影里，最糟糕的，莫过于一切都如堕雾中，变得影影绰绰起来。那是棵树吗？不，那是一个女人。不过……我总觉得，她的身体里似乎没有骨骼，我看着菲比——就是她的名字——从沙滩走来。然后，艾伦站了起来，他的身影立刻就遮住了菲比。因为艾伦有自己的见解，而菲比则被淹没在他洪水般的见解中。而且，我还觉得，艾伦充满了激情。我匆匆翻过了一页又一页的书，心下以为危机就要爆发了，果然如此。就在光天化日之下的沙滩上，毫无遮拦，劲头十足，再没有比这更不得体的了。不过……我已经说了太多次"不过"。不能再这么继续下去了。你怎么也得把一句话说完，我这么责怪自己。我要把那句话说完吗？"不过——我厌倦了！"可为何我会心下生厌？多少是因为那个大写的"I"，处处都有它的身影，乏味至极，就像一棵参天的山毛榉，巨大的阴影占据了沙滩，毫无生气。那里什么也无法生长。而多少，还另有更为隐晦的原因。在A先生的心里，似乎有一些障碍、一些羁绊，阻住了创造力的源泉，只在狭小的范围里才得以流淌。想起牛桥的那顿午餐、弹落的烟灰和那只曼岛猫，以及丁尼生和克里斯蒂娜·罗塞蒂，他们全都拥在一起，其间大概就有那所谓的羁绊。菲比走过沙滩，他已不再轻声低吟"一滴晶莹的泪珠落下，是那门前怒放的西番莲花"，而艾伦走近时，他也不再对以"我的心房，像歌唱的鸟儿，它的巢筑在挂满露水的新枝"，那么，这该让他如何是好呢？像白昼一样光明磊落，如太阳一般通情达理，他就只有一件事能做了。而说实话，这件事，他已经一而再再而三（我边翻动着书页边说），并且继续做了下去。我还要补充一句，这看上去有些乏味，虽然我也知道，如此坦白毕竟让人不快。莎士比亚的不雅之处让人们忘记了无数的心事，毫无乏味之感。不过莎士比亚这么做是为了取乐，而A先生，据护士们说，却是别有他意。他是为了抗议。他是借着自己的优越感来抗议女人与他平起平坐。所以，他才踩到了绊脚石，处处受碍，若是莎士比亚也认识了克拉夫小姐和戴维斯小姐[1]，恐怕也会和他一

---

1 妇女教育的推动者，分别担任剑桥纽汉姆女子学院和格顿学院的院长。

样，时时惦记着自己。毫无疑问，妇女运动要是早在 16 世纪而非 19 世纪便已兴起，那么伊丽莎白时代的文学和它如今的模样，一定大为不同。

要是那个头脑之两面性的理论说得通，那么，所谓的男子气概，如今已变成了男人的自我意识，也就是说，他们如今写起文章来，便只用了头脑中男性的一面而已。一个女人若是去读这样的书，那就犯了个错，好比缘木求鱼，求之而不得。我想，令人怀念的，恰是给人以启迪的力量，我拿起了评论家 B 先生对诗歌艺术所做的批评，认真细致、尽心尽责地读了下去。这些固然都是出色之作，言辞犀利、旁征博引，可问题在于，他的情感不再为我们所知，他的头脑里好像筑起了一间间各不相同的房间，彼此之间全然不通音讯。结果，谁要是用心记下了 B 先生的某个句子，那个句子便会砰的一声掉在地上——死去了。但我们要是把柯勒律治的句子记在心上，那个句子会轰然炸开，绽放出各式各样的思想来，而唯有这样的书写，才会被称为掌握了长盛不衰的秘诀。

不过，且不管原因何在，这一事实必定让人遗憾。因为，这就意味着——此时我走到了说高尔斯华绥先生和吉卜林先生的几排书前——在世的伟大作家，他们最好的一些作品恐怕要不为人知了。不管一个女人如何努力，她都无法在书中找到长生不老的泉水，虽然评论家们信誓旦旦地告诉她就在那里。这不仅是因为他们赞颂的是男人的美德，鼓吹的是男人的价值观，描写的是男人的世界，还因为，渗透在这些书中的感情是一个女人所无法理解的。还远远没有到结局，人们就开始说，这种感情就要来了，这种感情在酝酿，这种感情就要在人们的心中呼之欲出了。这样一幅画面将落到老朱利昂[1]的心中：他将死于震惊，那个老牧师将为他念上几句讣词，而泰晤士河上所有的天鹅也都将齐鸣挽歌。但没等这一切发生，我们便已跑开，躲进了醋栗树丛，只因这种对男人来说如此深厚、如此微妙、如此富于象征的感情，却令女人惊愕不已。吉卜林笔下一个个掉头跑开的军官就是如此，还有那些播撒种子的播种者、独自工作的人，以及旗帜，都是这样——这些大写字母让我们脸红，就好像在偷听什么纯属于男人的狂欢作乐时，被抓了个正着。事实就是，高尔斯华绥先生也好，吉卜林先生也好，他们的身上找不到一星半点儿的女性气质。因此，在一个女人看来，他们的特征，若是可以概括来说的话，全都那么粗俗、不够成熟。他们的作品，无法给人启迪。而书若是不能给人启迪，纵使它重重地敲打心扉，也无法扣动心弦。

我把书抽出来，却看也不看便又放了回去，心下就这样焦躁不安，开始在眼前勾勒出一个纯粹的、趾高气扬的男性时代，就像教授们往来的通信（比如沃尔特·罗利爵士的信件）看上去所预示的，而意大利的统治者们业已建立的那样。只要一踏入罗马，便无从逃避那股令人窒息的大男子气。且不管这铺天盖地的大男子主义对于国家而言价值几何，对于诗歌艺术的影响却值得我们去质疑。不管怎样，报纸上说，意大利的小说有些让人担心了。学者们已经开了一次大会，就是为了"促进意大利小说的发展"。日前，"出身显赫，或是金融界、实业界以及法西斯团体的要人们"集聚一堂，就这个问题展开讨论，并向领袖致电，表达了他们的希望，希望"无愧于法西斯时代的诗人将不日诞生"。我们或许都可以共享如此可嘉的

---

1 高尔思华绥所著《福尔赛世家》中的人物。

希望，但孵蛋器里能否孵出诗歌来，却叫人怀疑。诗歌理应有一位父亲，和一位母亲。而法西斯的诗歌，我怕会是一个流产堕下的小胎儿，就像我们在乡镇博物馆的玻璃罐中看到的那样可怕。据说，这样的畸胎永远活不长，我们从没见过这样的灵童在田间地头割草。一个身体长了两个脑袋，并不能活得长久。

然而，如若有人急于追究责任，那所有的这一切，男人女人都难辞其咎。无论是善诱的人，还是力行的人，统统都要负责：无论那是在贝斯伯勒夫人向格兰维尔勋爵撒谎时，还是在戴维斯小姐把真相告诉格雷格先生时。只要是唤醒了我们性别意识的人，统统都要负责，就是他们，当我想要把自己的才能用于写书时，他们让我在那个欢乐的时代去寻找这种意识，而那时，戴维斯小姐和克拉夫小姐尚未出世，作家头脑中的两面也尚未分出伯仲来。我只好回到莎士比亚，因为莎士比亚是雌雄同体的，济慈、斯特恩、柯珀、兰姆和柯勒律治也是如此。雪莱可能就没有性别。弥尔顿和本·琼生身上的男性气质未免过多。华兹华斯和托尔斯泰也是这样。在我们的时代，普鲁斯特完全是雌雄同体的，只或许多了点女性气质。但这种缺陷过于微乎其微，不值得去抱怨，若没有这种杂糅，理智似乎就会占了上风，那么头脑中的其他才能便会僵硬，失去了活力。不过，我把这当作一个转瞬即逝的局面，以此来安慰自己。我答应过大家，要把自己的思绪向大家讲明，而我所说的，看来大部分就要过时了，而在我眼前燃烧的那些东西，在尚未成年的你们看来，大多数也让人怀疑。

尽管如此，我走到书桌旁，拿起了写着《妇女与小说》这个题目的那张纸，说道，我要在这儿写下的第一句话就是，任何一位作家，总想着自己的性别，都是致命的。而做一个纯粹、单一的男人或女人，也是致命的。必须是男性化的女人，或是女性化的男人才行。女人要是受了委屈，便不免要去强调一番；因为有理，便去申诉；说话时，不管怎样，还想着自己是个女人，这也是致命的。我说致命，并不是打比方。因为这样带着意识的偏见写就的文字，注定是要走向消亡的。这种文字失去了养分供给。也许有一两天的光景，它流光溢彩、精彩绝伦、影响深刻，但夜幕降临之时必将枯萎凋零。这种文字无法成长于他人的思想之中。男人和女人的头脑必须通力合作，如此方可成就创造的艺术。两性之间必须完婚。作家若要我们体会得到他在完整而充分地与我们分享他的经验，就必须完全敞开心灵。必须无所拘束、心境平和。不能让任何一个轮子嘎吱作响，也不可以让任何一丝光线发出微弱的光芒，必须拉严窗帘。以我之见，作家，一旦分享完他的经验，就必须躺下，让思想在黑暗中庆祝这场婚姻。他不可以去看，也不可以去问究竟完成了什么。正相反，他必须摘下玫瑰的花瓣，或是凝视天鹅安详地顺流而下。我又一次看到了河面上载着泛舟的学子，漂着几片落叶。看着那一男一女穿过街道走到了一起，我想，那辆出租车将他们带走了。听到远处伦敦的车流发出的轰鸣，我想，他们被水流卷走，汇入了那滚滚的洪流。

　　这时，玛丽·伯顿缄口不言了。她已经告诉过你们她是如何得出了那个结论——那个乏味的结论——若是你们想要写小说或诗歌，那么，每年就必须有五百英镑的收入，和一间带锁的房间。她已经尽力把种种让她得出这一结论的思绪和印象，原原本本地和盘托出。她要求你们跟随她，一头撞上了教区执事的双臂，在这儿吃了午餐，去那儿用了晚餐，在大英博物馆画了几幅画，从书架上拿下了几本书，望向窗外。在她经历所有这一切时，她的种种缺点和过失想必被你们看在眼里，也看到了这对她的见解所造成的影响。你们一直在反驳她，只要对自己有利，便加入自己的见解，或是断章取义。就是这样，这也理所当然，因为此类问题，只有见识了各种各样的错误之后，才看得到真理。而我自己会先提出两点自我批评，以此作为结束，当然，这两点恐怕过于明显，你们想必也会提出来。

你们或许会说，关于男人和女人相对而言各有何优势，你并没有说出任何见解来，即便只谈作家，我们也不得而知。我是有意为之，因为，即使确是时候来做出一番考量——而目前，知道妇女有多少钱，有几间房间，远比对她们的能力做一番理论概括要重要得多——即使确是时候，我也相信，才情并非黄油和白糖，可以一一称量，且不管这是才还是情，即使是在剑桥也不能够，虽然那里擅长给人分等级，为人戴帽子、冠头衔。即使是在惠特克《年鉴》中，你们读到那张尊卑序列表，我也不相信那就定下了价值最终的高下，或者，也没有任何确凿的理由相信，一位巴斯高级勋爵士，最后还是要给一位精神病专门法官让步，让他先去赴宴就餐。唆使一种性别的人去反对另一种性别的人，一种性质去反对另一种性质，自命则为不凡，视人则如草芥，所有这些，都没能超出人类在私立学校那个阶段的所作所为。那个时候，有派系之别，这一派总要压倒另一派，而最重要的事情，莫过于走上一个高台，从校长本人的手中接过一个让人赚足面子的罐子。而人类成熟之后，便不再相信派系之别，或是校长，或是那让人面上增光的罐子。无论如何，说起书来，众所周知的是，若要这样给它们贴上高下优劣的标签，又不让其掉落下来，可谓难之又难。看看现在的文学评论，不就是一再证明了判断的难处吗？"这本伟大的著作""这本毫无价

117

值的作品"，说来说去，指的都是一本书。褒贬同样毫无意义。的确，评判高下以作消遣或许算得上有趣，但若作为职业，便最为徒劳无益，而若是对裁定者的判决一味地唯唯诺诺，那就是奴性十足了。写下你想要写下的，那就是了。至于会流传百世，还是过眼云烟，谁也不会知晓。但哪怕是要牺牲一丝一毫你心中的所见，褪去一点一滴你眼中的色彩，只为向某个手里拿着银罐的校长、某位袖中装着量尺的教授以表敬意，都是最为可鄙的背叛。相比之下，失去财富或是贞洁，这些所谓的哀莫大焉，都不过像是给跳蚤咬了一口那样。

我想，接下来你们可能会不以为然的，就是在我的这一番话中，如此强调物质的重要性。即使那是为象征主义留下的慷慨的空白之处——五百英镑的年薪象征了沉思的力量，门上的锁意味着独立思考的能力，你们仍会说，思想应该超越这些事情。还有，大诗人往往都是穷人。且让我引述一下你们自己的文学教授的话，他可比我清楚，是什么造就了一位诗人。阿瑟·奎勒－库奇教授是这样写的：

"过去一百年来，都有哪些伟大的诗人？柯勒律治、华兹华斯、拜伦、雪莱、兰德、济慈、丁尼生、勃朗宁、阿诺德、莫里斯、罗塞蒂、斯温伯恩——我们可以停下了。这些人当中，除了济慈、勃朗宁和罗塞蒂，其他人都读过大学，而这三人中，唯有英年早逝的济慈生活清苦。或许这样说来有些残酷，但可悲的是，确凿的事实告诉我们，所谓凡有诗才无论贫富无碍其彰的说法，其实不过是空话。确凿的事实告诉我们，这十二人中，九位上了大学。也就是说，他们通过这样那样的方法，接受了英国所能提供的最好的教育。确凿的事实告诉我们，就你们所知，那剩下的三人中，勃朗宁算得上富裕。而我敢这么跟你们说，若是他没那么富裕，他才写不出《扫罗》和《指环与书》，就像拉斯金，若不是他的父亲生意兴隆，他也写不出《现代画家》。罗塞蒂有一小笔私人收入，更何况，他还作画。这样，就剩下了济慈，司夭折的女神阿特洛波斯夺去了他年轻的生命，一如她在疯人院中夺去约翰·卡莱尔的生命，还逼得詹姆斯·汤姆森吸食鸦片酊，借以麻醉自己的绝望，以至殒命。这些是可怕的事实，但让我们去正视这一切吧。确实——且不管对于我们民族而言，这是多么有失荣誉——在英联邦，因为出了某种差错，这些年来，甚至是近两百年来，穷诗人一直机会渺茫。相信我——我在十年中，花了大量的时间观察了大约三百二十所小学——我们尽可以大谈民主，但事实却是，英国的穷孩子，并不比雅典奴隶的孩子拥有更多的机会来获得心灵的自由，而伟大作品的诞生正有赖于此。"[1]

　　没有人能把这一点说得更明白了。"这些年来，甚至是近两百年来，穷诗人一直机会渺茫……英国的穷孩子，并不比雅典奴隶的孩子拥有更多的机会来获得心灵的自由，而伟大作品的诞生正有赖于此。"正是如此。心灵的自由正依赖于物质。诗歌依赖于心灵的自由。而妇女一向穷困，远不止近两百年来，而是有史以来便一直如此。至于心灵的自由，妇女尚且不如雅典奴隶的孩子。所以，妇女写诗的机会也很渺茫。这就是我为何如此强调金钱和自己的一间房间。不过，正是因为以往那些默默无闻的妇女的努力，我希望可以多了解一些她们的事，也因为，说来奇怪，两场战争，一是克里米亚战争，让弗洛伦丝·南丁格尔得以走出了客厅，一是六十年后

1　《写作的艺术》，阿瑟·奎勒－库奇爵士著。——原注

的欧洲战争，为普通妇女打开了大门，这一切使得诸多弊端正逐渐得以改善。否则的话，今晚你们也不会在此，而你们每年挣得五百英镑的机会，也只怕要微乎其微了，虽然，就算是现在，恐怕也未必就有很多机会。

也许，你们仍会反驳，为什么你把妇女的写作看得如此重要？而据你所说，为此要付出如此巨大的努力，没准儿还会去谋杀自己的姑姑，几乎肯定要在午餐会上迟到，或许还要被卷入和一些大好人的严重争执中去。请容我承认，我的动机，在某种程度上是自私的。就像大多数未曾接受过教育的英国妇女一样，我喜欢阅读——我喜欢阅读大部头的书。近来，我的饮食变得有些单调乏味：历史，则满目战火；传记，则尽书伟人；诗歌，在我看来，渐渐变得了无生气；而小说——不过，我并没有能力来评论现代小说，这一点已经暴露无遗，所以还是不说为妙。所以，我请大家放手去写各类书籍，不必因为要写的是鸡毛蒜皮，还是鸿篇巨著而犹豫不决。我希望你们可以尽己所能，想方设法给自己挣到足够的钱，好去旅游，去无所事事，去思索世界的未来或过去，去看书、做梦或是在街头闲逛，让思考的渔线深深沉入这条溪流中去。因为我绝不会让你们只去写小说。倘若你们要来迎合我——如我一样的人还有成千上万——那就去写写游记和探险，研究和学术，历史和传记，批评和哲学，还有科学。这样一来，你们写小说的技能也一定能进步，因为书籍会相互影响。而当小说与诗歌、哲学并肩而立时，一定会大为改观。除此之外，如果你们想一想以往的任何一位大人物，如萨福，如紫式部夫人，如艾米莉·勃朗特，你们就会发现，她不仅是开创者，还是一位继承者，她的出现，是因为对于妇女而言，写作的习惯已经自然而然地形成了。所以，即使只是在为诗歌拉开序幕，你们的这种活动也是弥足珍贵的。

但当我回过头来看看这些笔记，并对自己思想的真实轨迹加以批评时，我发现自己的动机也并非全然自私。在这些见解或是离题万里的闲谈之中，仍贯穿着一种信念——或者说是一种直觉？——那就是，好书令人向往，而好的作家，即便在他们身上诸种恶习全都历历在目，他们也仍是好人。因此，在我请你们写出更多的书时，我是在劝你们去做一些不仅有益于自己，还对整个世界有所裨益的事情。不过，该如何证明这一直觉或是信仰，我就不得而知了，这是因为，一个人若是没读过大学，很容易就会上了哲学术语的当。所谓"现实"，是什么意思？似乎是某种飘忽不定、靠不住的东西——时而出现在尘土飞扬的马路上，时而出现在街头的一页报纸上，时而又出现在阳光下的一株水仙上。它照亮了房间中的一群人，为一些闲谈贴上了标签。让星空下回家的路人为之一震，让这无声的世界远较有声的世界更为真实——随后，它又来到了熙来攘往的皮卡迪利大街，现身在一辆公共汽车上。有时，它距我们太远，看上去影影绰绰，难以捉摸它的性质。但不论它触及了什么，那便固定下来，成了永恒。那是一日将尽，在藩篱中褪去了表象之后剩下的余迹；那是岁月流逝，爱恨过后的尾声。而作家，在我看来，才有这种机会比旁人更多地生活在这一现实的面前。他将以此为己任，去发现、收集，并将之道出以与我们共享。至少，这就是我在读完了《李尔王》或《爱玛》或《追忆似水年华》之后所得出的推论。读这样的书，就好像在为各个感官施以奇特的手术，摘去掩在其上的白内障，之后便觉得眼前豁然开朗。世间的一切仿佛昭然若揭，生活也更为夺目。不愿生活在非现实中的人是令人羡慕的，而被无意中的所为或是无谓之举撞到了脑袋的人是可怜的。我之所以要求你们去挣钱或是拥有自己的房间，就是要你们活在现实之中，不管我是否能将之描绘出来，那都将是一种充满生气、富有活力的生活。

我本想就此打住，但一贯的做法却要求每一次演讲都必须总结陈词。而针对妇女所做的总结，想必你们也会同意，应当有些极其振奋人心、让人高尚之处。我应当恳请你们记住自己的责任，更高尚，更崇尚精神追求；我应当提醒你们肩负着多少重任，你们对于未来的影响又是多么重大。不过，我想，把这些规劝留给男人们去说也无妨，他们的口才远非我所能及，他们定会循循善诱，他们也确实这样做了。而我一番搜肠刮肚之后，也找不到任何高尚的情感，来说一说成为伙伴、追求平等，为了更高远的目标而影响世界，我发觉自己只是平平淡淡、简简单单地说，成为自己比任何事都更重要。不要总想着去影响他人，我会这样说，要是我知道如何把话说得更为高尚的话，想想事情本身。

而随手翻一翻报纸、小说和传记，就又让我想到，女人和女人交谈，必定会心生芥蒂。女人对女人并不客气。女人不喜欢女人。女人——不过，难道这两个字还没让你们觉得烦死了？我可以向你们保证，我是烦死了。那么，且让我们达成一致，一个女人读给众多女人的讲稿要以某种令人尤为不快的话结尾，也是应当。

可这要怎么说呢？我能想到些什么呢？真相就是，我常常是喜欢女人的。我喜欢她们的不拘习俗。我喜欢她们的浑然天成。我喜欢她们的默默无闻。我喜欢——不过，我不能这样一直下去。那边的碗柜——你们告诉我，那里面只有干净的桌布，但要是阿奇博尔德·博德金爵士[1]藏在里面该怎么办？那就让我换一副严厉的口吻来说。我先前所说的话，是否充分向你们传达了人类的告诫和责难？我已经告诉过你们，奥斯卡·勃朗宁先生对你们评价甚低。我也指出了拿破仑往日对你们的看法，还有墨索里尼如今的看法。那么，要是你们中有谁有志于写小说，我也为你们着想，引述了评论家的建议，要你们大胆承认身为女性的局限。我还提到了 X 教授，特别指出了他所言的妇女在心灵、道德和体能上都要比男人低劣的论断。这些虽不是我一一查询得来，只是不期而遇的，我也如数奉上，而这里是最后一条警告 —— 来自约翰·兰登·戴维斯先生。约翰·兰登·戴维斯先生警告妇女说："当人们不再想生儿育女，女人也就不为人所需了。"[2] 我希望你们记下这句话。

我要怎样才能进一步鼓励你们投入生活呢？姑娘们，我要说——请听好了，因为我要开始总结陈词了——在我看来，你们如此愚昧无知。你们从未做出过任何重大发现。你们从未动摇过一个帝国，也从未率军上过战场。莎士比亚的戏剧并非出自你们的手笔，你们也从未让任何一个蛮夷之族受到过文明的泽被。你们有何借口呢？当然，你大可以指指地球上的街巷、广场和森林，那里挤满了黑色、白色和咖啡色的居民，他们都在忙忙碌碌，忙于往来交通、买卖经营，还有谈情说爱，并对我说，我们手头上也另有事情要做。而没有我们的辛劳，海面上便不会再有往来的船只，肥沃的土地也会化为沙漠。我们生下了那十六亿两千三百万人，据统计，这就是现存人类的全部，而或许在他们六七岁前，我们要一直养育他们，为他们洗澡，让他们受教，即使有人相助，这也需要时间。

1　当时的检控专员。
2　《女性简史》，约翰·兰登·戴维斯著。——原注

你们所说的不无道理——这一点我并不否认。但与此同时，我能否提醒你们注意，自从1866年以来，英国开办了至少两所女子学院；1880年之后，法律允许已婚妇女拥有自己的财产；而在1919年——那已是整整九年之前了——她们有了选举的权利。还容我提醒你们，大多数的职业向妇女敞开大门，至今已经有近十年的历史了。当你们想到这种种巨大的特权，想到你们享有这些特权由来已久，而且，事实上，至今为止应该约有两千名妇女每年能以这样或那样的方式挣到五百英镑，你们就会承认，所谓缺少机会、培训、鼓励、闲暇和金钱的借口，已经不再站得住脚了。更何况，经济学家告诉我们，西顿夫人生了太多的孩子。你们当然必须生儿育女，不过，在他们看来，你们要生的，是两三个，而非十二三个。

因此，既然手上有了些时间，脑袋里装了些书本知识——另一种知识，你们也早已够用，而我怀疑，你们来上大学，部分的原因，就是为了不再装进这种知识——你们当然应该在这条艰苦卓绝、晦暗不明的漫漫长路上开始一个新的阶段。上千支笔乐于指点你们应该做些什么，又会得到什么结果。我得承认，我自己的建议有一些不切实际。因此，我更愿意用小说的形式来把它写出来。

我在这篇文章中告诉过你们，莎士比亚有一个妹妹，不过，请不要在西德尼·李爵士为这位诗人所写的传记中去查证。她年纪轻轻就死了——哎，她连一个字也没有写过。她葬身在大象城堡酒店的对面，那里如今停靠着往来的公共汽车。而我现在相信，这位一个字都未曾写过、葬在十字路口的诗人依然在世。她活在你我的心中，也活在许多其他妇女的心中，今晚，她们不在这里，因为她们还在刷盘子，还在哄孩子入睡。但她还活着，因为伟大的诗人不会死去，她永世长存，只需要一个机会，便会活生生地走在我们当中。

而这个机会，我想，正在到来，因为你们有力量给予她这个机会。因为我相信，倘若我们再活上一个世纪左右——我所说的，是要过真实的共同生活，而不是我们一个一个作为个人所过的那种小日子——而且我们中的每个人每年都有了五百英镑和我们自己的房间；倘若我们习惯于自由地、无畏地写出心中真实的想法；倘若我们稍稍逃出了那间共用的起居室，不再总是从人与人之间的关系，而是从人与现实之间的关系去观察人物，对于天空、树木或是万事万物，都能从其本身出发去加以观察；倘若我们的视线透过弥尔顿的幽灵，因为谁都不该挡住我们的视界；倘若我们面对事实，正因为这是事实，没有可以依靠的臂膀，我们只有独自前行。而我们的关系是与现实世界的关系，而不仅仅只是和这个男人与女人的世界相关，那么，机会就将来临，那死去的诗人——莎士比亚的妹妹，她那入土已久的躯体便会重焕新生。她将会从那些无人知晓的前辈身上汲取生命，就像在她之前，她的哥哥所做的那样，她将重生于世。但若没有这种准备，没有我们的努力，没有重生后她对可以活下去、可以写诗的信念，我们就难以期望她的到来，因为这是不可能的。但我仍相信，只要我们为她而努力，她就会到来，而这样一番努力，即使是一贫如洗、默默无闻，也是值得的。

妇女与小说

《妇女与小说》这个题目，读来有两层意思：一是妇女和她们所写的小说，二是妇女和关于她们的小说。这看起来模棱两可，其实是有意为之，因为，谈到女作家，总要灵活一些才好。而在谈到她们的作品之时，还要留有余地，以便可以谈一谈此外的一些东西，这又是因为，总有一些与艺术毫不相干的东西，影响了她们的作品。

对于妇女的作品，哪怕只是走马观花稍作了解，也会立刻让人生出一连串的疑问来。我们马上就会问，为什么 18 世纪以前，没有源源不断的女性作品问世？为什么自那以后，她们就几乎和男人一样时常写作，还一部接一部，写出了英国小说中的经典之作？又为什么她们的艺术在当初采取了小说的形式，为什么时至今日，还依然如此？

想一想，就会明白，这些问题即便有了答案，只怕也是纯属虚构。因为答案如今还在那些破旧的日记本中尘封良久，还塞在那些上了年头的抽屉里，只怕是老年人也已经忘得差不多了。唯有从无名之辈的生活中，到那些几乎不见灯火的历史长廊里去，恐怕才找得到答案，那里，世世代代的女性身影淹没在黑暗之中，偶尔才为人所见。确实，关于妇女，我们知之甚少。英国的历史是男性的历史，不是女性的。我们对自己的父辈，事无大小，多少都有些了解，知道他们是战士还是水手，任过什么公职，或是制定了什么法律。但是，对我们的母亲、祖母、曾祖母，我们还记得些什么呢？除了一些因袭的说法，我们一无所知。我们只听说，一个长得漂亮，一个长了满头红发，一个曾被女王吻过。我们只知道，她们叫什么，哪一天嫁的人，生了几个孩子。除此之外，别无所知。

这样看来，要是我们想知道，在某个特定时期，妇女为什么做了这件事、那件事；为什么她们有时什么都不写，为什么有时正相反，她们又写下了不朽的篇章，这还真是个大难题。谁要是能去故纸堆里翻出个究竟，把历史里里外外翻个底朝天，为我们如实描绘出莎士比亚时代、弥尔顿时代、约翰生时代普通妇女的日常生活，那他不仅会写出一本妙趣横生的书来，他还为评论家提供了前所未有的一件武器。非凡的女性来自平凡的妇女。而只有我们了解了平凡妇女的生活状况——她生了几个孩子、是否自己赚钱、有没有自己的房间、是否有人帮她带孩子、请没请用人、还需不需要分担家务——考察过平凡妇女所能拥有的生活方式和生活经历之后，我们才能对非凡女性作为小说家的成功或是失败，说出个所以然来。

妇女的创作，往往是一阵活跃之后，便被奇怪的沉默打断，在历史上留下一段空白。公元前 6 世纪，希腊的一个小岛上，萨福和一小群女人在写诗。后来，她们沉默了。而后，到了公元 1000 年前后，我们又发现了一位宫廷女子——紫式部夫人，写下了一部优美的小说长卷。可是，在 16 世纪的英国，就在那些戏剧家和诗人们最活跃的时候，妇女却一声不吭。伊丽莎白时代的文学无一例外全是男性的。之后，到了18世纪末19世纪初，我们才看到，妇女又在写作了。这一回是在英国，她们不仅写得多，还大获成功。

毫无疑问，法律和习俗要为这种沉默与活跃的奇怪更替负上大部分的责任。一个女人若是因为不愿嫁给父母为她选定的男人，就要被关进屋子饱受拳脚，就像在15世纪的英国所发生的那样，这种精神氛围，总归无益于艺术作品的产生。在斯图亚特王朝时期，无须征求女人的同意，就可以将她随便嫁人，而男人自此就成了女人的夫君和主宰，"至少依据法律、遵照习俗，是这么回事"，这样一来，她恐怕没有什么时间可以用来写作，更不用说，会有人鼓励她这么做了。而时至今日，在这个精神分析的年代，环境与意见带给心灵的巨大影响，才刚刚为我们所知。借助于回忆录和信札，我们也刚刚开始理解，想要创作出一件艺术作品来，需要多么不同寻常的努力，对于一位艺术家而言，她的内心又需要怎样的呵护和支持。关于这一点，济慈、卡莱尔、福楼拜这些男作家的生平和书信，足以明证。

由此可见，之所以小说会在19世纪初期的英国蓬勃兴起，显然得益于法律、习俗和日常生活中的无数细微变化。19世纪的妇女多少有了些闲暇，她们多少受了点教育。自由择婿也不再是中上阶层妇女的特权。而耐人寻味的是，这四位伟大的女小说家——简·奥斯汀、艾米丽·勃朗特、夏洛蒂·勃朗特，还有乔治·艾略特——没有一个生了孩子，其中的两个甚至从未嫁人。

尽管写作的禁令已被解除，但看来妇女所受的压力仍然不小，她们依旧只能写小说。说到天赋与性格，再没有另外四个女人会像她们这样如此不同了。简·奥斯汀和乔治·艾略特可以说毫无相似之处，乔治·艾略特和艾米丽·勃朗特则截然相反。但她们的教养却让她们选择了同一件事来做。她们一开始动笔，就都写起了小说。

小说，对于妇女而言，曾经是现在也仍然是最好写的一种东西。原因并不难找。同为艺术，唯有小说最不需要全神贯注。戏剧和诗歌则不同，相比之下，小说可以随时拿起来，随时放下。乔治·艾略特丢下她的作品，去照顾父亲。夏洛特·勃朗特搁下笔，为的是要去挖掉土豆上的芽。何况，妇女的生活，不外是共同的客厅和往来的宾客，她的心思全都花在了察言观色、分析人物上。生活教会了她写小说，而不是写诗。

即便是在19世纪，妇女的生活仍然几乎完全为家庭和情感所占据。而19世纪的那些女性小说尽管也都十分出色，却无法否认，这些小说的作者，只因身为女性，家庭和感情之外的生活就对她们闭上了大门。而这些生活经历对于小说的影响是毋庸置疑的。譬如说，若是不让康拉德去做水手，那他小说中最精彩的部分，可就毁于一旦了。若是托尔斯泰没当过兵，没上过战场，没那么有钱也没受过什么教育，他就不可能拥有如此丰富的经历，连同他的人生阅历、社会经验，也都会烟消云散，而《战争与和平》也会大为逊色。

可是，对于《傲慢与偏见》《呼啸山庄》《维莱特》，还有《米德尔马契》的作者来说，她们就是这样被紧紧关在了中产阶级的客厅里，除此之外，哪儿也不能去。对她们来说，亲历战争、出海远洋、从政经商都是非分之想。就连她们的感情生活，也有法律和习俗来层层约束、严加限制。乔治·艾略特公然和刘易斯先生未婚同居，闹得沸沸扬扬，落得一片指责，最后只好躲出城去，远离尘嚣，这样的处境，显然不利于她的写作。她这样写道，除非人们出于自愿，要来这里看她，否则的话，她概不会客。而与此同时，欧洲的另一侧，托尔斯泰正在当兵，过着道遥自在的日子，和来自社会各个阶层、形形色色的男人女人厮混在一起，却没有一个人对他指指戳戳，而他的小说，也因得益于此，才如此包罗万象、生动活泼。

作者的阅历不足，作品必然会受到影响，然而，妇女所写的小说，所受影响并非仅此而已。至少在19世纪的女性小说中，还有一个显著的特征，也与作者的性别息息相关。在《米德尔马契》和《简·爱》中，我们看到的，不仅是作者的个人风格，就像查尔斯·狄更斯那样，风格独特、清晰可辨，还看到了一个女人的身影——一个对她所遇的不公心怀愤恨，为她应有的权利大声疾呼的女人。这就让妇女的小说读来不同，因为在男人的小说中完全见不到这种东西，除非事有凑巧，这位作家先生正好是个工人、黑人，或是出于别的原因，也对自己的无能为力耿耿于怀。小说的缺陷，往往就来自因此而产生的扭曲。假小说以泄私愤，或是借着书中的人物把满腹的牢骚、苦衷一吐为快，免不了会分散读者的注意，这就好比一时之间花了眼，把本来吸引了他注意的那一个点，看成了一双。

简·奥斯汀和艾米丽·勃朗特的非凡之处就在于，她们既不去呼吁，也不去请求，对于轻蔑或是非难，全然不放在眼里，她们依旧我行我素。然而，若要忍得下怒火，非要有澄明的心境和坚强的意志不可。须知妇女涉足艺术，便要面对各种不期而至的冷嘲热讽、口诛笔伐，也总有人用这样那样的方式，来证明她们低人一等，这样一来，她们自然心中不平。只须一睹夏洛特·勃朗特的愤怒、乔治·艾略特的隐忍，我们就可以看到这种反应。更不用说在一些二流女作家那里，这样的情绪更是再三出现——从她们所选的主题，从她们别扭的固执己见，从她们做作的温柔体贴中，无处不见这种情绪。而且，不知不觉间，她们就变得虚情假意了。她们动笔之时，心中念念不忘对权威的敬意，所以一旦落笔，不是像个大男人，就是像个小女人。作品本身的真诚正直却被丢在了一边，结果就是，小说也就失去了其成为艺术的本质所在。

妇女的小说已变得大为不同，这似乎是因为，她们的态度已经发生了潜移默化的改变。女小说家不再怒气冲冲。她不再愤愤不平。动笔之际，也不再去呼吁或请求。这样一个时代，要是说我们还未达到，那至少也可以说，我们正朝它走去。到了那时，在她的小说中将再难见到，或许再也见不到，那些与艺术无关的影响了。她可以专心创作，不为外界所扰。曾经，只有与众不同的天才，才能视影响为无物，而如今，就连普通妇女也可以做到这一点。因此，如今妇女所写的小说，大体而言，比一百年前，甚至只是五十年前的小说，都要真诚得多，也要有趣得多。

即便如此，一个女人若想随心所欲地写作，也还有许多困难先要面对。首先就是技术上的问题——听起来，似乎十分简单，实际上，却十分地棘手——就是说，现有的句式，对她来说，并不合适。这种句式，是男人所造，太松散，太笨重，女人用来，也有些太盛气凌人。但是，小说的版图如此辽阔，作者只有找到一种寻常、惯用的句式，才能把读者轻松自如地从一头带到另一头。而这就必须由妇女自己来创造，把现有的句子改头换面，直到写出自然流畅的句子，可以原原本本地表情达意，而不至于歪曲了她的本意、压垮了她的思想。

但毕竟，这只是求鱼之筌，而只有当妇女鼓起了勇气去面对指责，下定了决心要忠于自己，才能借此达到自己的目的。因为，归根结底，小说要做的，是描写大千世界，描写成百上千种不同的事物——人、自然、神，还要将它们之间千丝万缕的关系，一一呈现。而在每一本好的小说中，这一切都会凭借着作者的艺术想象之力，变得井然有序。但也还有另外一种力量左右着它们的秩序，那就是传统。而传统，总是男人说了算；生活的价值，孰轻孰重，也一向由他们说了算。那么，既然小说主要来自生活，他们的看法，很大程度上，也在小说里占了上风。

然而，无论是生活的价值所在，还是艺术的真谛为何，女人的看法和男人往往都大相径庭。所以，女人一旦写起小说来，总会觉得现成的价值观不妥，就想把它改一改——男人不屑一顾的东西，她要认真对待，男人看来事关重大，她却认为无关紧要。就是因为这样，她当然会为人诟病。因为，这真让另一种性别的批评家们大惑不解，竟然有人要改变现有的价值尺度。难怪他们要大吃一惊，不仅把这当成了不一样的声音，还认为这毫无道理，净是些鸡毛蒜皮、多愁善感的奇谈怪论，就因为，这和他们自己的看法不同。

不过，妇女如今也变得更有主见了。她们开始相信自己明辨是非、评判价值高下的能力，对于自己也有了敬意。因为这个缘故，她们的小说里也开始有了新的内容。她们似乎对自己的兴趣淡了，对其他女人的兴趣强了。19世纪初，妇女的小说大多数都是自传性的。她们这样写的动机之一，就是想要把自己的痛苦说出来，为自己的理想辩护。现在，这种想法不再这么迫切了，妇女开始深入了解她们自己的性别，开始勾勒出前所未有的女性形象。这当然也是因为，一直以来，文学中的妇女形象全都来自男人的笔端，直至最近才有了改观。

这里，她们又遇上了有待克服的困难，这是因为，一般来说，女人不像男人那样乐于被人观察，而日常生活也没给她们什么引人注目的机会。一个女人的一天，几乎不会留下什么痕迹。做好的饭菜被吃掉了，拉扯大的孩子也远走高飞了。哪里值得留意呢？又有什么值得小说家大书特书呢？几乎没有。她们的生活向来默默无闻，所以让人难以捉摸，令人困惑不解。这个黑暗中的国度里，第一次，在小说中，有人留下了探索的足迹。而此时此刻，各行各业的大门也向妇女打开，女性小说家必须把思想中、习惯上的一些变化记录下来。她必须仔细观察，妇女的生活如何不再沉寂于地下，而一旦暴露在外面的世界中，她们又拥有了怎样的色彩与斑斓。

此时此刻，若是要对眼下妇女的小说有何特征下一个结论，或许可以说，她们的小说勇气十足、真诚，也忠于女人的感受。小说里不再满是痛苦，也不再为女性大声疾呼。但同时，她们的小说和男人的相比，写法也大为不同。这些特征，比以往更常见，即使是二三流的小说，也因为这种坦率和真诚，让人有了兴趣，觉得可以一读。

但除了这些优点，尚有两点，还值得一提，可以进一步讨论。英国妇女摇身一变，从一个时隐时现、朦朦胧胧、无足轻重的角色，变成了一个负责的公民，参与投票、自己赚钱，这就让她们的生活和艺术都转向了非个人化。她们现在不光谈情说爱，也交流思想、议论政治。以往，她们若对什么心生疑问，也只能从丈夫或兄长的目光所及和利益所在中旁敲侧击，如今，自己也置身事中，不绕圈子、不再空谈，她们也就不再只是对别人指手画脚，而要亲力亲为了。这样一来，她们的注意力，也就不再像过去那样，只是紧盯着自己的小圈子，而开始转向了非个人化的世界，她们的小说，自然就多了几分社会责任，而少了一些个人色彩。

像牛虻一样针砭时弊、指摘国事，这种事情，向来由男人一力承担，不过，我们不难想到，如今，女人也要为之尽心尽力了。她们的小说也要针对社会的弊端，提供救治的良药。她们笔下的男男女女也不再只是成日里风花雪月，他们也要走进不同的圈子、阶级和种族，经历各种纷争与矛盾。这一变化自然重要。但有些人更青睐蝴蝶，而非牛虻。换句话说，她们钟爱的是艺术家，而非革命者，在她们看来，另一个变化还要有趣得多。须知，迄今为止，妇女小说中最薄弱的地方，仍是诗意的缺乏，而妇女的生活更加非个人化，正有助于诗人气质的发展。这会让她们不再一味注重事实，不再满足于刻画细节，不再像以往那样，观察到的一点一滴都务求纤毫毕现。她们将会抛开个人生活和政治活动，将目光投向更为普遍的地方，投向一直以来诗人们试图解答的问题——我们的命运何在，人生的意义何在。

当然，诗意的态度，很大程度上，仍有赖于物质的基础。要有足够的闲暇，还要有一点钱，有了钱和闲暇，观察起事物，才有可能置身事外、从容不迫。有了钱和闲暇，妇女自然就会比以往更专注于文学创作。她们写起小说来，才会得心应手。她们的技巧也将更为大胆、更加丰富。

以往，妇女小说的长处，常常在其天籁自发，好比画眉或是八哥，喞啾呢喃，并非学来，全从心底流出。但往往更像是闲言碎语、絮叨个没完——不过是洒在纸上的闲话，等着晾干的斑斑墨迹而已。将来，妇女有了时间、书籍，屋里也有了属于自己的一点空间，文学，对女人来说，才会像对男人那样，成为一门可以学习的艺术。女人的天赋就可以得到训练，得以更好地发挥。而小说，也就不会再是倾泻个人情绪的场地。比起今天来，小说才能像其他体裁那样，成为艺术品，而它的长处和短处，都将得到深入的研究。

由此向前再跨出一小步，便走向了更为优雅细腻、迄今为止还鲜有妇女涉足的艺术领地——散文、批评、历史和传记。为小说着想，这一进步，也大有裨益。这不仅有益于提高小说自身的质量，还可以让那些只因写小说容易而写小说，其实却心有旁骛的人找到自己的归属。这样一来，小说才能摆脱历史和事实的堆砌——在我们这个时代，全拜这些所赐，小说才如此臃肿不堪。

所以，我们或许可以预言，将来妇女所写的小说会少一些，但会好很多。她们所写的，也不仅是小说，还有诗歌、批评和历史。这一预言说出了我们对未来的憧憬，那将是一个美好的黄金时代，到那时，妇女将会拥有长久以来一直被剥夺了的东西——闲暇、一笔钱，和一间属于自己的房间。

现代小说 [1]

　　对于现代小说，进行任何一番考察，即使是随便看上两眼而不做深究，都难免不会想当然地以为，这门艺术到了现代多少都要比以往有一些进步。可以说，仅凭着简单的工具和原始的材料，菲尔丁的小说就已经称得上十分出色，而简·奥斯汀还要更胜一筹，但他们的机会岂能与我们相比！所以他们的杰作风格朴素得让人惊奇，也就理所当然了。而把文学——打个比方来说——与汽车制造的过程相提并论，虽然经不起推敲，但乍一看也差强可比。并且也让人怀疑，几个世纪以来，尽管我们对制造机器有了长足的认识，对于创作文学，我们是否也曾学到了一星半点儿的知识？我们并没有写出更好的作品；只能说，我们继续时而朝着这个方向，时而朝着那个方向前进了稍许，但若站在足够高的山顶去观察这整条轨迹，应该就会发现这大体上是一个周而复始的圆形。实际上，我们从来也不曾站在过那样一

1　本文最初发表于 1919 年 4 月 10 日的《泰晤士报·文学增刊》，标题略有不同。

个有利的高处，连片刻也不曾有过。我们只是站在平地上，淹没在拥挤的人群中，任由飞扬的尘土迷离了双眼，心怀嫉妒地回顾那些远较我们幸福的战士。他们已经凯旋，战利品无声地言说着自己的辉煌，让我们怎能不感叹他们的战斗远非我们这般激烈。这要由文学史家去定夺，由他来下论断我们是在开启还是在终结，抑或是正站在一个伟大的散文小说的时代中间，因为我们身处山下平原，眼界有限。我们只知道，有一些善意也有一些敌意都激励着我们；知道有一些道路似乎可以通往富饶的土地，另一些则通向尘埃和荒漠。而对此做一番探讨，也许是值得一试的。

那么，我们的矛头就不必指向古典作家。而若是说我们与威尔斯先生、贝内特先生，还有高尔斯华绥先生针锋相对的话，在一定程度上不过是因为他们尚且在世，他们的作品也就还活生生地显露着自己的不足之处，不由得我们不去斗胆冒昧上几句。不过，话又说回来，对他们的累累硕果我们也心存谢意，只是把自己无条件的感激之情还是留给了哈代先生和康拉德先生，而对那位写下了《紫红色的土地》《绿舍》以及《那时远方》的哈得孙先生也略表感谢。威尔斯先生、贝内特先生和高尔斯华绥先生都曾让我们满怀希望，却又让我们一次一次地落了空，因而我们的谢意大都不过是感谢他们让我们看到了那些他们原本可能却不曾达到之处，还有那些我们确实不能，但或许也正是我们确实不愿做的事情。对他们那些如此卷帙浩荡、内容庞杂而又良莠不齐的大部头的作品，只用只言片语是无法概括我们心中的指责与不满的。如果非要用一个词来表达我们的意思，我们只能说，这三位作家都是物质主义者。他们关注的并非心灵而是肉体，因此让我们失望，还给我们留下这样的印象：只消留意一点礼节，英国小说越早与他们背道而驰，哪怕是一脚踏入荒漠，对于她的灵魂而言，也要有益得多。要用一个词，既要一语中的，又要一石三鸟，这自然是不可能的。在威尔斯先生那里，这个词就明显落在了靶心之外。但即便如此，这个词也让我们看到了在他的天才之中所融入的致命杂质，那一大块掺杂在他那纯净灵感中的泥巴。而贝内特先生大概在这三人中算得上是罪魁祸首，因为他的技艺也最为精湛。他写起小说来，结构严谨、滴水不漏，就算是再吹毛求疵的批评家，也未免会觉得无懈可击。就连窗框间也密不透风，板壁上也天衣无缝。然而——倘若生命拒绝栖身于此，那又当作何论呢？写出了《老妇谭》，创造出了乔治·坎农、艾德文·克莱汉格以及各色人等的贝内特先生，大可以声称已经排除了这种风险。[1] 他笔下的人物丰衣足食得简直让人难以想象，但他们如何生活又个个为了什么而生活，这依然值得一问。他们只让我们看到了花在火车头等包厢中软席上的时光，看到他们无休无止地摇响铃铛、按下按钮，却把五镇[2] 上精心建造的别墅日渐抛诸身后。而他们奢华之旅的目的也日渐明确，是要在布赖顿的顶级酒店里永享清福。就威尔斯先生而言，他倒没有把兴趣都花在布局谋篇上，在这方面，他还称不上是个物质主义者。他为人过于慷慨，满腔的同情让他来不及把事事都安排得井井有条、坚实可靠。他的物质主义纯粹来自于他的古道热肠，本应是政府官员的工作也被他揽到了自己肩上，他心里又塞满了各种念头和事实，根本无暇去顾及笔下的人物是否生硬粗糙，或是压根就不记得要去将人物角色一一考虑停当。可是，对他笔下的尘世与天堂，要说如今及日后住在其中的便是这

---

1 乔治·坎农、艾德文·克莱汉格均为贝内特小说《克莱汉格》三部曲中的人物。
2 五镇：贝内特小说中的地名。

138

样的琼和彼得[1]们，那么，还会有什么比这还严厉的批评吗？纵然他们的创造者慷慨地为他们建筑宅邸、树立理想，可还不是被他们卑劣的天性弄得黯然失色？同样，尽管我们敬仰高尔斯华绥先生的正直与仁爱，在他的字里行间也找不到我们所寻求的东西。

那么，要是我们在他们的那些书上统统都挂上个标签，写上物质主义者这几个字，我们的意思就是：他们的书里，都是些无关紧要的东西，他们把高超的技艺与非凡的精力都用错了地方，那些鸡毛蒜皮、转眼烟云的小事，在他们的努力下，倒成了真实不虚、可以流芳百世了。

我们必须承认，我们是在吹毛求疵，而且，还得进一步承认，要想把我们所苛求的东西解释得一清二楚，好让我们的不满合情合理，实属难题。我们的疑问在不同的时候，形式也都不同。但每逢我们读完了一本小说掩卷长叹之际，这种疑惑必然会卷土重来——这值得一写吗？究竟有什么意义呢？会不会就因为出了那么一点点差池，就像人类心灵偶一为之的那样，贝内特先生那用来捕捉生活的天罗地网就失之毫厘，撒错了方向，生活便溜走了？而除去生活之外，也许就再没有什么值得一谈了。不得不依赖打比方来说明问题，无异于承认自己观念不清，但若像批评家喜欢的那样平铺直叙，也是无济于事。但凡有关小说的批评，都免不了有含糊其辞的困扰，那就姑且承认这一点，让我们鼓足勇气把自己的观点说明：目前大为流行的小说形式，在我们看来，往往是让我们错失，而非抓住了我们所要寻求的东西。且不管我们把这种东西称为生活还是心灵，真理或是现实，这一关键之物，已然走开了，或是远走高飞了，它可不愿意再被我们塞进

---

1 琼和彼得：威尔斯小说《琼和彼得》中的人物。

这么一套不合身的衣服里。可是我们却还在循规蹈矩地照着一个旧模子，不依不饶、勤勤恳恳地炮制着我们那长达三十二章的鸿篇巨制，全然不顾这旧模子已离我们心里的景象相去甚远，越来越不相像了。挖空心思地刻画情节以求逼真、忠于生活，不单是白白浪费了精力，还把精力用错了地方，反倒遮住了思想的光芒，让其晦暗不明。作家似乎由不得自己，而是被某个强横有力、蛮不讲理的暴君牵住了鼻子，沦为了奴隶，为他来编造情节，写上一出喜剧或是悲剧，播下几粒爱的种子，再为这一切营造出一种近乎确凿的气氛，涂上经久不坏的香料，让其看似完美无瑕。要是他笔下那班人物活了过来，那一个个准会发现自己衣冠楚楚、穿着入时，甚至每一粒纽扣都是当下流行的款式。暴君的意旨实现了，小说也拿捏得恰到好处。但有时，随着时间的流逝，从偶一为之，到常常如此，看着满页满页如蹈旧辙一样写就的文字，我们心下也会生出须臾的怀疑，涌出反叛的念头。难道生活果真如此？小说也必须如此吗？

审视内心，生活看起来远非"如此"。仔细观察一个普通人在寻常的一天中某一瞬间的内心活动。心灵接纳了成千上万个印象——琐碎的，奇异的，有些稍纵即逝，有些如钢铁般锋利，在心底深深刻下印记。他们从四面八方涌来，好似数不清的原子如落雨般无休无止，当它们纷至沓来时，当它们化作了周一或是周二的生活时，那重点也和以往不同；这一瞬间的重要性并不在此，而在彼处。因此，如果一位作家是个自由人而不是奴隶，如果他能出于自己的意愿来写作而不必听命于人，如果他可以依据亲身感受，而不必因循守旧，那就不会再有约定俗成的那种情节、喜剧悲剧、爱的种子或是什么悲剧式的结局，或许连一粒按照邦德大街上的裁缝们那种式样钉上的纽扣也都再也找不到了。生活并非是一串对称排放的马车灯，生活是一圈明亮的光环，是一个伴随我们意识始终、将我们包裹在内的半透明封套。而小说家的任务难道不就是要将这种变幻莫测、不为所知却毫无拘束的心灵表达出来，不论它是异乎寻常或是错综复杂，还要尽可能地减少外部杂质的混淆吗？我们并非单单为勇气和真诚而声辩，我们还要指明的是，真正恰当的小说题材，并非是习惯教与我们信服的东西。

至少，通过这样一种方式，我们希望可以将几位年轻作家所共有的品质说明白，说明他们的作品与前辈们的相比，何以会如此不同。而詹姆斯·乔伊斯先生，又可以算得上这些年轻人中的佼佼者。他们力求更加接近生活，更真诚也更准确地将吸引他们、感动他们的东西原封不动地保存下来，为了做到这一点，他们甚至不惜将小说家通常所奉行的传统也大都弃之不顾。让我们将那些落在心灵上的原子如实记下，依照它们纷纷落下的顺序，依照它们留给心灵的模样，每种情形、每桩小事，也都原原本本地记下，且不管看上去是多么支离破碎、不相协调。切不可想当然地以为，通常所谓的大事相较通常所谓的小事，其中会蕴含更为丰富而圆满的生活。无论是谁，但凡读过《一个青年艺术家的画像》，或是那部正在《小评论》上刊出、要有趣得多的作品——《尤利西斯》，都不免会大胆地提出诸如此类的理论，来揣测乔伊斯先生的意图。对我们而言，仅凭眼前这些未竟的章节就妄下结论，未免是有些冒昧，并无十足的把握。且不去管终篇之后的整体用意究竟为何，毋庸置疑的是，这是

1　《小评论》：美国杂志名。乔伊斯小说《尤利西斯》的部分内容曾于1918年至1920年间在此刊陆续发表。其实，早在1918年4月，哈里特·韦弗就曾希望伍尔夫夫妇能在霍加斯出版社出版整本的《尤利西斯》，可惜出于一些法律和实际的原因，未能出版。

出于作者最大的诚意，最终的结果虽然也许会让我们感到艰深难读、令人不快，其重要性是无可否认的。乔伊斯先生，与那几位被我们叫作物质主义者的作家正相反，他是精神主义的。他不惜一切也要将我们心灵深处闪烁的火光呈现出来，无数的信息都借由这团从我们心底燃起的火焰，在我们的脑海中一闪而过。为了能将这火光保存下来，乔伊斯先生鼓足了勇气，只要在他看来是属于外部世界的——不管那是能添上几分真实，还是可以增加些连贯，或是诸如此类曾让一代一代的读者在他看不到、摸不着、需要发挥想象力之时辨明了方向的航标——都被他一概抛弃。譬如，在公墓内的那个场景，如此光芒四射又粗陋不堪，看似语无伦次，但在电光火石的一闪中，又是如此意味深长。毫无疑问，这正接近了心灵的本质。不管怎样，初次读到这样的描写，很难让人不为这样一部杰作而喝彩。如果我们想得到生活的本来面目，那么这确实就是它了。倘若我们还想再说上几句，说一说如此新颖独到的作品为什么还是比不上《青春》或是《卡斯特桥市长》[1]，我们也会一时语塞，支支吾吾语焉不详。之所以拿这两部作品来做比较，是因为必须和高明之作放在一起才知道短长，而之所以比不上，是因为作者的思想相较而言还略显贫乏。我们当然可以就这么说说便敷衍了事，但也还有理由进一步追问下去，这就好比待在一个明亮却狭窄的房间里，只觉得门窗紧闭、空间局促，施展不开拳脚，没有行动的自由，我们是不是不应只归结为思想上受到了束缚，也要问一问是否因为方法造成了局限呢？是不是方法束住了创造力的手脚？是不是因为方法不当，我们才失去了欢乐，心胸也觉得狭隘，只以自我为中心？尽管

1　《青春》是康拉德的短篇小说；《卡斯特桥市长》是哈代的代表作之一。

这个自我感觉敏锐，以至于浑身颤抖，可对于超出自身之外的世界，却不理不睬，更不用说去描写刻画了。是不是出于教诲的目的，把重点放在了粗鄙下流的事情上，所以才显得多了些锋芒、有那么一点格格不入？还是仅仅因为但凡这样独辟蹊径的努力都更容易，尤其是在同时代的人眼里，挑得出缺点而非发现他的长处？不管怎样，置身事外而空谈"方法"是行不通的。如果我们是作家，那么任何方法，只要可以用来表达我们所要表达的东西，便都是对的；若我们是读者，那么只要可以让我们更为接近作者的意图也都不错。而这种方法的优点，就在于可以让我们更接近我们打算称之为生活的那样东西。打开《尤利西斯》不是才让人明白，原来生活中有那么多东西一直被排除在外、视而不见，而翻开《项狄传》或者是《潘登尼斯》，[1] 不也是让人大吃一惊，并且心悦诚服，相信了生活不仅尚有其他方面，而且还是更为重要的方面。

　　不管怎样，小说家现在所要面对的问题——且让我们认为这个问题是古已有之——就是要找到一种方法，可以得心应手地写出他要写的东西。他一定要有勇气大声宣布，现在他的兴趣已经不在"这儿"，而在"那儿"了：他的作品，必须完全来自"那儿"。对于现代人来说，"那儿"，也就是兴趣之所在，极为可能是在心灵的幽深昏暗之处。这么一来，重点便立刻落在了别处，落在了某些长久以来被忽视了的地方，那就有必要马上勾勒出这种新的形式来，虽然这对我们而言尚且难以捉摸，而对于我们的前辈来说，就已经是无法理解了。除了一个现代人，或者说，除了一个俄国人之外，就再没有人能体会得到契诃夫在他的短篇小说《古塞夫》里所描写

1　《项狄传》全名《特里斯川·项狄传》，为英国小说家斯特恩所著；《潘登尼斯》是英国小说家萨克雷所著。

情形的趣味了。几个生了病的俄国士兵躺在船上被送回家乡。我们看到的是他们零星的谈话和片断的思绪，然后其中一个死了，被抬了出去。谈话又继续了一阵，直到古塞夫自己也死了，看上去就像"一根胡萝卜或者白萝卜"，被扔下了海。小说的重心放在了让人出乎意料之处，以至于乍一看还以为根本就没有重心。而接下来，等到双眼渐渐适应了微弱的灯光，认出这间屋子里都放了些什么东西时，我们才明白过来，这个故事是如此完整，如此意味深长，而契诃夫又是如此忠实于自己的眼界，他把自己看到的这个、那个，以及其他的一些凑在了一起，写出了一种新的东西。但不能说"这是幕喜剧"，或者"那是场悲剧"，因为短篇小说就我们的所学来说理应简练，还要有个结论，而我们并不能确定，这篇既不明确又不下任何结论的作品是否还应称为短篇小说。

即使是对于现代英国小说最初步的评论，也很难对俄国的影响避而不谈，但一谈到俄国人，就难免会让人觉得，写文章评论小说而不谈他们的小说，简直是在浪费时间。要想对灵魂与内心有任何的了解，不从他们那里，又从哪里可以找得到如此深刻的描写呢？倘若我们对自己的物质主义心生腻烦，他们中哪怕是最不足道的小说家，也天生就对人类的精神怀着自然的崇敬。"学会让自己与人为亲……但莫让同情出自思考——因为思考同情自然简单——要让它发自内心，以爱待他们。"[1]似乎每一位伟大的俄国作家都让我们看到了圣徒的身影，如果说同情他人的疾苦、爱他们、努力去达到那值得心灵孜孜以求的目标便可以成就圣徒的话。是他们身上的这种种品质，让我们深感自己由于缺乏信仰而浅薄无聊，也让我们的不少名著都成了华而

1　此段话引自短篇小说集《乡村牧师及其他》中的《乡村牧师》，作者艾琳娜·米丽什娜。

不实、花哨的点缀。俄国人的心胸，如此宽广而富于同情，所以他们的结论，大概难免会走向莫大的悲伤。其实，我们大可以更确切地说，俄国人的心胸，并不适合得出结论。他们给人的感觉，是没有答案。如果老老实实地观察人生，就会发现，生活的问题接二连三，在我们无望的追问中，直至故事结束，这些问题依然在我们心中回荡，并生出最后会让我们深恶痛绝的绝望来。或许他们是对的，毫无疑问他们看得比我们远，眼前也并没有我们那样重重的障碍。但或许我们也看到了一些从他们眼皮子底下溜走了的东西，不然的话，何以他们抗议的声音能与我们的忧心忡忡相共鸣呢？这抗议的声音来自另一个古老的文明，看来它在我们身上培养出的，是享受和好斗的天性，而不是容忍和理解。英国的小说，从斯特恩到梅瑞狄斯[1]，都见证了我们生来便对幽默和喜剧，对山河的壮丽，对运用才智以及肉体之美情有独钟。而将这样两种南辕北辙大相径庭的小说放在一起，想要比较出什么结果来，都是徒劳无益的。只不过，他们的确让我们充分领略了他们的观点：小说这一门艺术面对的是无限的可能。他们还提醒了我们，世界是广袤无垠的，没有任何东西——没有什么"方法"，没有什么尝试，哪怕是最疯狂的尝试——是被禁止的，除了虚情与假意。"小说的恰当题材"并不存在，每样东西都是小说的恰当题材——每一种感觉、每一个念头、我们头脑和心灵中的每一种品质，没有哪一种印象知觉是不恰当的。而如果我们能够想象，小说的艺术活生生地站到了我们当中，那么不用说，她一定也会命令我们对她不仅要爱、要敬仰，也同样要对她声色俱厉、拳脚相向，因为只有这样，她才会重焕青春、威仪永驻。

---

1 梅瑞狄斯：19世纪英国小说家、诗人，代表作有《利己主义者》等。

诗歌、小说和小说的未来 [1]

　　大多数评论家对于当下都不屑一顾，只是一味盯着过去。毫无疑问，他们对当下的创作不置一词，这是明智的做法。他们把这个任务留给了书评家，而书评家这个称呼，听上去似乎就意味着他们自身连同他们评论的对象，不过是转瞬即逝而已。但我有时自问，难道评论家就总是要对过去负责任，就必须总盯着身后吗？他就不能偶尔也转过身来，像鲁滨孙·克鲁索在那个荒岛上做的那样，用手遮住阳光，看向未来，在迷雾中看到那片土地隐约的轮廓，想着或许有朝一日我们也会登上那里。当然，这样的凭空猜测真实与否，永远也无法证实，但在像我们这样一个诱惑如此之大的时代，自然免不了沉溺于这样的猜测。因为，在这个时代里，我们的脚下并不牢固，我们身边的事物都在运动，我们自己也在运动。难道告诉我

1　这篇文章最初连载于《纽约先驱报》1927年8月14日和21日两期，后收录到散文集《花岗岩与彩虹》中，略作修改后，以《狭窄的艺术之桥》的名字重新发表。

们——哪怕只是猜上一猜——我们在往何处去，不是评论家的职责所在吗？

显然，这样的探究，范围必须严格控制，但是，即使只是短小的篇幅，或许也足以略举一例，把这种令人不满又让人举步维艰的情况拿出来，以供研究。而一番考察之后，或许，我们就可以更好地猜到，在克服了这种情况之后，我们该走向哪里。

确实如此，一个人读多了现代文学，不可能感觉不到某种不满和困难正阻碍着我们前进。作家们企图做一些他们力所不能及的事情，在方方面面都做出尝试，硬要以他们所使用的形式来表达一种对这种形式来说全然陌生的意义。虽然可以说出诸多的理由来，但还是只挑一个来说，那就是为我们的父辈们效力了世世代代的诗歌，已经无法再为我们而效力了。诗歌不再像为他们效力那般自由地为我们服务了。这条渠道，曾让无数的精力和才华得以表达，如今却似乎变得狭窄起来，或是已经转向了别处。

这种说法，当然也是在一定的范围内才正确。我们的时代是抒情诗的时代，也许，以往的时代都不能与今日相比。但对于我们这一代人以及下一代人来说，因大喜或大悲所抒之情未免过于强烈，饱含了太多的个人色彩，又如此狭隘，已经远不适用了。我们的心中充满了各式各样可怕、混乱、难以驾驭的情感。地球已逾三十亿年的高龄，人生却不过一瞬而已，尽管如此，人类的心灵却广阔无垠。人生何其美丽，却又如此丑陋；人类的同胞们讨人喜爱，又惹人生厌。科学和宗教毁掉了夹在其间的信仰，一切相连的纽带似乎都已断裂，不过，某种控制一定还存在着——作家如今的创作环境，就是这样令人困惑、充满冲突，而一首抒情诗的纤巧结构，已经无法容得下这样的观点，就像一片玫瑰叶，包裹不住一块粗粝的巨石一样。

　　不过，若是我们自问，要表达这种充满了困惑与冲突的态度，我们在过去是如何做到的，这种态度看上去非要一个角色与另一个争斗不可，而同时，还要求有一种整体上的刻画能力、一个整体的概念，才能一以贯之、协同有力。我们必须承认，在过去确实曾有一种文学形式，不过，这种形式并非抒情诗而是戏剧，伊丽莎白时期的诗剧。而这种形式，如今大概已经死了，再也没有复活的可能了。

　　这是因为，我们只消看上一眼诗剧的状况，便必定会担心，如今究竟还有什么力量可以让其复生。一直以来，最具才华与抱负的作家们仍在创作诗剧。自从德莱顿辞世之后，似乎每一位大诗人都曾在这一领域显露过身手。华兹华斯和柯勒律治，雪莱和济慈，丁尼生、斯温伯恩还有勃朗宁（只说说已故的诗人）都写过诗剧，却没有一人成功。他们写下的那些诗剧，恐怕只剩下斯温伯恩的《亚特兰大》和雪莱的《普罗米修斯》还有人在读，即便如此，和他们的其他作品相比，这些诗剧也少有人问津。而剩下的那些诗剧，全被我们束之高阁，它们早早地就把头埋到翅膀下面，睡着了。没有人想去打扰它们的安眠。

　　然而，我们忍不住要为他们的失败找到某种解释，或许借此可以照亮我们所考虑的未来。而沿着这个方向，说不定在某处，就可以找得到何以诗人再也写不出诗剧的原因。

　　有一种模糊而神秘的东西，叫作生活的态度。若是把目光从文学暂时移向生活，我们都认识这样一些人，他们与生存做斗争，生活不幸，从来得不到想要的东西，困惑不解，牢骚满腹，他们站在一个别扭的角度，看什么自然都会有些歪歪扭扭。也还有另一些人，尽管看上去十分心满意足，却好像与现实全然失去了联系。他们把感情全都浪费在了小狗和旧瓷器上面。除了自己的健康好坏和社会上的势利之风如何起落，他们别无兴趣。然而，还是有一些人给我们留下了深刻的印象，但要探个究竟，却又难以说清他们得以在重要的事情上充分施展他们的才华，是出于天性还是环境使然。他们未必快乐，也未必成功，却让人感到热情洋溢，做什么都兴致勃勃。他们似乎浑身上下都充满了生气。这在一定程度上或许是境遇使然 —— 他们生来便有着适宜的环境——但更大程度上，还在他们自身，因为种种素质平衡相宜，也就不至于会从一个别扭的角度，把什么都看得歪歪扭扭；不会如隔迷雾，把一切都看作了扭曲变形；而是规规矩矩、合乎比例，牢牢地抓住了一些东西，当他们采取行动之时，也就卓有成效。

　　一位作家也是如此，对生活拥有一种态度，虽然这是一种不同的生活。他们也有可能站到了别扭的角度上，他们也会困惑、失望，得不到他们身为作家所追寻的东西。譬如乔治·吉辛就是这样。于是，他们也可以退隐近郊，把他们的兴趣浪费在宠物狗和公爵夫人身上 —— 楚楚动人、多愁善感、谄上傲下，而我们的一些极为成功的小说家便是如此。不过，也还有一些作家，或出于天性，或出于境遇，在他们的立足之处，可以为重要的事情尽展才华。这并不是说，他们写得快或写得轻松，也不是说，他们就能一举成名、大获成功。我所做的，是要对大部分伟大的文学时代中普遍存在的一种品质略加分析，而这种品质在伊丽莎白时期戏剧家的作品中又最为突出。他们似乎对生活有一种看法，站在他们所处的位置上，他们可以尽情舞动他们的手脚，而从那里看来，尽管看到的是林林总总不同的东西，但对他们来说，这个角度却与他们的目的正相适宜。

当然，在某种程度上，这是环境使然。当时的公众，兴趣所在并非书籍，而是戏剧。那时，城镇小，人与人之间的距离也小，而即便是所谓受过教育的人，也生活在无知之中。这一切无不让伊丽莎白时期的想象中自然充满了狮子和独角兽，公爵和公爵夫人，暴力和神秘。此外，为此推波助澜的，还有某种让我们明显感觉到了，却又难以言说的东西。他们的生活态度，让他们可以自由而又充分地表达自我。充满困惑和失望的心灵写不出莎士比亚的戏剧。他们是伸缩自如的封套，为他的思想提供了完美的容身之地。他毫不费力地从哲学转到了醉汉们的大打出手，从爱情的歌谣转到了一场争执，从单纯的欢乐转到了深刻的思考。确实如此，伊丽莎白时代的剧作家们，尽管他们或许会让我们厌倦 —— 他们确实让我们厌倦 —— 却从不曾让我们感觉到他们心里有过恐惧或者羞怯，或是有什么东西在妨碍、束缚或压抑着他们，不让他们的思想充分地流动。

但要是翻开一本现代的诗剧，我们的第一个想法就是 —— 现代诗剧大多如此 —— 这位作者并非无拘无束。他心有恐惧，有些强己所难、扭捏不安。还竟然有那么好的理由！我们可以如此惊呼，因为和色诺克拉底这个穿着托加袍的男人在一起，或是和裹着毯子的女人尤杜莎在一起，我们中还有谁能无拘无束呢？可是，出于某种原因，现代诗剧写的总是色诺克拉底，而不是鲁滨孙先生；写的是帖撒利，而不是查令十字大街。当伊丽莎白时代的剧作家把场景设定在异国他乡，把王子和公主作为男主角和女主角时，他们只是把场景从一层薄薄的纱幕一侧搬到另一侧而已。这是为他们的人物带来深度和距离的自然举措。而那个国家和英国无异，那位波西米亚王子和英国的王公贵族也并无二致。然而，我们的现代诗剧作家，似乎却是为了不同的理由，诉诸那过去与远方的纱幕。他们自知，若是他们试图把心中辗转的所思所睹、心头起伏的爱恨情仇，在公元 1927 年一五一十地诉诸笔端的话，定会有损诗歌的体面。他们只好结结巴巴、支支吾吾了起来，说不定只能坐下，或是要就此离开房间了。伊丽莎白时代的人们所持的态度给了他们充分的自由，现代的剧作家或是毫无态度可言，或是有这态度也勉勉强强，让他束手束脚，看到的东西也歪歪斜斜。他便只好到色诺克拉底们那里去避难，他们要么一言不发，要么说出来的，就是无韵体的诗歌所能说出的那些体面话。

不过，我们能否把自己的意思说得更完整一些？如今和那时，有什么不同，发生了什么，是什么让如今的作家站在了如是的角度上，才不能凭借着英国诗歌的传统渠道来直抒胸臆呢？找一所大城市，在其街巷间走一走，或许就可以找到某种答案。砖砌的长道被割裂开来，变作一座座房子，每一个房子里都住了不同的人。这人给门上了锁，闩住了窗，以保有些隐私。与人联系，则通过头顶的一根根电线，通过屋顶上源源不断传来的声波，以此大声地告诉自己世界上各处发生的战争、凶杀、罢工与革命。而若是我们走进去和他交谈，我们会发现，他是个谨小慎微、遮遮掩掩、疑心重重的动物，极其忸怩不安、小心翼翼，唯恐把自己暴露出来。的确，现代的生活中，没有什么强迫他要这样做。个人的生活中，并没有暴力存在。见面之时，我们都彬彬有礼、宽宏大度、和蔼可亲，甚至开战的双方也是成群结伙，而非个人。决斗已经销声匿迹。婚姻的纽带则能绵绵相续而不会戛然而止。寻常百姓也比以往更冷静、更文雅、更自制。

不过，若是我们和朋友一起去散散步，就会发现他对一切莫不意兴盎然，无论那是丑陋、污秽、美丽，还是惹人发笑的。他的好奇心如此之强，追随着每一个念头，任由着思绪将他带往何方。他公然议论那些过去私下里从不提起的话题。而或许恰是这种自由和好奇，才赋予了他如此显著的特征——就是把看似不相关的事情在心中相连的那种特殊方式。曾经单独出现、孤立发生的各种感觉不复如此了。美之中有丑，趣之中有厌，欢乐之中也有了痛苦。过去完整进入我们心中的种种情感，如今在门槛上就裂成了碎片。

譬如说，一个春天的晚上，月已升空，夜莺在歌唱，低垂的杨柳拂过河面。可与此同时，一位生病的老妪正在一条丑陋的长铁凳上挑拣她的那些油腻腻的破布烂袄。她和春色一同进入他的心中，它们交织起来，却没有互相混杂。这样的两种情感，如此不协调地结合在一起，除了利齿相向，就是拳打脚踢了。但是，在济慈听到夜莺歌唱之时，他心中的感情却是完整而统一的，尽管它渐生变化，从美的喜悦，变作对人类不幸命运的哀伤。他并没有进行对照。在他的诗中，哀伤与美，如影随形。在现代人的心中，美却并非与影同行，而是与丑相伴。现代诗人谈到夜莺，说它"对着肮脏的耳朵聒噪不休"。在我们的现代美身旁轻盈相伴的，是某种讥讽的精灵，对它的美嗤之以鼻；它将镜子翻转过来，让我们看到美的另一侧脸颊，上面坑坑洼洼，完全走了样。似乎现代的心灵，总抱着要将心中的情感一一证实的希望，全然失去了单纯依照事物的本来面目将之接受的能力。毫无疑问，这种怀疑与验证的精神已经让灵魂焕然一新，变得更加活泼起来。现代作品中有一种坦率和诚实，要是这还不足以让人欣喜若狂，至少也大有裨益。现代文学，到了奥斯卡·王尔德和沃尔特·佩特的手里，就变得活色生香，而当塞缪尔·巴特勒和萧伯纳燃起了他们的羽毛，将嗅盐瓶儿放到了她的鼻子下面，她立刻就从 19 世纪的慵懒倦怠中打起了精神。她醒来了；她坐了起来；她打了个喷嚏。那些诗人自然就吓跑了。

因为，诗歌当然是站在美的一边，一向如此、不可抵挡。她一向坚持某些权利，譬如合辙押韵、抑扬顿挫以及推敲词句。她从未被用于过生活的日常目的。散文则把所有的脏活都扛在肩上——回过信件，付过账单，写过文章，发表过演说，为商人、店家、律师、战士还有农民——效劳。

诗歌依然在她的祭司手中孤芳自赏。她或许已经自食其果，因为离群索居而变得有些生硬。她盛装而至，什么都带在身上，她的面纱、她的桂冠，还有她的记忆和联想，刚一开口就让我们感动。于是，当我们要求诗歌来表达这种不和谐、不一致，这种嘲讽、对照、好奇和那些在各自的小房间里养成的灵敏、古怪的种种情绪，以及文明所教化的、与她保持着一臂之遥的诸种广泛、普遍的观念之时，她的行动就显得不够迅速、不够利索，或者说，不够包容，也就无法做到了。她的口音太过明显，她的举止太过张扬。与我们要求的正相反，她给我们的，只是热情洋溢、动人的抒情呼喊；她威风地把手一挥，命令我们躲到过去那儿避难。但她与心灵的步调并不一致，也不曾满怀热情、敏感而迅速地投入到心中的各种苦难与欢乐中去。拜伦在《唐·璜》中指出了道路，他表明了诗歌有可能成为一种多么灵活的工具，却没有人以他为榜样，将他的工具发扬光大。我们仍没有诗剧。

于是，这就让我们反思，诗歌是否还能胜任我们现在要交给她的任务。或许，我们在这儿如此粗粗几笔所勾勒出来、并归之于现代心灵的那些情绪，更乐意把自己交给散文而不是诗歌。或许，散文确有可能要来接下 —— 实际上已经接下了——那一度曾由诗歌来履行的部分职责。

那么，若是我们有足够的勇气，不怕别人嘲笑，要去看看我们这些快速前进的人正奔往何方，我们大可以认为，我们正朝着散文走去，只消十或十五年的时间，散文就会被派上先前所未曾涉及的用途。而小说这个食人生番，已经吞下了如此多的艺术形式，到了那时，想必吞下的更多。我们将不得不为这些同样打着小说的名号，其实则千差万别的书另造出新的名称来。而这些所谓的小说中，也可能会有一部作品，让我们几乎无从命名。它由散文写成，但这种散文，却有许多诗歌的特征。它会如诗歌那般升华，却更像散文一样平凡。它富有戏剧性，却并非戏剧。它可供阅读，却不宜表演。不过，需要为它冠以何名倒不是一桩要紧的事。要紧的，是这本从地平线那儿进入我们视野的书，或许可以让目前看来似乎正为诗歌所不容也同样不受戏剧欢迎的某些情感得以表达，那么，我们不妨一试，和它进一步打打交道，想象一下它的界限和性质究竟是怎样。

首先，我们或许可以想到，跟我们现在所熟悉的小说相比，它的不同主要在于，它会后退一步、离生活更远。它会像诗歌那样，只提供轮廓，而非细节。而小说的特征之一，也就是其记录事实的那种惊人力量，它却几乎弃之不用。有关书中人物的宅邸、收入和职业，它都所言不多；它和社会小说或是环境小说，也几乎没有什么血缘关系。这些局限，并不影响它把人物的思想感情表达得准确而生动，只是换了不同的角度。它所描述的，并非仅仅是人与人之间关系如何、他们的共同活动又如何，这也并非重点所在，虽然小说一直以来便着眼于此，也着力于此。它要描写的，是个人的心灵与普遍的观念之间的关系，以及一个人独处时的内心独白。这是因为，在小说的统治下，我们已经仔细地勘察了心灵的一部分，却也忽略了另外的一部分，以至于忘记了，我们对于玫瑰、夜莺、黎明、日落、生死与命运，凡此种种的感情，恰恰是生活中相当重要的一大部分；也忘记了，我们在睡觉、做梦、思考、阅读和独处上花去了相当多的时间，我们并不是时时刻刻都生活在与他人的关系之中，我们的精力也并非全都用在了养家糊口之上。心理小说家太容易把心理学局限于个人交往之中。有时，我们更渴望能从这种延续不断、连绵不绝的心理分析中解脱出来，不再去理会是坠入了爱河还是挣断了情网，不用去在意汤姆对朱迪斯的感情如何、朱迪斯究竟对汤姆是爱还是不爱。我们渴望看到的，是某种更加非个人的关系。我们渴望的，是思想、梦幻、想象和诗意。

伊丽莎白时代剧作家的光辉荣誉之一，就是将这些交给了我们。那位诗人总可以超越哈姆雷特和奥菲利娅二人关系的特殊性，他向我们提出的疑问，并非关于他的个人命运，而是关乎全人类的生活状态与现况。就像《一报还一报》中，那成段成段极为微妙的心理描写，就交织着深刻的反思与瑰丽的想象。但值得注意的是，如果说莎士比亚将这种深刻的思想、这种心理刻画交给了我们，那么，与此同时，他并没有试图给过我们另外的某些东西。这些剧本，若是当作"应用社会学"来看，毫无用处。若是我们必须借此来一睹伊丽莎白时代的社会经济状况，恐怕我们只能是无望而茫然。

有鉴于此，未来的小说或是小说的变体便将会拥有诗歌的某些特征。它将描写人与自然、与命运的关系，描绘他的想象，他的梦。但也会把生活中的嘲讽、对照、疑问、闭塞与复杂表现出来。它将以那个奇怪的不相协调之物的混合体，也就是以现代心灵的模样出现。因此，它将把散文这种民主的艺术形式的珍贵特权——自由、无畏和灵活,紧紧拥在胸前。因为散文谦下若水,所以无处不至;因为它不嫌任何地方低下、肮脏,或是贫贱,所以亦无处不至。它又有无限耐心,谦卑地渴望着。它不放过任何事实,即使只是最细微的一块碎片,它也可以伸出黏糊糊的长舌头,一口吞下,再把它们融合汇聚,结构成最为精细巧妙的迷宫,然后,悄然无息地聆听每一扇门后传来的声音,尽管那儿只有轻声细语。常用的工具方才灵活,它也得益于此,才能在蜿蜒的曲径中通达无阻,把瞬息的变化一一记下,而现代心灵便是如此。

我们或许还会问,虽然无论事物或普通或复杂,散文都足以胜任 —— 可是,散文能够表达如此众多的简单事物吗?能表达突如其来、让人大吃一惊的感情吗?它能唱出挽歌、赞颂爱情,因恐惧而尖叫,称赞玫瑰、夜莺或是夜色之美吗?它能像诗人一样,一下子就想出绝妙的写作主题吗?我想不能。那是它抛弃了魔法和神秘、抛弃了韵脚和节奏所受的惩罚。诚然,散文作家胆子大,他们常常强迫手中的工具做出尝试。但是,辞藻华丽的散文诗总让我不舒服。不过,反对辞藻华丽,并非因其华丽,而是在于,这些辞藻与周围的文字格格不入。回想一下梅瑞狄斯在《理查德·费瑞弗尔的磨难》中的那段"锡哨子上的消遣",就是个很好的例子。一开头,矫揉造作的诗歌格律便支离破碎、磕磕绊绊地上了场:"金色铺满草地;金色流遍小溪;赤金包裹着松枝。太阳沉落大地,步入田野与河溪。"要么,回想一下夏洛蒂·勃朗特的小说《维莱特》结尾处描写暴风雨的著名段落。这些段落生动流畅、情意盎然、灿烂辉煌。把它们摘录下来编入文选,读来自然精彩,可放到小说的上下文中,读起来却并不让人舒服。这是因为,梅瑞狄斯和夏洛蒂·勃朗特都自称是小说家,他们与生活紧密地站在一起,他们让我们期待的是小说的节奏、观察和视角。突然之间，这一切全被他们粗暴地却又有意地变成了诗歌的节奏、观察和视角。我们感到了这种急促的转折和努力，我们几乎从那种赞许与幻想的恍惚间清醒了过来，而就在刚刚，我们还完全沉醉于作家的想象之中，彻底为其征服。

不过，现在让我们来考虑一下另外一本书，尽管同样用散文写成，也仍被称为小说，它却从一开始就采取了一种不同的态度、一种不同的节奏，它后退一步、离生活更远，这就让我们期待着一种不同的视角——这就是《项狄传》。这本书充满了诗意，而我们却从未注意到这一点；这本书辞藻极为华丽，却从来不让人感到格格不入。尽管书中的章法一直在变换，却衔接得天衣无缝，丝毫没有任何颠簸，来把我们从赞许与信任的沉醉中惊醒。斯特恩大笑、嘲讽、说上几句不够体面的下流话，面不改色，便接上了这么一段话：

> 时光飞逝：从我的每一封信中都可以看到，生命何等迅速地在我的笔下流逝；生命中的每一天、每一小时——我亲爱的珍妮——都比你戴在脖子上的红宝石还要珍贵，时光从我们的头上飞过，有如浮云掠过，一去不复返了。一切都在奋力前进——而你还在用手指绕弄着那缕头发——瞧！它已渐成灰白。每一次我吻着你的玉手，与你话别，还有随之而至的每一次分离，都不过是在为我们不久便将面对的永别奏响一次又一次的序曲。——愿苍天怜悯我们二人！

第九章

现在，不论世人对此惊呼有何看法——我一丁点儿也不在乎。

然后，他就对我的托比叔叔、那位下士、项狄夫人，还有余下的几个人说出了他的一番惊呼。

在这儿，我们看到诗歌流畅自然地变成了散文，散文又变成了诗歌。斯特恩站得稍远了一些，伸出手去，轻轻地抓住了想象、机智和幻想。既然他把手高高地伸向了生长着这些果子的枝叶，不用说，自然就心甘情愿地放弃了对生长在地上、个头更大更笨重的一棵棵蔬菜的权利。这是因为，很不幸，某种程度上的牺牲似乎在所难免。你不可能手里拿着所有的艺术工具，走过那条狭窄的艺术之桥。有一些你必须留在身后，否则中途也会将它们丢入水中，或是更为糟糕，一下子失去了平衡，把自己给淹死了。

那么，这样看来，这种尚未命名的小说类型，写作之时要与生活保持一定的距离，因为这样一来，我们就可以拥有广阔的视野，来看待生活的某些重要特征。这种小说，将会以散文写成，因为若是将其从背负的重担下解放出来，不再将它当作负重的牲畜——众多的小说家便是这样，将细节和事实的包袱统统交付于它——若是如此对待散文，它就会向我们展示出自己的能力，既可以高高升起、远离地面，虽非直冲云霄，却也如风卷起、盘旋上升，与此同时，又依然与日常生活中各种展露人性的趣事与癖好紧密相连。

然而，还有一个仍需深思的问题。散文也可以具有戏剧性吗？自然，在萧伯纳和易卜生的笔下，戏剧性的散文显然大获成功，但他们一直忠实于戏剧的形式。我可以说，未来的诗剧作家会发现，这种形式并不合乎他的需要。按他的要求来看，散文剧太过死板，处处受到限制，又过于张扬。他想说的东西，有一半都从它的筛网

158

中漏掉了。他想表达的评论、分析和丰富的内容无法全部压缩到对话中去。但他又渴望获得戏剧爆炸性的感情效果，他要让读者热血沸腾，而不只是给他们的聪明才智挠个痒。《项狄传》的松散和自由，围着托比叔叔和特利姆下士这些人转了转，就又流向了别处，并不打算让他们列队成行，站到一起，以便彼此对照，以显戏剧性。因此，就有必要让作者在写下这本需要为之付出卓绝努力的书时，用严格而又合乎逻辑的想象力来处理他那缭乱而矛盾的各种感情。缭乱让人厌恶，混乱招人怨恨，凡是艺术作品，便须事事在握、样样有序。他要为整体付出努力，而不是分散精力。他会着眼于整个的篇章，而不是详述每一个细节。这样一来，他笔下的人物便有了戏剧性的力量，而现代小说中刻画入微的人物，却常常因为心理学上的利益而牺牲了这种力量。那么，尽管这一点还几乎不为所见，尚在遥远的地平线边缘，我却可以想象得出，他的兴趣所在会更为广泛，以便将那些在生活中发挥了巨大作用却至今未曾被小说家注意的某些影响加以戏剧化——音乐的力量、视觉的刺激、树木的形状或是色泽的变化给我们的影响、人群带给我们的各种情绪、在某些地方或某些人心中失去理性后出现的莫名恐惧和仇恨、运动的快乐、美酒的醺醉。每一个瞬间都是千万种未曾被表达的感觉交相融汇的中心所在。生活总是如此，必定比我们这些试图来表现它的人丰富得多。

其实，无须什么伟大的预言天赋便可以断定，无论是谁，若要去尝试至今为止所勾勒出的这一切，一定要拿出他的全部勇气。散文并不会对第一个来到它面前的作家俯首听命，让其学习如何迈出新的一步。不过，若是时代的迹象还有任何价值，那么，新发展的必要便会为人所知。毋庸置疑的是，在英国、法国以及美国，还零零星星住着一些作家，他们越来越为身上的束缚而恼火，正在努力为自己赢得自由。他们尽力改变自己的态度，以便可以再一次找到一个从容的位置，可以在重要的事情上倾尽所能。若一部作品依然可以打动我们，是因为它是在这种态度下创作而成，而不再因为它的美或是它的华丽，这时，我们才知道，在它的身体里，已经孕育了可以让它永世流传的种子。

贝内特先生和布朗夫人 [1]

看起来，我也许是这间屋子里唯一一个写过小说、想要写小说，或者说，没写成小说的傻瓜，不过，或许这正合我意。我问自己 —— 因为你们要我来谈一谈现代小说，所以我不得不问一问自己 —— 是什么魔鬼在我耳边煽风点火，催我走上这条死路。话音刚落，一个小小的人影儿就蹦了出来，站到了我的面前 —— 或者是个男人，或者是个女人，对我说："我姓布朗。能抓到我，就来吧。"

大多数小说家都有类似的经历。某位布朗、史密斯，或是琼斯，跑到他们跟前来，对他们说"能抓到我，就来吧"，说得那么妩媚诱人，让他们鬼迷了心窍，在书卷中神魂颠倒，把一生之中的大好时光都献给了这场逐猎，却往往换不来什么钱财。鲜有人抓得到这个魅影，大多数只是对着她的一片衣角、一缕秀发，不得不心满

1　伍尔夫最初于 1924 年 5 月 18 日在剑桥大学向异端社宣读了这篇文章，当时使用的题目是《小说的人物》。稍后，以《贝内特先生和布朗夫人》为名，由霍加斯出版社出版了该篇的单行本，后收入伍尔夫的散文集《船长临终时》。

意足。

我相信，男人和女人写小说，是因为他们受了诱惑，要把那个占据了他们心头的人物创造出来。阿诺德·贝内特先生也是。我要引用的这一篇文章里，阿诺德先生这样说："所谓好的小说，其根本并不在别处，只在于人物塑造……风格很重要，情节和新颖的见解也重要。但和令人信服的人物相比，这些便都微不足道了。如果人物真实可信，小说就有了希望；如若不然，小说就会渐渐为人遗忘……"接着，他便下了结论，认为眼下并没有一流的年轻小说家，因为他们还不能创造出真实可靠、令人信服的人物来。

这些就是今晚我想要大胆讨论而不去小心论证的问题。我想要弄清楚，在我们谈到小说中的"人物"时，我们是在说些什么；然后谈一谈贝内特先生所说的真实，还要解释一下，为何年轻小说家无法成功地塑造人物，如果确如贝内特先生所断言，他们并不成功的话。我很清楚，这会让我的一些结论过于轻描淡写、一些又过于含糊其辞。因为，这是一个棘手的难题。想一想，我们对于人物是多么无知——想一想我们对艺术又是多么无知。不过，为了明白起见，在开始之前，我建议把爱德华时代和乔治时代的作家分作两个阵营，我要把威尔斯先生、贝内特先生和高尔思华绥先生称为爱德华时代的作家，而把福斯特先生、劳伦斯先生、斯特雷奇先生和艾略特先生称为乔治时代的作家。还有，如果言语间我那自高自大的第一人称令人生厌，还要请你们原谅。我并不想把个人的看法说成是公论，何况我一向离群索居，难免孤陋寡闻、误入歧途。

我的第一个结论，想必你们也会同意——在座的每一位都是评论人物的行家。真的，一个人若是不懂得揣测人情，对于这门艺术，不能略通一二，一年到头，难免生祸端。我们的婚姻、友谊全赖于此，我们的生意大部分也须仰仗于此，日常生活中的许多问题也只能借此来解决。那么，我要大胆说出第二个结论，或许这会引来更多的争议，那就是，在 1910 年 12 月，或在此前后，人性变了。

我并不是在说，这就好像我们走出家门，在花园中看到了一枝绽放的玫瑰，或是母鸡下了个蛋。我所说的变化，并不是这样突如其来、确定无疑。然而，的确是发生了变化。而既然主观臆断总是在所难免，我们不妨认为变化就发生在 1910 年左右。这在塞缪尔·巴特勒的书中就已初见端倪，尤其是那本《众生之路》，而萧伯纳的戏剧则继续记述着这番变化。生活中，我们也能看出这种变化，举个普通的例子，就拿家中的厨师来说吧。维多利亚时代的厨师就像生活在深水中的庞然大物，听不到他说话，看不清他的面目，不知道他在想些什么，让人不觉心中害怕。而乔治时代的厨师，则呼吸着新鲜的空气、沐浴着阳光，在客厅里进进出出，一会儿来借一份《每日先驱报》，一会儿来问问对他的帽子有什么看法。还要听听更为严肃的例子，来看看人类变化的本领有多强吗？那就去读读《阿伽门农》吧，看看随着时光的流逝，你的同情心是否全都跑到了克吕泰墨斯特拉一边。要么，想想卡莱尔夫妇的婚姻生活，谁不惋惜他和她那虚掷了的光阴、埋没了的才华？想想这可怕的家庭传统，竟让一位天才女子把时间都花在了捉虫洗碗，而不是写作上。人与人之间的一切关系都变了 —— 主仆、夫妻、父母与子女。而人与人之间的关系一旦发生了变化，信仰、行为、政治和文学便也随之而改变。就让我们暂且认为，这其中的一种变化就发生在 1910 年左右。

我刚才说过，谁要是想平平安安地过上一年，那就一定要学好洞察人情的本领才行。不过，这是年轻人的艺术。这门艺术到了中年人或是老年人的手中，大多只是借来一用，目的却在别处，而诸如友情之类真正触及人物性情这门艺术本身的种种探险或尝试，却乏人问津。而小说家不同常人之处就在于，即使在实现了他们的目的之后，即使因此对人物形象已烂熟于心，他们也并不会就此失去对人物的兴趣。他们向前又迈进了一步，因为他们发现人物本身就有一种魅力，永远引人入胜。在他们看来，纵然是将生活中的一切事务一一抛开，人物身上似乎还是存在着什么至关重要的东西，虽然这与他们的幸福、舒适或是收入毫无关系。他们一心研究人物，他们为人物着了迷。而我却对此觉得难以理解：小说家们所谈论的人物到底意味着什么？又是怎样的冲动，时常有力地激励着他们将自己的观点诉诸笔端？

因此，要是你们允许的话，与其做一番分析、抽象地加以讨论，我更想给大家讲一个小故事，虽然听起来有些不着边际，但好在是件真事。那是从里士满往滑铁卢去的路上所经历的一段见闻，希望借此可以向大家表明，我所说的人物究竟意味着什么，也希望你们可以意识到人物所能展现的诸多方面，以及当你试图用言语来描述它时所要面临的可怕危险。

那是几周前的一个晚上，我差一点误了火车，匆忙跳上了最近的一节车厢。刚坐下就有种奇怪、不安的感觉，好像我打断了先坐在那里的两人的谈话。倒不是因为他们是年轻、幸福的一对儿。正相反，他们都上了年纪，女人已经年逾六十，男人也有四十好几。他们面对面坐着。男人涨红了脸，从他的姿势上看，想必一直是探着身子、正说得起劲，而现在往后一靠，闭上了嘴，准是被我打了岔，正在气头上。而那位老太太——我打算叫她布朗夫人——看上去反倒是松了口气。她是那种衣服干净得要命又破得要死的老太太，这种一丝不苟——扣子扣好、带子系紧，该束的地方束好、该缝补的地方缝补过、该洗刷的地方洗刷干净——让人看到的，是比破衣服和污垢还要艰辛的贫穷。她在为什么而痛苦——在她的脸上有一种忍受折磨、忧心忡忡的表情，对了，除此之外，她还格外瘦小。她的双脚穿着干净的小靴子，几乎踩不到地板。我总觉得她无依无靠，什么都得自己拿主意，恐怕多年以前就做了弃妇或是遗孀，含辛茹苦把独生子抚养成人，谁曾想，这个孩子长大后却又学坏了，不过，也可能并非如此。这一切在我落座的那一刻从我脑海中一闪而过，和大多数人一样，我也有这个毛病，不把同行人的底细摸个一清二楚，心里怎么都不舒服。于是，我开始打量那个男人。我敢说，他和布朗夫人非亲非故。他个头大得多，也更结实，却没什么教养。我猜他是个生意人，多半是北方的谷商，十分体面，一身上好的蓝哔叽外衣，带着一把折叠刀和丝手帕，还有一个鼓鼓囊囊的皮包。不过，显然他和布朗太太之间，还有一桩不愉快的生意要谈。一个秘密，或许是什么见不得人的勾当，自然不便当着我的面来谈。

"没错，克劳夫特家可真倒霉，就没雇到过好用人。"史密斯先生（我且这么叫他）若有所思地说，看来是旧话重提，以免尴尬。

"唉，可怜的人，"布朗夫人这么说，多少有了点优越感，"我奶奶有个用人，从她十五岁起就在我家，一直待到了八十岁。"（说这话的时候，她似乎有些伤心，不过语气中也有些挑衅似的骄傲，像是要为引起我们两个的注意。）

"现在可碰不上这种事儿了。"史密斯先生附和着。

然后两人都沉默了。

"真奇怪，他们干吗不在那儿开一家高尔夫俱乐部——我还以为会有哪个小伙子打算这么做呢。"史密斯先生又开了口，沉默显然让他觉得不自在。

布朗夫人才懒得接下话茬。

"看看他们把这儿变成了什么。"史密斯先生往窗外看去，一边说一边偷偷地打量着我。

从布朗夫人的沉默，从史密斯先生语气中那种不自在的殷勤，显然可以看出，他的手上揪着布朗夫人的什么短处，现在正令人厌恶地利用这一点。或许是他儿子的堕落，或许是她的或是她女儿的什么辛酸往事。说不定她是要去伦敦，签署什么文件，将财产拱手相让，落到了史密斯先生手上，显然是身不由己。就在我对她心生同情之际，她突然没头没脑地冒出一句话来："你能告诉我，要是一株橡树的叶子被毛毛虫接连吃了两年，它还能活吗？"

她咬字清楚、用词精确、一副文雅、好奇的口吻。

史密斯先生吓了一跳，不过，这总算给了他一个无关紧要的话题，让他松了口气。他一口气说了一大堆昆虫的害处。他告诉布朗夫人，说他有个哥哥在肯特郡经营果园；告诉她，肯特郡的农民每年都种些什么水果；等等，等等。说着说着，发生了一件怪事。布朗夫人掏出她的白色小手帕，轻轻抹了抹眼角。她哭了，不过，还是相当平静地在听。而他，仍是侃侃而谈，只是嗓门大了些，添了些怒气，就好像在此之前也经常见她落泪一样，就好像这已经成了一个令人痛苦的习惯。他终于忍无可忍，突然停了下来，看了看窗外，接着便朝布朗夫人探出身去，就像我刚上车时那个样子，一副恶狠狠、恐吓人的样子，就好像半句废话也受不了了："我们刚才说的那事，不会再变卦了吧？乔治星期二会到吧？"

"我们不会迟到的。"布朗夫人挺直了腰板，极具尊严地答道。

史密斯先生一句话也没说，起身，扣上了大衣，取下皮包，还没等车在克拉珀姆站停稳就跳上了站台。他如愿以偿了，但自知理亏，巴不得赶紧躲开老太太的目光。

就只剩下了我和布朗夫人。她坐在我对面，在自己的那个角落里，那么整洁、那么瘦小，又那么古怪，承受着莫大的苦痛。她给人留下的印象足以压倒一切，就像一阵穿堂风、一股烧焦的味道扑面而来。这种印象缘何而来呢——这种压倒一切的独特印象？这样的时刻，成千上万个互不相干、不相协调的念头一同涌入人们的心头。我们看到了那个人，看到了布朗夫人，出现在各种不同场景的中心。我想象着，她待在海边的一间房子里，身边放着些稀奇古怪的饰品：海胆、装着船只模型的玻璃瓶子。壁炉台上放着她丈夫的奖章。她不时从房间里进进出出，一会儿坐在椅子的边儿上，一会儿用碟子吃些东西，一会儿又长久地凝神不语。那些毛毛虫和橡树似乎预示了这一切。然后，史密斯先生闯了进来，打破了这个奇妙的小天地。那天狂风四起——就这么说吧，我看到他像狂风一样呼啸着闯了进来。所到之处，乒乓作响。雨水从他的伞上流淌下来，在大厅里积成了湖泊。他们关起门来密谈。

然后，可怕的真相摆在了布朗夫人的面前。她做了英勇的决定。一大早，天还没亮，她就装好了箱子，自己提去了车站，连碰也不让史密斯先生碰一下。她的自尊心受了伤，起锚离开了自己的停泊之处。她来自体面人家，家里还雇过用人——不过细节可以稍后再说。重要的是，要理解她的性格脾气，要让自己能与她感同身受。我来不及解释为什么会觉得悲从中来，虽有几分豪情，却又有几分荒诞、匪夷所思，因为火车停了，我看着她拿上行李，消失在巨大而又灯火通明的车站。她看上去如此弱小、如此顽强，既脆弱又悲壮。我从此再也不曾见到过她，也无从得知她后来怎样了。

故事就这样莫名其妙地结束了。不过，我告诉大家这则见闻，并非为了炫耀自己的别出心裁，也不是要让大家知道，从里士满到滑铁卢，这一路上是多么有趣。我想让大家看到的，是这样一点：在这个故事里，有这样一个人物，她给另外一个人留下了深刻的印象。布朗夫人就是这样，让人差点情不自禁地写了一部有关她的小说。我相信，所有的小说都是从一位坐在对面角落里的老太太写起的。这就是说，我相信，所有的小说都关乎人物，并且，正是为了表现人物，而不是为了说教、歌颂，不是为了赞颂大英帝国的荣耀，小说——如此笨拙、冗长、平淡无奇，又如此丰富、灵活、生动活泼的艺术形式——才会因此发展至今。我的确说，小说要表现人物。不过，你们肯定立刻就会想到，对于这句话的解释可以多么宽泛。比方说，老布朗夫人会给你留下何种印象，这也要看你成长的年代、出生的国家。火车上的这段插曲，很容易就可以写出三种不同的版本来，英国式的，法国式的，还有俄国式的。英国作家会将这位老太太塑造成一个"人物"。他会描写她的怪癖和习惯，衣服上的扣子、脸上的褶子，哪里系着缎带、哪儿长着痦子。书里满是她的个性。一位法国作家，则会把这一切全部抹去。他会牺牲布朗夫人个人，去表达更为普遍的人性，以创造一个更为抽象、匀称、和谐的整体。而俄国人会穿透血肉，揭示出灵魂来——唯有灵魂独自游荡在滑铁卢大街向人生发问，一直到我们掩卷而去，这些无比重要的问题还在我们耳畔久久地回响。此外，除却时代和国家，作家的性情也要考虑在内。你看到了人物的这一面，我看到的却是另一面。你说就是此意，我却认为别有他意。一旦动笔，又都各有主张、各做取舍。所以，就因为时代、国家和作者的性情各不相同，如何对待布朗夫人，也就有了千差万别的方法。

但现在，我必须回顾一下阿诺德·贝内特先生的说法。他说，只有人物真实可信，小说才能幸存。否则的话，必死无疑。可是，我问自己，什么才是真实呢？真实与否，又由谁来说了算呢？同样的人物，在贝内特先生看来，或许真实可信，在我眼中，却未必如此。就拿《夏洛克·福尔摩斯》中的华生大夫来说，贝内特先生在文章中认为这是个栩栩如生的人物，但在我看来，华生大夫就是绣花枕头、草包一个，既愚蠢又可笑。一个人物是这样，换一个也是这样，一本书如此，另一本书也如此，这样的情况屡见不鲜。人物的真实与否，总是众说纷纭，尤其是现代小说里的人物，恐怕分歧之大，再没有什么能比得上了。不过，若是从广义上来说，我想，贝内特先生的话倒是绝对正确。也就是说，若是想一想那些在你们心目中称得上名著的小说——《战争与和平》《名利场》《项狄传》《包法利夫人》《傲慢与偏见》《卡斯特桥市长》《维莱特》——若你们想到的是这些小说，那的确是会立刻想到某个对你们来说如此真实（我这么说，倒不是指接近生活）的人物，不仅让你们想到了这个人，还透过他的眼光，看到了万事万物——宗教、爱、战争、和平、家庭中的生活、乡镇上的舞会，夕阳西下，皓月当空，以及灵魂不朽。在我看来，一部《战争与和平》几乎包罗万象，对于人类生活的描述差不多面面俱到。在所有这些作品中，伟大的作家无不是借助笔下的某个人物，引领我们见识了那个他们希望我们见到的世界。否则的话，他们便不称其为小说家，而是诗人、历史学家，或是宣传手册的作者了。

不过，现在还是让我们来研究一下贝内特先生接下来所说的话吧——他说乔治时代的作家中没有伟大的小说家，因为他们还不能创造出真实可靠、令人信服的人物来。这一点我却不能苟同。因为各种理由也好，借口也好，可能性也好，都让我以为，事情并非如此。至少，在我看来并非如此。但我也充分意识到，对此我可能抱有偏见、盲目乐观，或是目光短浅。我会把自己的观点公之于众，希望你们可以让它不偏不倚、合情合理、兼收并蓄。那么，如今的小说家要写出不仅在贝内特先生看来也在世人看来真实的人物，为何如此困难呢？为何十月已至，出版商还是不能给我们提供一部杰作呢？

毫无疑问，这其中的一个原因就是，那些在 1910 年前后开始写作的男女都面临着一个巨大的困难 —— 没有任何在世的英国小说家可供他们学习借鉴。康拉德是波兰人，这就和我们有了差别，尽管也让人钦佩，却并没有太大的帮助。哈代先生从 1895 年起就再没写过小说。要说 1910 年时最为杰出和成功的小说家，我想，就是威尔斯先生、贝内特先生和高尔思华绥先生了。但在我看来，要去他们那里，请他们来教大家如何写小说 —— 如何塑造真实的人物 —— 无异于去找鞋匠来教大家造钟表。请大家不要误以为我不喜欢他们的书，对他们缺少敬意。对我而言，这些书很有价值，也确有必要。有些季节，鞋子是比手表重要。不去打比方，我想说的是，在维多利亚时代的创作活动结束之后，应当有人去写威尔斯先生、贝内特先生和高尔思华绥先生所写下的那种小说，这是十分必要的，不仅为文学，也为生活。可这些小说多怪啊！有时都让我怀疑，还该不该称之为小说。因为这些小说并不令人满意，总让人觉得奇怪，觉得还缺了点什么。而为了使之完整，似乎有必要做些什么 —— 去参加个什么团体，再不得已，就去开张支票。完事之后，心中的不安才能平息，小说也算圆满，可以束之高阁，从此不必再去翻阅。但另一类小说家的作品就并非如此。《项狄传》或是《傲慢与偏见》本来便是完整的。小说已经圆满，不会再让人起心动念要去做些什么，除了一读再读，以求理解得更为透彻。不同之处或许就在于，斯特恩和简·奥斯汀的兴趣只在事物本身，他们关注的是人物和小说本身。所以一切都在作品之内，无须向外寻求。然而，爱德华时代的作家却从不在意人物怎样，对小说本身向来也无兴趣。他们的兴趣在于人物和小说之外的某处。所以，他们的小说，作为小说而言，并不完整，还需要读者积极主动地用实际行动自己把它完成。

如果我们大胆地设想一下，就在那节火车厢里，他们几个碰了面——威尔斯先生、高尔思华绥先生、贝内特先生正和布朗夫人一同坐在火车上，前往滑铁卢——或许能把这个问题说清楚。我说过，布朗夫人衣着寒酸、身材瘦小，一副愁眉苦脸的样子。我怀疑，她是否能称得上你们所谓的有教养的妇女。威尔斯先生好奇地看了一眼，瞬间便将眼前一切拜我们不如意的基础教育所赐的症状都看在了眼底——恕我无能为力，无法形容这一瞬间有多快，而立刻，威尔斯先生的视线便转向了窗玻璃，在那儿勾勒出了一幅更为美好、轻松、愉快、幸福，人人都有冒险精神、英雄气概的世界蓝图。那是一个没有霉迹斑斑的火车箱、古板迂腐的老太太存在的世界，那里每早八点，就有神奇的驳船将热带水果运来坎伯韦尔；那里有公共托儿所、喷泉、图书馆、餐厅、客厅，还有一对对新人；那里人人慷慨大方，坦诚相待，气宇轩昂，正像威尔斯先生本人。但在他们身上，却看不到一丝布朗夫人的影子。乌托邦里没布朗夫人。是啊，我想，满腔热情的威尔斯先生，准会把她应该是个什么样子描述得淋漓尽致，但是，对于她实际上是个什么样子，却连想都懒得去想。高尔思华绥先生又看到了什么呢？那还用问，准是道尔顿工厂的高墙引起了他的注意。那儿的女工每天要造出三百个陶罐来。哩尾街上，这些女工的老母亲还指望着她们赚来的那几文钱。但与此同时，萨里的老板们正抽着香醇的雪茄，听着夜莺歌唱。高尔思华绥先生怒火中烧，这类见闻他已经看够了，在忙着谴责文明的他看来，布朗夫人不过是转盘上的一个破碎的罐子，被人丢进了角落。

　　爱德华时代的作家中，只有贝内特先生一个人的目光，仍留在了这节车厢里。是啊，他如此细心，一个细节都不会放过。车厢里的广告；斯旺内奇和朴次茅斯的招贴画；椅垫在扣子之间如何鼓起；布朗夫人胸前那枚从惠特沃斯集市上花了三先令十便士三法新买来的胸针又是如何别在胸前的；她两只手套都曾缝补过，甚至连左手手套的拇指部分是换过了的，都被贝内特先生看在了眼里。然后，贝内特先生便打开了话匣子，不厌其烦地为我们解释，这本是趟从温莎开来的直达车，之所以会在里士满停下，是为了方便住在那里的中产阶级，他们买得起戏票，但还没挤进上流社会，不像那些有钱人可以买得起汽车。不过，话又说回来，有时（贝内特先生会告诉我们究竟是何时）他们倒是会从某家公司（他也会告诉我们究竟是哪一家）租一辆车来。就这样，不知不觉间，贝内特先生绕了一大圈，才渐渐转向了布朗夫人，他接下来便要说，她是如何获得了一纸地契，拥有了达切特的一块地产——虽然只是公租而非私有，又说她如何将这块土地抵押给了邦盖律师。不过，我何必要去为贝内特先生擅做主张呢？贝内特先生自己不是就写小说吗？我要看看这偶然放在我面前的第一本书——《希尔达·莱斯威斯》，看看他是如何尽到小说家的责任，能让我们以为，希尔达是真实可信的。她轻轻关上了门，一副小心谨慎的样子，可以看出，她和母亲

172

之间多少有些不自然。她爱读《毛黛》，想必天生便是个敏感多情的人。到此为止，一切都好，贝内特先生从容不迫、稳稳当当地写下了开头几页，每一笔都必不可少，好让我们明白，希尔达是个怎样的姑娘。

可接下来，他并没有去写希尔达·莱斯威斯，却写起了她卧室窗外的景色，因为收房租的斯克伦先生正从那条路上走来。贝内特先生接着写道：

> 她的身后，就是特恩丘的辖区。这里，是五镇区的最北端，从此往南，便是整个烟雾弥漫的五镇。越过查特里森林，运河蜿蜒曲折，流过柴郡洁净的平原，流入大海。河岸上，正对着希尔达的窗子，有一间磨坊，有时，那里冒出的浓烟，跟左右两侧挡住了视线的砖窑和烟囱比，一点儿也不少。一条砖砌的小路，就从那儿，穿过长长的一排新建住宅，将它们和住宅前的花园一分为二，一直通向了莱斯威斯大街，正好从莱斯威斯太太的房前经过。斯克伦先生就住在这条小路的一头，新宅子里最远的一间。

一句真知灼见足以胜过所有这些描述。不过，姑且把这些都当作小说家免不了的废话吧。现在让我们看一看 —— 希尔达在哪里？天哪，希尔达还在窗前眺望。尽管她是个热烈、不安分的姑娘，对于房子，她却颇具眼光。她常常拿这位上了年纪的斯克伦先生，跟她从卧室的窗里所看到的那些住宅相比。这就有必要把那些住宅也交代一番。贝内特先生接着写道：

那一排房子被称为私家宅邸——这个名字，大有夸耀之意，因为这一区的土地大多都是公租，要想转手，必须先交"税金"，再由封地领主的委托人主持"庭议"，予以批准才能转让。而大部分的宅子，都归住户自己所有，他们个个都对脚下的土地拥有无上的权利，他们就站在落满煤灰的花园里，站在随风舞动、快要晾干的衣服、手巾间，为着一些鸡毛蒜皮的小事瞎操心，如此打发黄昏。私家宅邸象征了维多利亚经济最后的胜利，是手工业者谨慎勤劳的结晶。正像是一位建筑协会会长梦中的仙境。这确实算得上了不起的成就。然而希尔达并不买账，无由地看不上这里。

谢天谢地！我们不禁叫出了声。终于绕到希尔达本人这儿来了。不过，别高兴得太早。希尔达或许是这样、那样，或别的什么样子的。但是，她不单单是看着房子、心里想着房子，她还住在一间房子里。那么，希尔达住的这间房子又是什么样子的呢？贝内特先生接着说：

她的爷爷，就是老莱斯威斯，那个壶具制造商，盖起了这四栋相邻的大房子，希尔达就住在中间两栋中的一栋里，那是主楼，显然住着这排建筑的所有者。一侧角落的房子里，开了一家杂货店，房前的花园，比正常小了不少，这样一来，主楼的花园才可以比其他楼前的花园大上一些。这些大房子可不是平房，每年的租金都要二十六磅到三十六磅，这可不是手工业者能付得起的，也不用说那些卖保险或是收租的。再加上房子盖得也好，又不惜工本，虽然打了折扣，但从其建筑风格中，仍隐约看得到乔治王朝时代的那份安逸。在镇上的新住宅区里，这是公认最好的一排房子。斯克伦先生从私家宅邸来到这儿，显然是来到了一个更高档、更宽敞，也更自由的地方。突然，希尔达听到了母亲的声音……

然而，我们却没听到她母亲的声音，也没听到希尔达的声音，只听见了贝内特先生一个人的声音，在对我们说什么"租金""私有"，什么"公租""税金"。贝内特先生这是要做什么？我对贝内特先生要做的事情，早有了自己的看法——他是要我们替他去想象；他是要将我们催眠，好让我们相信，因为他盖起了房子，里面就必定有人在住。贝内特先生尽管目光敏锐、慈悲为怀，却从未看过角落里的布朗夫人一眼。她就坐在车厢的那个角落里——火车正在前行，却并非从里士满开往滑铁卢，而是从英国文学的一个时代，驶向下一个时代，因为布朗夫人是永恒的，布朗夫人就是人性，布朗夫人的变化只在表面上，是小说家们在火车上上上下下——她就坐在那儿，却没有一个爱德华时代的小说家看过她一眼。他们使劲儿盯着窗外，满怀同情地看着林立的厂房，看到了子虚乌有的乌托邦，甚至连车厢内的装饰陈设无不看了个仔细，却从不去看她，从不去看生活，从不去看人性。他们就是这样，练就了写小说的本领，找到了一种适合他们目的的写作技巧。他们造好了工具，树起了传统，成就了他们的事业。可他们的工具并不是我们的工具，他们的事业也并非我们的事业。对我们来说，那些传统就是毁灭，那些工具就是死亡。

你们大可以抱怨我说的话太过笼统。你们或许会问，什么叫作传统、工具，你说贝内特先生、威尔斯先生和高尔思华绥先生的那一套并不适合乔治时代的小说家，又是什么意思？这个问题很难回答，我来试试用个简单的方法说说看。写作的传统和待人接物的习俗，其实相差不大。无论是在生活中，还是在文学里，都必须有某种方法，可以在女主人和她的陌生来客之间，在作家和他的陌生读者之间架起一座桥梁。女主人想到了天气，因为世世代代的女主人让我们深信不疑：说起天气来，人人都有兴趣。她上来就说，这个五月天气糟糕透了，这样便和她的那位陌生客人搭上了话，慢慢地就聊起了更有趣的事情。文学也是这样。作家为了和读者搭上话，就要从那些读者熟悉的事情说起，这样才能激发他的想象，让他也乐于合作，愿意去克服困难，建立起亲密的关系。而最重要的，就是前往这样一个场合的道路，应当通行无阻，即便闭上双眼、一片漆黑，单凭本能，也可以顺利到达。在我引述的段落中，贝内特先生就利用了这样一个场合。他面前的问题，是要让我们相信希尔达·莱斯威斯真实可靠。因此，作为一个爱德华时代的小说家，他便一五一十、原原本本地从希尔达所住的房子，还有她从窗外看到的那些房子写起。因为，在爱德华时代的人们看来，房产就是那个可以用来套近乎的共同话题。在我们看来似乎是绕了圈子，但这种传统也曾行之有效，成千上万个希尔达·莱斯威斯就是通过这种方式来到了人世。对于那个时代、那一代人来说，这曾是个好法子。

现在，如果你们允许的话，我要把自己的那段见闻撕个七零八碎，你们就会清楚地看到，对于传统的缺乏，我的感受之深；而拿着上一代人留下的工具，却发现根本派不上用场，这个问题又是多么严重。火车上的那段小插曲，给我的印象极为深刻。可我要如何才能把这种印象传达给你们呢？我所能做的，不过是尽可能准确地把他们说了些什么转述清楚，对他们穿了些什么描绘一番，而一时间纷至沓来、涌入心中的种种情形，因为力不从心，勉强说出，难免语无伦次，结果，这活泼泼的、扑面而来的强烈印象，就成了我所说的那个比方——一阵穿堂风、一股烧焦的味道。老实说，写上一部三卷本的小说，关于那位老夫人的儿子如何漂洋过海、横渡大西洋，还有老夫人的女儿在威斯敏斯特如何经营女帽店，以及史密斯本人的往事和他在谢菲尔德的房子，也引起了我强烈的兴趣，虽然这种故事在我看来，不过是世界上最乏味、最无聊的胡言乱语。

可我要真这样写了，就不用大费周折来说明我的用意了。为了表达我的意思，我本该回溯再回溯；试试这个效果好不好，试试那个效果怎样；试试这个句子，再试试那个句子，每一个词都务必准确贴切，足以表达我心中的一切。而同时，我也知道，总得为我们找一个共同的话题、一个传统的方式，以免让你们觉得过于古怪、不够真实、牵强得难以置信。我承认，我逃避了这个艰巨的任务。我让我的布朗夫人从我的指缝中溜走了。关于她，我什么都没能告诉你们。但这多少要怪爱德华时代的大作家。我向他们请教——他们比我年长，又比我高明——我该如何动笔来描写这位女士的性格呢？他们就告诉我："先要从她父亲在哈罗盖特开的那家商店写起。弄清楚租金多少。弄清楚 1878 年那会儿，店员的工资是多少。还要知道她的母亲是怎么死的。描述一下癌症。描述一下白棉布。描述一下……"这让我大叫了起来："够了！够了！"很遗憾，我把那个又难看、又难用、处处碍手碍脚的工具给扔到窗外去了，因为我知道，一旦去描写什么癌症、什么白棉布，我的布朗夫人，这个让我不知该如何向你们描述，却又令我如此难忘的形象，一下子就黯淡了，不再鲜明生动，以至于从我的脑海中跑得无影无踪了。

我说爱德华时代的工具已经不再适合我们，就是这个意思。他们在事物之间的关系上投入了巨大的精力。他们为我们造好了一间房子，就指望着我们由此可以猜到里面住了怎样的人物。平心而论，他们笔下的房子确实值得一住。但要是你们认为，小说是以人为主，其次才轮得到他们住的房子，那么，这样下笔，就不对了。这样看来，乔治时代的小说家一开始就非得把手头现有的方法丢在一边不可。只剩下他一个人，独自面对着布朗夫人，没有任何方法把她介绍给读者。不过，这样说并不准确。作家从来都不会独自一人。公众总是与他在一起——即使没坐在一起，也就在隔壁的那节车厢里。说起来，公众是些奇怪的旅伴。英国的公众是一群温顺、听话的人，一旦引起了他们的兴趣，什么便都听得进去，好多年后仍会坚信不疑。只要你信心十足，就算你告诉他们"女人都长尾巴，男人都是驼背"，他们慢慢地就真能在女人身上看见尾巴，在男人身后看见驼背。而要是再听见你说什么"胡说八道。猴子才长尾巴，骆驼才是驼背。男人女人长的是脑子和心脏，他们能思考、有感情"，那他们准会觉得这种说法真要命、太不得体，只当是个烂笑话、不成体统。

还是言归正传。就在这位小说家身旁，这边坐着英国的公众，他们声势浩大、众口一词："老太太们有房子。她们有父亲。她们有收入。她们有用人。她们有热水袋。看到这些，我们就知道这是一位老太太了。威尔斯先生、贝内特先生和高尔斯华绥先生一向告诉我们，这就是认出她们的办法。可现在，你的这位布朗夫人——要我们怎么才能信任她呢？就连她的房产是叫作阿尔伯特还是巴尔莫拉尔我们都还不知道；连她花了多少钱买的手套，她妈妈究竟是死于癌症还是肺结核，我们也还不知道。她怎么可能是真实存在的呢？不，她不过是你凭空捏造出来的一个人物而已。"

而老太太，就应该来自私有住宅和公租土地，而不是来自什么想象力。

这样一来，乔治时代的小说家就处在了一种尴尬的境地。那边坐着的布朗夫人抗议了，说她并非如此，和这些人口口声声所说的样子大相径庭，她让小说家看到了她的魅力，虽然只是惊鸿一瞥，也让他为之神魂颠倒，就要上前搭救。这边，爱德华时代的小说家们递上了工具，对于盖房子拆房子倒是再合适不过；那边，英国的公众郑重其事地宣称，非得先看看热水袋不可。而此刻，火车正呼啸着驶向终点，到了地方，我们就都得下车了。

我想，这就是1910年左右，乔治时代的年轻作家们陷入的困境。他们中的许多人 —— 我是指福斯特先生和劳伦斯先生 —— 在其创作早期，都未能写出好的作品，这是因为，他们没把那些工具扔掉，还想拿来一用。他们还想着妥协。直觉让他们抓住了一些人的奇特之处和意义，他们却要将之与高尔斯华绥先生对《工厂法》的了解，还有贝内特先生对五镇的认识结合在一起。他们付出了努力，可是布朗夫人和她的个性给他们留下的印象太强烈、太深刻，他们不能一再白费力气。必须有所成效才行。即使搭上性命、伤及血肉、损失财物，也要在火车到站、布朗夫人永远消失之前，救她出来，让她跃然纸上，将她的真实形象公之于众。于是，打、砸、拆、毁开始了。于是，在我们的周围，在诗歌、小说和传记中，甚至在报刊文章和随笔中，四处响起了断裂、倒塌、破碎和毁坏的声音。这是乔治时代最常听到的声音 —— 却是如此哀伤，若是你们想一想过去那些悦耳动听的时光，想起莎士比亚、弥尔顿和济慈，哪怕是想起简·奥斯汀、萨克雷和狄更斯；若是你们想到语言，想到它自由之时，可以直上云霄，在何等的高处翱翔，再看看这同一只雄鹰，如今一朝被囚，羽毛尽失，只能用嘶哑的嗓音哀哀悲鸣。

有鉴于此——这些耳朵里的声音，心中的想象——我并不打算否认，贝内特先生的抱怨确有几分道理，他说，乔治时代的小说还不能让我们相信，书中的人物真实可靠。我不得不承认，他们不如维多利亚时代的作家，每个秋天都能稳定地献上三部不朽的杰作。不过，我并没有因此悲观失望，而是满怀着信心与期待。这是因为，在我看来，每当一种传统因为老掉了牙，又跟不上新情况，再也不能连接作家与读者，反倒成了妨碍沟通的绊脚石时，这种情况便必不可免。目前，我们所经历的痛苦，并非是因为分崩离析，而是因为，在作家和读者之间，尚未找到一种恰当的方式，好在一阵寒暄之后，进入令人更加兴奋不已的友好交流。当代的文学传统过于矫揉造作——你非得谈谈天气不可，而整个会面，由始至终也只有天气可谈——这样一来，自然连弱者都免不了愤怒，强者更是要去摧毁文学世界的根基和法则。种种迹象随处可见。语法被破坏了，句法变得支离破碎，就好像一个小男孩，去姨妈家过周末，实在受不了安息日久久不散的严肃气氛，便在开满天竺葵的花园里，绝望地满地打滚，以示抗议。年长些的小说家，当然不会这样由着性子胡闹。他们万分真诚，勇气十足。只是他们不知道该用什么才好，是用叉子，还是自己的手指。所以，若是你们翻开乔伊斯先生和艾略特先生的作品，准会为前者的猥亵和后者的晦涩而大吃一惊。乔伊斯先生在《尤利西斯》中表现出来的猥亵粗俗，在我看来，似乎是有意为之的精心描绘，就像一个人忍无可忍之时，以为只有打碎了窗子才能呼吸一样。的确，在某些瞬间，窗子被打破的一刹那，他也光彩夺目。但这多浪费精力啊！何况，猥亵实在无聊，因为这既不是精力旺盛，又不是野性流露，只不过是因为有人急着要吸上几口新鲜空气，才毅然决然做了件造福大众的好事。再来看看艾略特先生的晦涩。我以为，艾略特先生写出了现代诗坛中最动人的几行诗。可他丝毫也容不下社会上的俗套和礼数 —— 同情弱小，体谅庸才！他的诗句之美，浓烈而迷人，足以让我沉醉，可一想到必须不顾危险、头晕目眩地纵身一跃，才能从这句诗跳到下一句，如此一行一行读下去，活脱脱像个杂技演员，在空中摇摇晃晃地从一根杆子翻到另一根杆子上去时，我不禁大叫了出来。我承认，我是需要那些旧礼数，我真向往祖辈们的闲适，他们只用拿起书，便可以在树荫下安静地遐想，根本用不着像这样在半空里疯狂地吊来晃去。还有斯特雷奇先生，他为抗拒时代的主流而付出的努力和苦心，在其《维多利亚名人传》和《维多利亚女王传》中，处处可见。当然，比较起来，倒并非那么显而易见，因为他不仅涉及了事实——要知道，事实很棘手——他还从18世纪的风尚里，创造出一套属于自己的礼仪规范，谨慎而周到，足以让他与达官显贵同坐一席高谈阔论，也能谈吐自如，但若是揭开了这一袭华丽的外衣，赤裸裸地说出真相，少不了会被仆人们扫地出门。然而，若是将《维多利亚名人传》和麦考利爵士的几篇随笔放在一起，虽然你们也会感到麦考利爵士处处犯错、斯特雷奇先生一贯正确，可麦考利爵士的随笔读来就让人觉得有血有肉、荡气回肠、丰富多彩，整个时代就在他的身后。而他也在作品中倾注了全力，没有丝毫用在遮遮掩掩或是曲意逢迎上。但是斯特雷奇先生要是想让我们看到什么，他非得先让我们瞪大了眼睛不可，他一定要搜肠刮肚，拿捏出一种圆滑的腔调来。这番努力尽管掩饰得十分漂亮，却已经夺去了作品本应拥有的几分力量，限制了他施展才华的空间。

出于这些原因，我们必须让自己接受这样一个失败和破碎的季节。我们必须想到，若是我们挖空心思，只为想方设法来说出真相，想必话音落定，真相也已是精疲力竭、混乱不堪了。尤利西斯、维多利亚女王、普鲁弗洛克先生——略举一二布朗夫人最近广为人知的名字——等到她的拯救者们——赶到，想必也要有些面色苍白、头发蓬乱了。而我们听到的那些声音，就是他们手中大斧的挥舞——在我听来，是那么铿锵有力、令人振奋——当然了，除非你们在上帝开恩、提供了这么多急于也善于满足你们需要的作家时，还想睡上一觉。

这就是我尽己所能，对我开头提出的那些问题所做的答复，恐怕是有些冗长乏味了。我谈到了乔治时代作家所面临的一些困难，在我看来，他们诚然做出了种种努力，但仍大受其害。我也试图为他们进行了辩解。最后，能否容我冒昧地提醒一下大家，作为写作这项事业的合伙人、这节车厢里的同路人、布朗夫人的旅伴，你们应当负有什么样的义务和责任？这是因为，布朗夫人不仅被讲故事的我们看到了，被讲进了我们的故事中，对于一直沉默不语的你们，她也是清晰可见的。在过去一个星期的日常生活里，你们所经历的，一定远比我刚刚描述的要奇特得多、有趣得多。哪怕只是偶然听来的只言片语，也会让人好奇不已。到了晚上躺在床上，心中的感情千头万绪，让人晕头转向。一天下来，成千上万个念头从你们的脑海中闪过，成千上万种情感相遇、碰撞、转瞬而逝，一片混乱，令人震惊。然而，对于这一切，你们却听由作家硬塞来他们的一套说法，硬塞给你们一个布朗夫人的形象，一点儿也不像那位不同寻常的老太太。你们谦虚地认为，作家的血脉、骨骼自然与众不同，当然要比你们更了解布朗夫人。这可是大错特错。正是这种读者、作家之分，你们这种谦逊的态度和我们那副行家的架子和派头，败坏了好端端的作品，而这本该是我们亲密平等、齐心协力的健康结晶，就此便失去了活力、变得病快快了。也因此，才有了那些光鲜、圆滑的小说，那些荒唐可笑、耸人听闻的传记，那些白开水一样的评论，那些称颂玫瑰纯洁、羔羊天真的甜美诗歌，而如今，正是这些花言巧语被人误作了文学。

你们的责任，就是要坚持作家必须走下他们的圣坛和宝座，如若可能，不妨尽善尽美，如若不能，无论如何也要真实地描述我们的布朗夫人。你们应当坚持，她是一位具有无限可能和无穷变化的老太太，什么地方都可以去，什么衣服都可以穿，什么话都可以说，什么天才知道的事都可以做。只是，她说什么、做什么，她的眼睛、鼻子，她的言语和沉默，无不让人感到她的魅力不同凡响，因为，她就是我们生活的精神所在，就是生活本身。

但不要以为，此刻我们就可以将她圆满地呈现出来。暂且容忍一下那些断续、晦涩、破碎，甚至是失败的作品。一项美好的事业期待着你们的一臂之力。因为，我要做出最后一个十分轻率的预言——我们正站在英国文学的一个伟大时期的边缘颤抖。而要想达到那个时代，我们就只有下定决心，永远、永远不抛弃布朗夫人。

第二辑

《简·爱》与《呼啸山庄》[1]

距夏洛蒂·勃朗特出生已有百年之久，如今，如此多的传说、热爱和文字将她簇拥其中，而她，不过活了三十九岁。若是她可以活到一般人那么大的岁数，那些传说又会变作怎样，想来也会让人好奇。她或许会和自己同时代的名流一样，常在伦敦和别处抛头露面，为人摹画，留下无数的奇闻逸事，写下多部小说，说不定还有几篇传记，但她却在我们对她中年时期声名显赫的回忆中，离我们而去。或许，她的生活会变得富裕，事业也大有所成。可事实并非如此。我们一想到她，脑海中出现的，就是现代世界中某个时乖命蹇的人；就得让自己回想起 19 世纪的 50 年代，约克郡旷野上一间偏远的牧师住宅。而她，就在那间牧师住宅里，在那片旷野上，孤苦伶仃，永远留在了贫苦和声名中。

如此境况，既然影响了她的性格，或许，也在她的作品中留下

1 写于 1916 年。——原注

了蛛丝马迹。在我们看来，一位小说家，若要构建其作品，想必会用上一些不那么经久耐用的材料，一开始，这些材料还能为小说增添几分真实，不过，到了最后，这些就都成了碍手碍脚的垃圾。我们又一次翻开《简·爱》，难掩心中的疑虑：她的想象世界是否停留在维多利亚女王中期，已成陈迹，是否像旷野上的那间牧师住宅一样陈旧不堪，唯有好奇者才会踏足，只有信徒才会保护。我们翻开《简·爱》时，心中就是这样疑虑重重。不过，待我们读上一两页，心中的疑虑便一扫而空了。

猩红色的幕帘层层叠叠起来，遮住了右边的视线，左边，明净的几扇窗子虽然保护着我，却并没有将我与这十一月的沉闷天气隔开。有时，在我翻书的当儿，我会凝神望着这个冬日午后的景象：远处，灰蒙蒙的云雾；近处，湿漉漉的草地、被风吹雨打的灌木，雨水肆虐，在哀号的长风下，飘摇不止。

没有什么比这旷野本身更为脆弱，没有什么比那"哀号的长风"更易为风尚所左右，这种兴奋轻易间就会消失殆尽，却又催着我们一口气读完这一整本书，不容我们有时间去思考，不让我们把目光从书上挪开。我们如此全神贯注，哪怕有人在房间里走动，我们都会以为那是约克郡上的某个人在走动。作者拉住了我们的手，强迫我们与她一路同行，见她所见，寸步不离，使我们对她片刻难忘。结果便是，我们沉浸在夏洛蒂·勃朗特的才华、激情和义愤中。一张张与众不同的面庞，一个个轮廓分明、长相乖张的人物，在我们面前一闪而过。不过，这一切，只有通过她的双眼，我们才得以一见。一旦她离开了，他们也就无迹可寻。想到罗切斯特，我们也不得不想到了简·爱。想到那片旷野，我们又想到了简·爱。想到那间客厅¹，甚至是那些"白色的地毯，上面似乎印着鲜艳的花环"，那"浅白色的帕里斯炉台"和波西米亚"红玉"，还有"雪白与火红，色彩斑斓地融合在了一起"——若是不谈简·爱，这一切又算得上什么呢？

简·爱身上的缺点不难看出。总是做家庭教师，总是坠入爱河，这在一个并不是人人非此即彼的世界里，毕竟太过狭隘了。与之相比，简·奥斯汀或是托尔斯泰笔下的人物，可以说是千人千面。他们给众多不同的人物带来影响，这些人又像镜子那样映照出他们来，就这样，他们活泼地存在于错综复杂的关系之中。他们四下走动，不去理会创造者在不在盯着，而他们栖身的那个世界，在我们看来，也好像是一个独立的世界，一经他们的缔造，我们也就可以去登门造访。若说人格力量和眼界的狭隘，托马斯·哈代与夏洛蒂·勃朗特最为相似。但两人的不同之处也是一目了然。《无名的裘德》并不让我们急于读完，而是让我们左思右想，心下生出一连串离题的念头来，在人物的身旁造成了怀疑和建议的氛围，而对此，他们自己常常是一无所知。他们都是淳朴的农民，而我们不得不让他们面对各自的命运，以及事关重大的难题，因此，在哈代的小说中，看来最重要的人物，往往却是那些无名氏。而这种本领，这种思辨的

---

1 夏洛蒂和艾米莉对色彩的感觉几乎相同。"……我们看到了——啊！真美啊！——如此富丽堂皇的一个地方，地上铺着猩红色的毯子，桌布、椅罩也是一色的猩红，纯白色的天花板镶着金边，正中垂下吊在银链子上的玻璃流苏，映着纤小的蜡烛，闪闪发光。"（《呼啸山庄》）"不过，这只是间非常漂亮的客厅而已，里面另有一间闺房，全铺着白色的地毯，上面似乎印着鲜艳的花环。两间房子的天花板上，雪白的葡萄和藤蔓图案勾勒出了白色的线脚，映衬之下，下面的猩红色沙发和长凳显得益发鲜艳；浅白色的帕里斯炉台上镶嵌着波西米亚玻璃制成的饰品，有如红玉，晶莹闪亮。而在窗间的这几扇大镜子里，这雪白与火红，色彩斑斓地融合在了一起。"（《简·爱》）——原注

好奇心，在夏洛蒂·勃朗特的身上，却无迹可寻。她并不打算去解决那些人生问题，对这些问题，她甚至一无所知，她把全身的力气，那因为受了束缚而更加强烈的力气，全用了出来，大声疾呼"我爱""我恨""我痛苦"。

因为，这些以自我为中心、为自我所束缚的作家，有一种那些心胸更为开阔、气量更为宽宏的作家所不具备的力量。他们的印象，在狭隘的四壁中，被紧紧包裹在了一起，重重地打上了印记。从他们心底涌现出的东西，无不打上了自己的印记。他们几乎不向别的作家学习，即使拿为己用，也无法吸收。哈代和夏洛蒂·勃朗特，他们似乎都在一种生硬、端庄的新闻体中找到了自己的风格。他们的散文大都笨拙、不够灵活。但这两个人同在不屈不挠地努力，仔细推敲直至每一个字都称心如意，为自己锤炼出了合适的散文，可以让他们尽抒胸臆。而且，自有一种美、一种力量、一种敏捷在其中。至少，夏洛蒂·勃朗特，并没有从广泛的阅读中有何收获。她从未学会职业作家的流畅通达，也不能像他们那样随心所欲地堆砌辞藻、左右文字。"我向来不能从容自若地和强大、审慎以及优雅的心灵交流，不管它属于男人还是女人，"她如是写下，看上去和任何一个地方杂志的社论作者并无二致，但接下来，她那火气冲冲、急不可遏的声音，就恢复了自己的本来面目，"直到我越过了传统保守的外围工事，跨过了自信的门槛，在他们内心的炉火旁赢得了一席之地。"就在那里，她找到了自己的位置，就是心中之火，那摇曳不定的红色光芒，照亮了她的书页。换句话来说，阅读夏洛蒂·勃朗特，我们并不为她对人物性格细致入微的观察——她的人物生气勃勃、简单明了，也不为寻得一丝喜剧色彩——她的书中只有粗粝残酷的现实，也不为获悉一些人生的哲学见解——她的见解不外一个乡村牧师女儿的想法，而是为她的诗意。或许，凡是如她一般个性强烈的作家，莫不如是，也因此，就像我们在现实生活中常说的那样，他们只消把门打开，就无人不晓了。他们的心中有一股野性的凶猛，永远和既成的秩序为敌，所以，他们才要马上动笔创作，而不是耐心观察。正是这种热情，抗拒着默默无闻和诸多微小的障碍，跃过了那些常人琐事，与他们那不曾溢于言表的激情齐飞。这让他们成为诗人，即使他们想写散文，也不愿被束缚了手脚。因此，艾米莉和夏洛特便总是求助于大自然。她们都感到，需要在言辞和行动无力表达之处，为人性中博大而沉眠的激情找到更为有力的象征。夏洛特最好的一部小说《维莱特》，就是以一场暴风雨而告终。"天空低沉，阴霾密布——西天驶来了沉船，云彩的形状千变万化，莫可名状。"她假自然来描写内心，因为非此不足以表达。不过，两姐妹对自然的观察，全不如多萝西·华兹华斯观察得精确，亦不如丁尼生摹画得细腻。她们抓住了大地上的，与她们所历所感或是托于笔下人物所历所感最为相近的方方面面，因此，她们笔下的暴风雨、旷野和夏日的宜人时光，都不是为了装点枯燥书页的饰品，也不是为了炫耀作家的眼力，而是为了寄之以情，彰显作品的意义。

一本书的意义，往往不在于发生了什么事或是说了什么话，而在于作者眼中的事物与事物本身之间的联系，因其千差万别，这意义也就难以捉摸。若作者是位诗人，就像勃朗特姐妹，这一点就更是如此，他所表达的意义和他所用的语言不可分离，而这意义，本身不过是种情绪，并非具体的观察。《呼啸山庄》是一本比《简·爱》还要难懂的书，因为艾米莉是一位比夏洛特还要伟大的诗人。当夏洛特写作的时候，她总是雄辩滔滔、光芒四射、激情澎湃地说"我爱""我恨""我痛苦"。她的体验，虽然更为强烈，却和我们还站在一处。但在《呼啸山庄》里，却没有这个"我"，没有家庭女教师，也没有雇主。有爱，却并非男女之爱。艾米莉的灵感来自于某种更普遍的概念。她的创作冲动并非来自自己的痛苦或是受过的伤害。她向外看去，看到的是一个四分五裂、混乱无序的世界，便觉得内心里有力量，要在一本书里将这个世界恢复如初。一整本书里，从头到尾都可以感觉到这种雄心壮志 —— 这是场战斗，尽管受了些挫折，但依旧信心百倍，借着笔下人物之口说出的，绝不只是"我爱"或"我恨"，而是"我们，整个人类"以及"你们，永恒的力量……"。这句话并未说完。她言犹未尽，这并不奇怪；让人称奇的是，她竟让我们感觉到了她心里想说的究竟是些什么。这从凯瑟琳·恩肖说了一半的话中流露了出来："如果别的一切都毁灭了，只要他还在，我就还能活下去。但如果别的一切依旧，唯独他不在了，这世界就完全成了一个陌生的地方，我也就不属于这个世界了。"这在死者的面前又一次流露出来。"我见到了安息，无论尘世或是地狱都无法打扰，而无尽亦无阴暗的来世 —— 他们所去的永恒之所——也让我安心，那儿生生不息，大爱慈悲，欢喜圆满。"正如此处所暗示的一样，人性的表象之下潜藏着如此力量，将诸表象升华为崇高的境界，也因此，这部作品与其他小说相比，才有了崇高的地位。但是，艾米莉·勃朗特不满足于只写上几首诗、发出一声呐喊、表达一种信念。这一切，她已经在诗中全部做到了，而她的诗歌或许会比小说流传得更为久远。不过，她不只是诗人，也是一位小说家。想必，她为自己挑上了一件吃力不讨好的差事。她不得不去面对形形色色的生存状况，费尽力气把一桩桩身外事的来龙去脉搞清楚，还要像模像样地搭建起农场和房屋，把与她并不相干的男男女女的言谈一五一十写下来。因而，我们可以站在情感的巅峰之上，不是因为听到了什么夸张或狂热的言语，而是因为，我们听到了一个小姑娘，坐在树梢上摇摇荡荡，为自己哼唱起老歌；看到了旷野上，羊群正在啃咬草皮，柔和的风在草间吟唱。那农场连同其间上演的一幕幕荒诞无稽、匪夷所思的故事，全都历历在目。我们有充分的机会，去把《呼啸山庄》与一个真实的农场、把希思克利夫和一个真实的男人加以比较。我们也可以问道：既然这些男男女女与我们所看到的人如此不同，那么，所谓真实、洞见或是高尚的情操又是从何而来呢？但即便我们如此质疑，在希思克利夫身上，我们还是看到了那个天才妹妹眼中的哥哥。我们说，不可能有他这样的人，然而，尽管如此，在文学的殿堂里，却再也找不到像他一般形象逼真、生气勃勃的少年来了。凯瑟琳母女也是这样。我们会说，没有女人会像她们那样想、那样做。但同样，她们仍是英国小说中最可爱的女人。艾米莉仿佛把我们所知的人类特征全撕了个粉碎，又为这些无法辨识的透明碎片送上一阵强劲的生命之风，他们便借此超越了现实。她就有如此罕见的本领，可以将生命从其赖以存在的事实之中释放出来，寥寥数笔，便勾勒出面庞的精神所在，无须再去添上手脚躯干。一提到旷野，我们便听到了狂风怒吼、雷声隆隆。

《多情客游记》

《项狄传》是斯特恩的第一部小说，写完这部小说，斯特恩已经四十五岁，这把年纪，大部分作家都已开始写他们的第二十部作品了。不过，这部小说处处显露出成熟。年轻的小说家们，没有一位敢这么大胆，敢这样随心所欲地去写，全然不顾语法、句法、意义和惯例，也不顾有关小说该怎样写的悠久传统。要这样写，只有人到中年，底气十足，方能面对苛责诟病，泰然自若，也才能不惜冒险，敢于写出不落窠臼的个人风格，让举世的文人莫不震惊，敢于写出有悖世俗的道德观念，让体面的正派人士勃然大怒。不过，虽说冒了险，结果却大获成功。再大的人物，再挑剔的读者，都为之着迷。斯特恩一下子成了大红人。只是，在一片欢庆作品问世的掌声和笑语中，也能听到头脑简单的大众正在抗议：一个神父写了这么部作品，真是桩丑闻，约克大主教应该管一管了，至少，也应该把他臭骂一顿。大主教似乎无动于衷。倒是斯特恩，尽管表面上波澜不惊，却把批评牢记在了心上。自从《项狄传》出版以来，他的内心备受折磨。因为，他的心上人，伊丽莎·德雷珀，已扬帆起航，赴孟买和她的丈夫团圆去了。所以，斯特恩才下了决心，要在下一本书里，把自己所受影响、所有改变一一写出，以此证明自己不仅才华出众，也同样情深义重。用他自己的话来说就是："这本书的意图在于告诫我们，要更好地爱这个世界，还有我们的同胞。"正是出于这种动机、这种激励，他才俯身案前，写下了一段在法国的游历，名之曰《多情客游记》。

不过，就算斯特恩能够端正自己的举止，他也不可能改变自己的文风。他的文风，恰如他脸上的大鼻子或是那双炯炯有神的眼睛，已经成了自己的一部分。游记一开篇，头几个字就是——这种事，我说道，在法国就安排得比较好——我们又回到了《项狄传》的世界。那里什么事都有可能发生。我们几乎猜不出，还会有什么样的俏皮话、风凉话或是一闪而现的诗意，不会凭借这支惊人的妙笔，冲破英国散文密密匝匝的藩篱，出现在我们面前。斯特恩本人要为此负责吗？他信誓旦旦这回要循规蹈矩，可他真知道自己接下来要写些什么吗？那些跳动的、不连贯的句子，就好像一个健谈的人，一张口，无拘无束的话连珠炮似的就飞了出来。而标点也是谈话里的停顿，而非文字中的句读，连同说话的声音、腔调，一应俱全。接二连三的念头突如其来，互不相关，这种写法更忠于生活，而非文学。这样毫无顾忌、什么话都脱口而出，更像是私人之间的交流，换作大庭广众、众目睽睽之下，一定要被人说是不够得体、有伤风雅了。因为这种不同寻常的风格，这本书变得透明了起来。那些礼节，那些平日里总让读者和作者隔着一臂之遥的俗套，统统不见了。我们和生活，从未如此之近。

斯特恩写出了这样的效果，全凭他匠心独运、勉力而为，这一点显而易见，完全用不着再拿他的手稿来证明。尽管，作家总有这样的想法，认为准有什么方法可以一扫写作的窠臼，写给读者看，就仿佛说话那样直截了当。可偶有人尝试，不是被重重的困难打击得从此偃旗息鼓，就是彻底陷入了困境，变得漫无边际、杂乱无章。只有斯特恩融会贯通，令人惊叹莫名。没有哪一部作品像斯特恩这部一样，准确无误地用文字探索了人类脑海中的每一个皱褶，表现出了起伏多变的情绪，哪怕只是一时的心血来潮，也不曾疏忽错过，而且，这一切是如此天衣无缝、尽善尽美。活泼生动的流动性和恒常不变的稳定性，这两者并行不悖、相得益彰。仿佛潮水欢畅地四处奔流，在沙滩上留下了大理石镌刻的朵朵涟漪和涡旋。

当然，也没人比斯特恩更需要这种忠于自我的自由了。因为，有些作家的天赋是非个人的，就拿陀思妥耶夫斯基来说，他创作出一个人物，就丢给我们，再也不管了。斯特恩可走不开，他非亲自陪在那里，看着我们交流不可，而且，一旦我们把斯特恩本人请出这部《多情客游记》，那这本书也就所剩无几，甚至荡然无存了。他没什么重要的信息要交代，也没有成套的思想来传授。他说，他离开伦敦，"非常仓促，连我们跟法国人开战了都没放在心上"。他对名画或是教堂，乡下是穷苦还是富裕都只字未提。他倒的确是在法国旅行，不过沿途的风景往往全在他心里，一路上的重大奇遇，也不是什么遭遇匪徒或者攀缘绝壁，而全是他内心情感的波澜起伏。

这种视角的变换，本身就是一件勇敢的创举。到目前为止，旅行家们莫不遵循着一些特定的比例和透视的法则。翻开任何一本游记，大教堂都是一样宏伟壮丽，相比之下，一旁的游客总是恰如其分地渺小。然而，斯特恩就有本事能对整个大教堂视而不见。一位拿着绿丝缎手袋的姑娘，或许要比巴黎圣母院重要得多。因为，他似乎是在暗示，本来就没有什么放之皆准的价值标准。姑娘或许要比大教堂有趣得多；一头死驴跟一位活生生的哲学家比，更能发人深省。这全拜视角所赐。斯特恩的视角就与众不同，在他看来，比起大的东西，小的东西往往更有其宏大之处。一名理发师就他的假发扣子所说的话，比法国政客的夸夸其谈，更能表现出法国人的性格：

> 我认为，这些琐屑小事，比起那些国家大事，更能让我准确地看到一国民族的特性。夸夸其谈或是昂首阔步的大人物，哪个国家的都差不多。对他们，我可是一点兴趣也没有。

同样，作为一名多情的游客，想要抓住万物的精髓，就不该在什么光天化日，去什么康庄大道，而要留意幽暗的小巷子口，到不起眼的角落去。还须练就一手速记的本事，把那丰富的面部表情和复杂的肢体动作，翻译成明明白白的语言文字。而斯特恩早就开始付诸实践的，正是这样一门艺术：

> 就我自己而言，这么做，已经是习惯成自然了，走在伦敦的街巷中，我就这样一路翻译下来；不止一次，我站在一圈人的后面，还没等听他们说上三言两语，心中就想出了二十段不同的对话，这些我大可以都写下来，丝毫不爽。

就这样，斯特恩把我们的兴趣从外部世界带进了人的内心世界。查阅旅游指南已经帮不上什么忙了，我们得去问一问我们的心灵。只有心灵才能告诉我们，相比之下，到底是大教堂重要，还是一头驴子或是一个拿绿丝缎手袋的姑娘重要。正因为斯特恩更喜欢自己心里那些曲曲折折的小径，而不是旅游指南和其中的坦荡通途，他才如此独树一帜，在我们这个时代显得如此与众不同。正是对话语的忽略轻视，对沉默的兴致盎然，斯特恩才成其为现代派作家们的先驱。也正是上述原因，我们今天读来，才觉得斯特恩和我们更加亲近，而他同时代的那些大作家，那些理查森们、菲尔丁们，却与我们相距甚远。

不过，差异也还是存在的。尽管斯特恩热衷于心理学，但他比起后来形成的那些书房派大师们，毕竟是灵巧有余、深刻不足。不管他的方法多么随心所欲、曲折迂回，他毕竟还是在讲述故事、追忆旅程。不管离题多远，从加莱到达莫丹，也不过只花了我们短短的几页纸而已。尽管观察事物的方式让他着迷不已，事物本身也激起了他浓厚的兴趣。虽说，描写什么，他总是由着性子、我行我素，可要说对瞬间印象的刻画，论其才华和成就，没有任何一个现实主义作家可以望其项背。《多情客游记》是一系列的人物写照——牧师、淑女、卖鱼肉酱的骑士、书店里的姑娘、穿了新马裤的拉·夫勒尔——也是一系列的风情画。尽管，他那难以捉摸的心灵好似蜻蜓点水，飘忽不定，然而，不可否认，这只蜻蜓飞起来，还是有迹可循，它要停在哪朵花上，也并非一时心血来潮，而是因为某种精美的和谐，或是某种鲜明的对比。这让我们一会儿笑，一会儿哭，一会儿大加讥讽，一会儿又深表同情。就在一眨眼的工夫，我们心情几经起伏。对习以为常的现实轻描淡写，对常规的叙事顺序置之不顾，斯特恩几乎称得上是位诗人了。寻常的小说家，常常因力所不逮而无法表达的东西，或者，即使他们勉强为之，写了出来也让人觉得不伦不类、难以卒读的东西，斯特恩却能驾轻就熟、自如地表达：

> 我穿着那件满是尘土的黑长袍，板着脸走到窗前，透过窗玻璃，只见穿黄、穿蓝、穿绿，满世界的人，都涌向了圆形竞技场。——老人们戴了头盔，只是缺了面甲，手里拿着断矛；年轻人则一个个身披铠甲，金光闪亮，还像东方人那样，头上插着艳丽的羽毛；全部——全都手举长矛，好像昔日的骑士，为了名誉和爱情奔赴比武大会一样，发了疯似的，冲向了竞技场。

像这样诗意盎然的段落，在斯特恩的书里为数不少。我们当然可以抽出一段，单独欣赏，不过——因为斯特恩长于对照——所以，这些段落放在上下文之间，更显得和谐融洽。他总能出乎我们的意料，带给我们惊喜，既新颖独到，又轻松愉快，这也全拜对照的艺术所赐。他把我们带到了人类灵魂陡峭的悬崖边，我们得以偷眼一见其深邃。转瞬之间，他又让我们转向了身后，看到另一侧绿油油的草地，苍翠夺目。

要说斯特恩让我们不快，也是另有原因。在这件事情上，公众，至少应该承担部分的责任——《项狄传》一出版，公众就大为震惊，开始大呼小叫，说什么作者玩世不恭，就该被免去圣职。不幸的是，斯特恩认为，有必要对此做出回应：

公众想当然地以为（他对谢尔本勋爵说），既然我写了《项狄传》，我本人就一定也是项狄那种人……要是他们再认为那本书（《多情客游记》）还不够正经，那就让上帝宽恕那些读者吧，要怪也只能怪他们的想象力太过暧昧了！

所以说，在阅读《多情客游记》的时候，斯特恩总是不断提醒我们，他首先是位多愁善感、富于同情心和人情味儿的人，他把作风的正派、心灵的淳朴看得比什么都重要。可一旦作家亲自出马，来向我们证明这证明那，我们反而会心生疑窦。因为，他的那些品质，本来希望我们看得更清楚，可经他这么一强调，反而变成了刻意的粗俗、过分的涂抹。本该是幽默，我们却看到一出闹剧；本该柔情似水，却变了虚情泛滥。结果就是，我们非但没被说服，相信斯特恩的确有副好心肠——我们读《项狄传》时，对此可是深信不疑——现在好了，我们反倒对此大加怀疑。因为我们觉得，斯特恩考虑的不再是事物本身，而是这件东西会让我们对他的评价产生何等的变化。他被一群乞丐团团围住，结果，他施舍给那些"可耻的穷人"的，比原本打算的还要多。可是，他这么做，已经不再是单纯为那些穷人着想了，还有一部分，是因为想到了我们会为他的慷慨击节叫好。就这样，为了加以强调，他在章节的末尾加上了结论："我觉得，在他们所有人之中，他是最感激我的一个。"好似杯底沉积的糖精，甜腻得让人作呕。的确，《多情客游记》最大的毛病就在于斯特恩太过担心，生怕我们对他的好心肠不曾留下好印象。这本书不失为一部佳作，但总显得单调，就好像作者硬生生把多姿多彩、生气勃勃的个人趣味给压了下去，生怕这些又会惹是生非。作品的基调统一了，只剩下善良、亲切和同情，可这样一来，太过一致，反而不够自然。我们开始怀念《项狄传》中的丰富多彩、活力四射了，就算是粗俗的俏皮话也让我们念念不忘。他对情感的刻意关注，让他生就的敏锐失去了锋芒。谦逊、简朴和美德，静静地一一在列，以供观赏，可因为凝视太久，也让人觉得索然无味了。

重要的是，让我们反感的，其实并非是斯特恩的伤风败俗，而是他的虚情假意，也就是说，我们的趣味发生了变化。要是用 19 世纪的眼光来看，斯特恩笔下的一切，都会因为他身为人夫却又做情夫的不端行径而黯然失色。萨克雷义正词严地斥责他，声称"斯特恩的笔下，没有一页不藏着道德败坏的影子，不带着下流污秽的调子，最好一删了之才妙"。但今天读来，维多利亚小说家们的傲慢自大，跟 18 世纪牧师对妻子的不忠，至少同样应该受到责备。维多利亚时代的读者看到了他的谎言和轻浮，对之大加谴责；而如今的读者看到的，则是他对生活的磨难一笑了之的勇气和胸怀，还有那字里行间闪烁的才华。

的确如此，尽管有失轻浮、机巧，《多情客游记》究其本质还是有某些哲学依据的，虽说这种哲学放在维多利亚时代并不太合时宜，这就是：享乐主义。在享乐主义者看来，事无大小，都应趋利避害才好，这样看来，享乐，即便只是别人的享乐，似乎总要比受苦更为可取。这个寡廉鲜耻的人竟然有胆承认："我这一生，几乎不是爱着这位公主，就是爱着那位公主。"还说："真希望永远这样下去，死而后已。我坚信，要是我干了什么坏事，那准是在此爱方休、彼爱未至的空档。"这坏家伙还借着笔下人物之口放肆地欢呼："享乐万岁……爱情万岁！胡闹万岁！"他尽管身为神职人员，可看到法国农民跳舞的时候，居然冒出了不虔诚的念头，说自己看到了一种精神的升华，完全不同于单纯的喜悦之情，既不是人们欢歌乐舞的原因，也不是欢歌乐舞的结果。——"一句话，我想，我从这种舞蹈中看到了宗教。"

一位神职人员，竟然把娱乐和宗教联系到了一起，真是胆大妄为。不过，或许倒可以原谅他，因为对他来说，想要克服这种享乐的宗教，真是困难重重。如果你青春不再，如果你债台高筑，如果家里的太太难以相处，如果你坐着马车在法国四处花天酒地，却得了肺痨奄奄一息，那么，寻欢作乐恐怕就不是件简单的事儿了。但不管怎样，人们应当追求欢乐。周游世界，四处看看，这儿跟人调调情，那儿赏人几个子儿，哪儿的阳光灿烂，就在哪儿坐坐晒晒太阳。人们也应该讲讲笑话，有伤大雅也无妨。就算在平日的生活中，也不要忘记应当大声呼喊："万岁，生活中这些充满善意、让人愉快的小事儿，让人生之路多么顺畅通达！"人们应当——算了，太多"应当"了，斯特恩可不怎么喜欢用这个词儿。只有在掩卷之余，再去回味它有多匀称、多有趣，多么欢欣愉快地展现了生活的不同方面，以及呈现给读者时又是多么轻松流畅、优美动人，我们才不得不信服，的确，有一种坚定不移的信念在支撑着他。难道萨克雷笔下的这位胆小鬼——这位伤风败俗、玩弄女性，本该卧病在床或是撰写祷文，却拿着烫金边儿的纸大写情书的家伙——难道他就不是一位以其独特的方式去践行的苦行家、道德家或是教师吗？别忘了，大作家大都如此。毋庸置疑，斯特恩也是他们中的一位。

《鲁滨孙漂流记》

要讨论这样一部经典作品，方法自然是多种多样的，那么，我们该如何选择呢？我们是不是应该先这么说：自从锡德尼留下未竟的《阿卡迪亚》在聚特芬去世之后，英国人的生活发生了巨大的变化，而小说也选择了，或者说，不得不选择了自己的发展方向。中产阶级业已形成，他们能够阅读，也迫切地想要读。而他们想读的，不单单再是那些发生在公主王子身上的爱情韵事，他们还想在小说中读到自己，读到他们平凡生活的点点滴滴。而散文体，经过千百文人的锤炼之后，已能满足这种需求，这种文体变得更适合表现生活中的事实，而非生活中的诗意。这当然是讨论《鲁滨孙漂流记》的一种方法——以小说发展的角度开始，不过，既然这样可以，那另一种途径也应可行——由作家的生平入手。同样，在传记这一块丰富多彩的园地，我们可以花上远比从头至尾通读小说本身更长的时间。首先，笛福的出生日期就是桩悬案——到底是 1660 年还是 1661 年？接下来，又一桩悬案，他把自己的名字拼成一个单词还是两个？他的祖上都有谁？相传他之前是个袜商。不过，话说回来，17世纪的时候，所谓袜商，又意味着什么呢？后来，他改行专门写起了政论小册子，还得到了威廉三世的青睐，不过其中的一本不光害得他带枷示众，还成了纽盖特监狱的阶下囚。他先是受雇于哈利，后来是戈尔多芬，成了第一位雇用记者。他写了不计其数的小册子和文章，还写了《摩尔·弗兰德斯》和《鲁滨孙漂流记》。他有一个妻子和六个孩子。他身材瘦削，鹰钩鼻，尖下巴，灰眼睛，嘴角还有颗大痣。凡是对英国文学略知一二的人，无须别人指点，也知道追寻小说的发展历史、研究小说家的下巴，这样可以消磨掉多少时光，耗费掉多少人的毕生精力。然而，我们翻过了理论再翻传记，翻完传记又去翻理论，时不时地，也会生出一丝疑虑——就算我们知道了笛福的确切生辰，知道了他爱的是谁，也知道了为什么；就算我们对整个英国小说兴起、发展、衰亡的历史都烂熟于心，从它（比方说）在埃及孕育而生，直至（说不定）在巴拉圭的荒野中消亡都记得一清二楚，难道说，这就能让我们阅读《鲁滨孙漂流记》的乐趣增加一分，对它的理解更进一层吗？

因为这本书还在那里。不管我们读书时绕了多少弯路，兜过多少圈子，如何磨磨蹭蹭，到了最后，等着我们的，还是一场单独的较量。作者和读者之间，还有一笔交易要做，然后，才有接下来的生意可谈。可要是在这种私下的会晤中时不时插上一句，笛福卖过袜子，长了一头棕发，还戴过枷示过众，准会让人走神、心生厌烦。我们的首要任务，通常也是最艰巨的任务，就在于把握作者的视角。除非我们弄明白了小说家是如何建造他的世界的，不然的话，那些评论家们硬塞给我们的点缀装饰，传记家们紧盯着的奇遇历险，对我们来说都不外乎些多余的东西，一点用处也没有。我们必须完全靠自己爬上小说家的肩膀，透过他的目光望去，直到我们也可以看清，他是如何安排那些普遍而重大的、小说家们注定要正视的对象：人和社会，他们身后的大自然，以及凌驾于他们之上的，出于方便、简洁，我们称之为上帝的那种力量。不过，疑惑、误解和困难立刻随之而来。这些在我们看来似乎简单的东西，一经小说家之手被联系在了一起，就可能会变得夸张无比，以至于无法辨认了。事实可能确乎如此，就算人们你挨我我挨你地生活在一起，呼吸着同样的空气，一遇到孰大孰小、孰轻孰重的问题，人们的理解就变得大相径庭了。在一个人看来，人是伟大的，树是渺小的；在另一个人眼里，树木却伟岸参天，人类则是无足轻重、不起眼的小东西。因此，不管教科书上怎么说，就算作家们生活在同一个时代，他们眼中的世界也可能不尽相同。举例来说，在司各特眼里，山峰巍峨耸立，因而他笔下的人物也形象高大起来；简·奥斯汀摘下茶杯上的玫瑰，来与她的人物对话相映衬；而皮科克拿起一面稀奇古怪的哈哈镜来俯瞰天地万物，结果就是，茶杯变成了维苏威火山那么大，维苏威火山倒成了茶杯这么小。然而，司各特、简·奥斯汀和皮科克生活在同一个时代，他们看到的是同一个世界，即使在不同的教科书上，他们也都被囊括在同一段文学史中。他们的不同就在于视角不同。如果我们可以对此牢牢把握、时刻不忘的话，对我们自己来说，这场较量就赢定了。有了和作者如此的亲近，我们就可以安下心来，尽情享受评论家和传记家们慷慨给予我们的种种乐趣了。

只是这样一来，又有许多困难出现了。因为我们自己对这个世界也有自己的看法。这是从我们自己的经验和成见中来的，当然也就和我们的自负、好恶紧密相连。要是有人对我们要花招，搅乱了我们内心的平静和安详，我们不可能不感到伤害和侮辱。所以说，

《无名的裘德》刚一问世，或是普鲁斯特又有新的一卷书出版，报纸上就铺天盖地满是抗议。据说切尔滕纳姆的一位吉布斯上校说，要是生活真像哈代描绘的一样，那他马上一枪打穿自己的脑袋。另有一位汉普斯蒂德的威格斯小姐肯定会抗议说，尽管普鲁斯特的艺术精美绝伦，可现实世界——感谢上帝——和一位变态的法国人眼中扭曲的样子毫无共同之处。这位先生和这位女士都是在试图左右小说家的视角，好让它跟自己的眼光更相符，或是可以佐证自己的看法。只不过，伟大的作家——哈代也好，普鲁斯特也好——只管走自己的路，才不理会有没有侵犯了谁家的私人财产。他擦着头上的汗水，从一片混沌中创造出秩序：他随心所欲地在那儿栽棵树，在这儿安个人，把神的形象或放在远方，或放在眼前。在那些视角清晰、秩序井然、可以称之为杰作的书里，作者总是毫不留情地把自己的视角强加给我们，往往让我们痛苦——我们的自尊受了伤害，因为我们自己的秩序被搅乱了；我们感到害怕，因为旧的精神支柱一下子从我们身上被夺去了；我们还有些厌倦——从一个全新的观点中，又可以得到什么快乐和愉悦呢？然而，从这种愤怒、恐惧，甚至是厌倦中，有时候，偏偏就会产生一种罕见而持久的乐趣。

《鲁滨孙漂流记》或许就是个好例子。这是部杰作，而之所以它是部杰作，主要应归功于笛福由始至终坚持了自己独特的视角。也就因为这样，他处处让我们感到挫折和嘲弄。让我们先从大体上粗略地看看这本书的主题，将它跟我们的预想比较一番。我们知道，这部小说讲的，是一个人经历过种种危险和奇遇之后，又孤零零地落难到了一个荒岛的故事。只是提到危险、孤独和荒岛，就足以让我们想到在天地的尽头有一片遥远的土地，那里有落日和朝阳，还有一个与世隔绝的人，对社会的本质与人类的古怪行为陷入了孤独的沉思。就这样，从这本书里能获得怎样的乐趣，还没翻开书，我们心中就勾勒出了一个模模糊糊的轮廓。我们把书打开，每一页都毫不客气地和我们的预期相抵触。既没有落日，也没有朝阳；没有孤独，也没有沉思。正相反，我们眼前只有一个大陶罐。换句话说，作者只告诉我们，那是在1651年的9月1日，主人公名叫鲁滨孙·克鲁索，他的父亲患了痛风病。显然，接下来，我们只能改变自己的态度。而下面的章节，几乎全被现实、事实和实物这些占据了。匆匆之下，我们只好把我们眼中的大小比例全倒过来。大自然得脱去她华贵的紫袍，她不过给了我们干旱和洪水罢了。人类也必须沦为苦苦求生的动物。连上帝也降职成了地方上的执法官，他的宝座是挺坚固，还有些硬，可位置，只比地面高不了多少。这些对我们的视角至关重要的参照物：上帝、人类和大自然，我们试探着去接触，可每一次出击，都被一些板着面孔的生活常识给顶了回来。鲁滨孙·克鲁索对上帝的思考："有时，我会跟自己抱怨，为什么上天会这样毁掉它亲手所造的全部生灵……不过，总有些什么会立刻来阻止我，不许我这样再想下去。"上帝并不存在。他也思考过大自然，原野上"花草遍布，树林茂密"，可关于树林，重要的是，那里栖息着成群的鹦鹉可以被驯服，人们可以教它说话。大自然并不存在。他想到死去的人，那些被他亲手杀死的人。最重要的是，他们应当立刻被埋起来，这是因为"他们在太阳底下暴晒，很快就会不堪入目"。死亡并不存在。除了那个陶罐，什么都不存在。也就是说，到了最后，我们不得不放下所有自己的成见，去接受笛福想要给我们的一切。

那么，让我们把书再翻回开头，重读一下第一句话："1632年，我生在约克市一个有教养的家庭。"这样的开头，怕是再普通、再如实不过了。这让我们清晰地意识到，井井有条、勤勤恳恳的中产阶级生活是多么幸福美好。我们确信，生在英国的中产阶级家庭，是最走运的一件事儿了。贵族才让人觉得可怜，穷人也是一样，他们都生活在动乱和不安中；只有处在卑贱与高贵之间，才是最好。中产阶级的优点——节制、温和、安静，还有健康——也最令人向往。所以说，一个中产阶级的青年，不知是交了什么厄运，竟然愚蠢地迷上了探险，这真是太令人惋惜了。我们的主人公就这样平铺直叙地讲下去，一笔一笔，勾勒出了一幅让我们无法忘记的自画像——因为他也从未忘记过，把他的精明、谨慎，还有他对秩序、舒适和体面的热爱，在我们的心中留下不可磨灭的印记。直到后来，不知不觉之间，我们就到了海上，遇上了暴风雨。而且，放眼望去，我们看到的一切，都和鲁滨孙·克鲁索看到的一模一样。波涛、水手、天空、船只——全都是透过他那双精明的、现实的、中产阶级的双眼看到的。什么也逃不过他的双眼。天地万物是怎样呈现在那个天生就小心谨慎、因循守旧、讲求实际的人眼中的，就怎样展现在了我们的面前。他不可能充满激情。他对雄伟壮丽的大自然天生就有些厌恶。他甚至怀疑造物主过于夸张。他太忙了，只看得到与自身利益休戚相关的事情，周遭发生了什么，连十分之一他都不曾注意到。凡事总有合理的解释，只要他有时间去解释，对此他深信不疑。看到深更半夜那些"庞然大物"朝他游来，把他的船团团围住，我们比他还要惊慌失措。他只是立刻就端起了枪冲着它们开火，它们就游开了——至于那是狮子还是别的猛兽，他也说不上来。就这样，不知不觉，我们的嘴巴越张越大，大到什么样的奇谈怪论我们都吞得下。要是换作一个想象力丰富又爱夸夸其谈的旅行家来告诉我们这一切，我们早就不屑一顾了，才不会买他的账。可是，无论这个顽强的中产阶级人物告诉我们什么，我们都觉得确有其事。他老是在数他有多少木桶，好能合理地维持淡水供应。他对待细节让人无从挑剔。我们感到奇怪，他是不是忘了自己还落了一大块蜂蜡在船上。才不会。因为他已经用这块蜂蜡做了几根蜡烛，所以第三十八页上的这块蜂蜡自然就没第二十三页上的那么大了。有时，他留下了几处前后不一致的地方未曾解释，让人好生奇怪——为什么不光野猫这么温顺，连山羊也这么怯生生的？我们倒不觉得有多心烦，因为我们确信，只要有时间，他一定会告诉我们个中缘由，而且保准讲得合情合理。然而孤身一人在荒岛上生存，这其中的压力可不是什么笑谈。同样，也不是件非哭不可的事情。什么都需要人照看，电闪雷鸣之夜，火药随时可能被引爆，哪还有什么闲情逸致去欣赏大自然的瑰丽壮观——当务之急是要找个安全的地方把火药放好。就这样，通过如实地叙述他所目睹的一切——凭借一个大艺术家之力，取此舍彼，以凸显他最大的优点，也就是真实性——他终于把平常的举动写得令人肃然起敬，让平常的事物变得如此美丽动人。翻整土地、烘烤食物、种植庄稼、搭建房子——这些简单的活儿是多么重要；短斧、剪刀、原木、大斧——这些普通的工具是多么美好。没有插进丝毫的评论，不受打扰，故事情节就这样继续以质朴而恢宏的风格展开了。话说回来，小说已经够精彩了，还要评论干什么呢？的确，他和心理学家的方法正相反——他描述的，是情绪对身体而不是对心智的影响。不过，当他说起在那痛苦的一刻，他是如何攥紧了拳头，足以捏碎任何不够坚硬的东西；说他是如何"牙关紧锁，一时分也分不开"，给我们留下的印象，就跟整页整页的分析同样深刻。在这方面，他的直觉十分准确。"这些事儿，"他说，"就留给博物学家去解释个清楚吧，交给他们去说明原因、分析方法；对于它们，我能做的，就是描述事实罢了……"这是当然，如果你是笛福的话，仅仅描述事实也就够了，因为这事实恰到好处。就这种描写真实的天赋而言，除了几位散文大家，没有谁比笛福更胜一筹。"清晨，一片灰蒙蒙"，只需寥寥数笔，他就生动地勾勒出了一个多风的黎明。这么多人死去了，如此凄凉，再也没有别人比他的评价更为平淡："从此以后，我再没见过他们，一点踪迹都没见过，除了三顶礼帽、一顶便帽和两只不成对的鞋子。"最后，他大声说："瞧，就算我一个人，吃得也像个国王，还有仆人陪在左右。"所谓仆人，是指他的那只鹦鹉、那条狗和两只猫。我们不禁感到整个人类都孤独地待在这个荒岛之上——不过，笛福总有办法给我们的热情泼些冷水，他马上告诉我们，这两只猫，可不是原先船上的。那两只已经死了，这两只是新来的。而且，其实因为猫的繁殖力强，不久以后这儿就猫满为患了。相反，狗就奇怪得很，根本就不繁衍后代。

就这样，因为笛福一再地把那只普通的陶罐放在最显眼的位置，不断地告诉我们除此之外什么都没有，我们终于被他说服，看到了遥远的岛屿和人类灵魂所在的孤寂之处。在他看来，这只罐子实实在在、坚实可靠，并且，就因为他的这种信念如此执着而笃定，其他一切因素也才得以控制，他已经用一根线把整个宇宙和谐地串了起来。所以，合上这本书之后，我们不禁会想：虽然这只是个普普通通的罐子，可一旦我们真正领会了透过它所看到的一切，就好像当我们看到头上星空璀璨，远处群山起伏、大海汹涌澎湃，而人类，带着无尽的尊严和非凡的气度依然巍然屹立，这时，我们还有什么理由不感到满足呢？

俄国人的观点

 不管是法国人还是美国人，他们和我们之间，都还有着诸多的共同之处，就算如此，看到他们读英国人的文学，我们尚且还会怀疑，他们是否读得懂。那么，我们也不得不承认，英国人去读俄国人的文学，就更有理由这么怀疑了，尽管他们读书时都抱了无比的热情。至于我们所谓的"读懂"到底是个什么意思，大概可以让人争论个不休。但这样的例子比比皆是，譬如那些美国作家，他们写出的文学跟我们的就大不相同，而他们和我们，也大不相同，就算他们在我们之中生活了一辈子，最后还合法地成了乔治国王的臣民。就算是这样，他们就真的懂我们吗？他们最后不还是一些外乡人吗？谁会相信亨利·詹姆士的那些小说，是一个土生土长的本地人对我们这个社会的描述，或者说，谁会相信这个对英国作家品头论足的家伙，在他读莎士比亚的时候，会和我们一样，对大西洋一无所知，对这两三百年来和我们远隔重洋的文明一无所知？外乡人总可以和我们保持距离，眼光自然更加犀利，感觉自然更为敏锐；但他们总难放下自我，也就无法体味我们因共同的价值、共同的身份而带来的自由自在和亲密无间，无法明白你来我往的那种通情达理、和睦融洽。

我们读俄国人的文学也有这种隔阂，非但如此，在我们和俄国人之间，还多隔着语言不通的障碍。过去的这二十年里，托尔斯泰、陀思妥耶夫斯基，还有契诃夫的读者甚众，可说不好这些读者里头连一两个读得懂原著的都没有。对于这些作品的好坏高下，我们的评判都拜批评家所赐，而他们，既未读过俄语，也没到过俄国，就连俄国人开口说话都没听过。他们就是这样，一无所知，全凭借了翻译家的翻译。

这样看来，我们所读到的俄罗斯文学，原先的风格，已经荡然无存了。要把一句俄语，一字不落地译成英语，本来衔接有序的词语，语义上就会有些出入，而读音、轻重，连带着口音这些东西，则是完全变了样，就只剩下一层生硬粗糙的意义了。这样一翻一译，这些俄国来的大作家，就仿佛经历了地震，或是坐火车出了车祸一样，虽然劫后余生，但一身衣衫已经破烂不堪。不光如此，那些更为微妙也更加重要的东西——他们的风度、个性，也不复存在了。不过剩下的东西力量更强大，也更能打动人心，不然何以英国人会对他们如痴如狂。但面对着眼前这种支离破碎的东西，我们也不敢肯定，我们怎么能知道自己不是看走了眼，会错了意，以为自己抓住了重点，其实却不是呢？

让我们假设，一场灾难让他们没了衣服可穿，这样的赤身裸体，在一些人看来，恰好除去了遮掩和伪装，露出了本来面目，也就是单纯和人性的所在。这就是让我们所体会到的俄国人的文学，不管是因为翻译的缘故，还是另有什么更为深刻的原因，不管是二三流的作家还是最伟大的作家，他们的作品中充满了这些品质。"要学着去亲近别人。我甚至还想再加一句：要与他们密不可分。可别光动动脑子——因为动脑子其实简单——而是要放在心上，要去爱他们。"不管谁在哪儿偶然看到这句话，都能脱口而出："这是俄国人说的。"就是这种单纯、这种毫不费力、这种卓识，认为在满是痛苦的世界中，我们首要的职责是要去理解我们身边不幸的人，"可别光动动脑子——因为动脑子其实简单——而是要放在心上"。这就是笼罩在整个俄国文学上空的那朵云，它引诱着我们从我们焦灼的阳光和炙热的大道，躲到那片凉阴下去发展，而这样做的后果，当然是场灾难。我们变得踉踉跄跄、扭扭捏捏起来。因为觉得自己的品质不行，我们就开始去写美德与单纯，却不知如此矫揉造作才让人恶心透顶。我们没有办法坦然地以"兄弟"相称。高尔斯华绥写了一篇小说，其中一个人物就这样称呼另一个（这两个人都灾难深重），顿时就让人觉得不自然，是在装模作样。英语不用"兄弟"，而说"伙计"，这两个词大相径庭，"伙计"带着点讥讽，有几分隐隐约约的幽默。尽管这两个英国人是在患难之中相遇才以此相称，但我们确信他们会找到份工作，然后发大财，晚年也能享受荣华富贵，还能留下一笔钱来，以防再有穷鬼在泰晤士河堤上再以"兄弟"相称。然而，兄弟之情，却并非来自共同的幸福、共同的努力或是欲望，它来自于共同的苦难。正如海格伯格·怀特博士所发现的，正是俄国人所特有的这种"深深的悲哀"，创造了他们的文学。

这样的概括，拿来讨论具体的文学作品，虽然也可以道出几分真相，但若是遇上了天才的作家动笔去写，那当然会彻底不同。顷刻之间，其他的问题就冒出来了。看来，"态度"并不简单，而是非常复杂。火车出了事故，旅客们衣不遮体，失去了风度，他们不知所措，开始口不择言，说一些难以忍受的事儿，一些难听的事儿、令人不愉快的事儿、让人为难的事儿，即使这场灾难让他们忘记了伪装，说话之间变得坦诚直率、忘乎所以。然而，契诃夫留给我们的第一印象，也并非是直白，而是困惑。写这个是什么意思？为什么他要把这个写成故事？我们一篇故事接着一篇故事地读下去，总是有这样的疑问。一个男人爱上了已婚的女人，他们分开，又见面，到了最后，他们谈论起了自己的地位，以及如何才能摆脱"这无法忍受的枷锁"，获得自由。

"'怎么办？怎么办？'他问道，抱紧了自己的头……就好像只要再过一会儿，就能找到办法，接下来，就能过上崭新而美妙的生活了。"这就是结尾。一个邮差把一个学生送到了车站，一路上，这个学生都在想方设法让邮差开口说话，可邮差一直保持沉默。突然，这个邮差出人意料地开口了："送信的时候捎人违反纪律。"然后，他就怒容满面地在月台上走来走去。"他在跟谁生气呢？跟人吗？跟贫困，还是跟秋天的夜晚呢？"这个故事又结束了。

不过，我们会问，这就是结局吗？我们的感觉似乎不同，就像跑过了终点，却还停不下来；或者像一支曲子，还未听到预料中的和弦，就戛然而止了。我们准会说这些故事全都不按章法，因为我们一向以为，故事如何结束总是有章可循的。于是，我们就开始评头论足了。然而问题就在这儿：我们这样做，还算得上合格的读者吗？所谓有章可循、结尾有力，就是说——要有情人终成眷属，坏人恶有恶报，阴谋露了馅，诡计被揭穿——大部分的维多利亚小说就是这样，我们总能猜个八九不离十。可一旦无章可循了，故事的结尾不再是句号而成了问号，或只是简简单单几句他们还没说完的话，就像我们在契诃夫那儿读到的一样，那就要我们凭着对文学十

214

分的敏锐和万分的勇气，才听得懂这不同的曲子，尤其是，那完成曲子的最后的几个音符。或许，我们一定要读过许许多多这样的故事之后，才能感觉到。要知道，满意不满意，一定要能感觉得到才行，我们对于这些支离破碎的部分有了完整的把握，才能感到契诃夫不是在左一个音、右一个音不按章法地即兴演奏，而是每一个音符，他都是有意为之。唯有如此，才能完整地表达他的观点。

为了从这些我们并不熟悉的故事中找到重点所在，我们不得不费尽心思才行。契诃夫自己的话给我们指了一条正确的方向。"……我们之间的这种谈话，"他说，"我们的父母，一定想象不到。一到晚上，他们就闭上嘴，睡大觉去了。而我们这代人睡得不好，总是睡不着，话就说得多，自己是对是错总想弄个明白。"我们文学中的社会讽刺和心理诡计，都来自于这种睡不着觉的辗转反侧、这种喋喋不休的闲言碎语。可毕竟，契诃夫与亨利·詹姆斯，契诃夫与萧伯纳，他们的差别太大了。这种差别显而易见——可又是从何而来呢？对于社会的险恶和不公，契诃夫也同样知晓。农民的境况让他震惊，但改革者的热情并非他的热情——我们不能就此止步。他对心灵产生了巨大的兴趣。对于人与人之间的关系，他的分析细致入微。可这也不是，我们也不能停在这里。是不是因为让他感兴趣的并非人与人之间的关系，而是人与健康之间、人与善之间的关系？在这些故事里，我们总能看到一些装腔作势、矫揉造作和虚情假意。某个女人落入了一段错误的关系，某位先生为环境所迫走上了邪路。他笔下的人都是病态的，有人治好了，有人没治好。这些，才是他故事的重心所在。

一旦我们的目光习惯了这种明暗色调，小说的所谓"结论"，一半以上都要消失在稀薄的空气中了，它们看起来就像是透明的，光线从后面穿过来——炫目、耀眼、浅薄。通常最后一章都是大团圆式的结局，结婚、死亡、洪钟大吕一般的道德说教，其实是最最简单的一种。我们会觉得，什么也没解决，一点儿也不和谐。而另一方面，那看上去如此轻描淡写、没头没尾、满纸琐事的写法，现在看来，才是如此精心的创造。品位讲究，取材大胆，安排得合情合理，如实地写出来，这一切除了俄国人自己，再没有别人可以做得到。或许，我们找不到这些问题的答案，可同时，永远也不让我们去左右证据，来制造出什么迎合我们虚荣心的东西。这样写，公众可能听不到，毕竟，他们习惯了吵闹的音乐、激烈的节拍，但他谱写的曲调，就是这样奏响的。结果，当我们读了这些什么也没写的小故事之后，我们的眼界打开了，我们感到自己的内心充满了无比的自由。

在读契诃夫的时候，我们发现自己总是一而再再而三地重复"灵魂"这个词。在他的书页上，这个词随处可见。老酒鬼张口也都是："您……官品很高，高不可攀，不过，好朋友，您缺乏真正的灵魂。……您的灵魂没有力量。"的确，俄国的小说中，灵魂才是真正的主人公。契诃夫笔下的灵魂脆弱而细腻，不计其数的各种好脾气、坏脾气影响着它，而在陀思妥耶夫斯基那里，则要深邃和宏大得多。虽说，大病重疾或是体热高烧会改变它，但它仍是书中最重要的东西。或许，正因如此，要想读懂《卡拉马佐夫兄弟》或是《群魔》，英国读者才需要下番苦工，非读上两遍不可。因为"灵魂"对他来说是个陌生的东西，甚至让他觉得反感。因为，灵魂既不幽默也不好笑，也没有形状。它和智力无关，而是混乱、散漫、吵闹，似乎既不符合逻辑，也有悖于诗艺。陀思妥耶夫斯基的小说，是翻滚的漩涡、肆虐的沙暴，是将我们席卷而入的狂风暴雨。这些作品，完完全全、彻彻底底是为灵魂而作。我们心不甘情不愿地被拖了进来，被搅得头晕脑涨，什么也看不见，窒息了，而同时，又感到一种眼花缭乱的狂喜，就连莎士比亚也不曾令我们如此兴奋。我们推开了门，进了房间，发现身边都是俄国军官，还有他们的家庭教师，他们的继女、远亲和一群五花八门的人，个个都扯着嗓子把自己最最隐私的事大声说出来。可我们这是在哪儿呢？作为小说家，他当然应该告诉我们，我们是在宾馆，还是在公寓，还是租来的什么地方。谁都想不起来要解释一下。我们是灵魂，备受折磨、满怀不幸的灵魂，我们要做的，就是表达、揭示和忏悔，把那些在我们屁股底下的沙子里横行的罪恶一一揪出来，不管它们折磨的是我们的肉体还是神经。不过，继续听下去，我们的困惑就慢慢消失了。一根绳索向我们丢了过来：我们听到了一段独白；我们好不容易抓住了这根救命的绳索，从水中被拽了上去；就这样，我们兴奋莫名又有点晕头转向，被拖着飞快地前进，一下子沉下去，一下子又清醒了过来，比以往任何时候都理解得更为透彻，得到了仿佛只有历经了最为艰辛的生活才会有的那种大彻大悟。就在这种急速前行的过程中，我们看透了一切——人物的名字及其关系，他们是在罗滕堡的一家旅店里，波丽娜和格里耶侯爵在密谋着什么——不过，这一切跟人的灵魂相比，又算得上什么呢。

只有灵魂，只有这热情似火的灵魂、骚动不安的灵魂、恶与美交织的灵魂，才如此重要。如果我们因为大笑而惊声尖叫，或是因为恸哭而全身颤抖，这太自然了吧？——这根本无须评论。生活的节奏如此之快，那飞速前进的车轮一定火花四溅。以这样的速度，迟缓的英国人，再也难从支零破碎的幽默片段或是激情画面中得窥灵魂的只鳞片甲，因为灵魂的方方面面已经纵横交错，互相纠缠、交织在了一起，呈现出了一幅崭新的全貌。原本分开的部分融合到了一处，再无可分。人，既是恶棍，又是圣人；人的举动既高尚，又卑鄙。我们既爱又恨。我们所熟知的判然分别的善与恶，已经荡然无存了。我们常常会发现，让我们深爱的，恰是些罪大恶极的恶棍，即使他们罪孽深重，也让我们深深地钦佩、热爱。

一下子被抛上了浪尖，一下子又卷入海底在岩石上被摔了个粉身碎骨，这样的感受，怕是难以让英国的读者坦然面对。英国的读者所熟知的英国文学恰与此相反。要是让我们来讲一讲某位将军的风流韵事（我们怕是要忍不住先取笑一番这位将军才行），我们得从他家的宅子说起，我们得给他一个具体的环境。只有把这一切都做好了铺垫，我们才可以把话题转向这位将军。还有，英国人用的是茶壶，可不是俄国的茶炊；时间也总是紧迫；到处都很拥挤；不同的观点，不同的书籍，甚至是不同的时代，它们的影响无处不在。人们被划分成下、中、上等人，他们各有各的传统、习俗，甚至，从某种意义上来说，还说着各自不同的语言。一个英国作家，不管他乐意与否，压力总在那儿，让他不得不承认这些壁垒的存在。而结果就是，他只好循规蹈矩，变得墨守成规起来；他只会嘲讽，而不会悲悯，只看得见社会，而不去了解个人。

然而并没有这样的规矩去束缚陀思妥耶夫斯基的手脚。贵族也好，平民也好，流浪汉也好，贵妇人也好，在他看来都一样。人人都是容器，不管你是谁，都装着这混沌不明的液体，这纠缠不清、动荡不安，又弥足珍贵的东西——人类的灵魂。人类的灵魂之间并无壁垒。它洋溢出来，浩浩汤汤，流入其他人的灵魂，融会贯通。譬如说，有这样一个银行收纳，他连一瓶酒也买不起。就这样一个小故事，还没等我们读出头绪，这个故事就流向了他岳父的生活，流向了他岳父的五个情人的生活，我们读到，这五个情人备受他岳父的折磨。接下来，又流向一位邮差，流向一位清洁女工，又流向几位贵妇的生活，这些人全住在同一幢大楼里。陀思妥耶夫斯基的小说包罗万象，而当他累了的时候，他也不会停笔，他只是继续下去。他无法约束自己，只能任由着这滚烫、混沌、不可思议、可怕而沉重的人类灵魂，朝着我们滚滚而来。

还有一位，是所有小说家中最伟大的一位——不然，对《战争与和平》的作者，我们还能怎么说呢？我们是不是也觉得，托尔斯泰是个和我们截然不同、难以理解的外国人？他看人看物的角度是不是有些古怪，即使我们成了他的信徒，也依然不知所往，还是会感觉不知所措、一头雾水，和他格格不入？其实，翻开他的作品，只要稍稍读上一两句话，我们就可以断定这个人和我们的目光是一致的，而且，他的写作方法和我们所熟悉的也并无二致，都不是自内而外，而是由外向内。在他的世界里，邮差八点钟敲门，人们十点到十一点之间上床睡觉。而他，既不是野蛮人，也不是什么自然之子，他是一个正常人——受过教育，经历丰富。他也是一位贵族，生来如此，尽情享用自己的特权。他是个城里人，不是乡下人。他感觉灵敏、思维敏锐、训练有素，以这样的头脑和身体投入生活，不说是信心十足，一定也是精彩至极。似乎没有什么会被他错过，没有什么可以从他身边闪过而不被记录下来。也因此，没有人能这样把竞赛的振奋、骏马的优雅，和身强力壮的年轻人对这个世界强烈的渴望与感受表现得如此淋漓尽致。每一根嫩枝，每一根羽毛都被他的磁场吸引住了。他注意到了孩子的长衣是蓝还是红；马儿是如何甩它的尾巴；一声咳嗽；一个男人想把手插进口袋，但那口袋已经被缝了起来。他那明察秋毫的眼睛能捕捉到一声咳嗽或是双手的小动作，他那睿智的头脑能探究到其后隐藏的性格，就这样，我们认识了他笔下的人物，不单单是看到他们如何爱、他们如何看待政治和他们不朽的灵魂，还看到了他们怎么打的喷嚏，怎么被饭噎到了。虽然我们读到的只是译文，让人觉得是站在山顶，透过望远镜在看风景，可让人吃惊的是，这一切竟如此清晰、鲜明，一切都历历在目。然后，突然之间，就在我们尽情呼吸、欣喜若狂、心旷神怡之际，一个细节——或许，是一个人的脑袋——从这画面之中向我们逼近，仿佛是这生命自身太过强烈太过旺盛，而将其迸发出来一样。"突然我发生了一件奇怪的事。起初，我看不见周围的东西，后来他的脸在我面前消失了，只有他那双眼睛在炯炯发光，好像正对着我的眼睛，然后我觉得那双眼睛到了我的心里，于是一切都模糊了，我什么都看不见了，我只好眯上眼睛，以便摆脱这种目光在我心里引起的喜悦和恐惧的感情……"一次又一次，我们和《家庭幸福》里的玛莎感同身受。只有闭上眼睛，才能摆脱这种喜悦和恐惧的感情。喜悦之情往往是最先出现的。在这篇故事里有两段描写，一段描写了一位姑娘深夜和爱人在花园里散步，另一段是新婚夫妇昂首阔步走过客厅，巨大的幸福表现得淋漓尽致，只有合上书我们才能更好地体会。但恐惧的感觉也总是与之相伴，就像玛莎一样，我们总想从托尔斯泰的目光中逃脱。是因为我们唯恐这巨大的快乐难以持久，我们害怕乐极就会生悲吗？就像现实生活中，让我们备受折磨的那样？或者，不是因为，我们所感到的巨大快乐，其实是值得怀疑的，逼迫着我们像《克莱采奏鸣曲》中的波兹涅谢夫那样自问："那么，活着又干吗呢？"生活占据了托尔斯泰，就像灵魂占据了陀思妥耶夫斯基一样。生活如鲜花绽放，但在这绚烂的层层花瓣之中，总躲着这只蝎子："活着又干吗呢？"翻开这些书，也总有某个奥列宁，或是皮埃尔，或是列文，他们的人生丰富多彩，动动手指就可以翻天覆地，却从不停止追问，即使乐在其中，也要追问这其中的意义何在，我们应该以何为目的。与其说神父最能让我们清心寡欲，倒不如说是深知其中三昧，也曾乐此不疲的托尔斯泰最能做到。他一嘲笑我们的欲望，我们脚下的整个世界就都化作了尘土。就这样，我们心中的喜悦掺杂了恐惧，而在这三位伟大的俄国作家之中，正是托尔斯泰最吸引我们，也最让我们厌恶。

但人总是偏袒自己的家乡，所以，毋庸置疑，一旦开口论及和我们相去甚远的俄国文学，我们准会离题万里，与真相失之交臂。

托马斯·哈代的小说 [1]

　　托马斯·哈代一死，英国的小说就群龙无首了，我们这样说，是指除他之外，还没有哪一位作家可以被大家公认拥有如此至高无上的地位，也没有哪一位，让我们的敬意如此自然，与我们的敬意如此相称。当然，没人会不同意这一点。这位淡泊名利、生性简朴的老人，若是在这种场合听到漫天的赞誉之词，恐怕一定会尴尬万分吧。不过，若是说，他在世的时候，毕竟还有这么一位作家，将小说这门艺术变成了一份令人尊敬的职业，倒也不假。他在世的时候，没有什么理由可以让人看不起他所从事的这门艺术。当然，这并不单单是他独特才华的结果。还有一部分，源自他那谦逊、诚实的个性，源于他在多塞特郡深入简出的生活，不求名利、毫不张扬。就因为这两方面，他的才华和他颇有尊严的运用，不得不让人对他的作品充满了敬意，对他的为人也由衷地钦佩。但在这儿，我们必

1　写于 1928 年 1 月。——原注

须说一说他的著作，说一说他的小说，因为它们年代久远，所以看起来和现在的小说相去甚远，这就像哈代自己跟当下的喧嚣与偏狭之间的距离是那么遥远一样。

　　要追溯哈代作为小说家的创作生涯，我们至少要回到一代人之前。1871年，他三十一岁，已经写了一部小说《计出无奈》，不过那时他还并不自信，技巧也远不够娴熟。他"正在探索一种方法"，他自己这样说，就好像他已经意识到了自己的各种天赋，只是还不了解它们的性质，也不知道如何更好地加以利用。阅读这样一篇处女作，就是与作者一同体验他的困惑。他的想象力非凡，还蕴藉着讥讽；他靠着自学读了很多书；他能创作出人物，却驾驭不了他们；他显然是被技巧上的困难拖累了。更明显的是，在他的小说中，总能看到一股力量的驱使。作者认为，人总是受自身之外的力量所摆布，所以，他设计的巧合太过夸张，有过分之嫌。小说并非玩偶，也不是拿它来争论，这一点，他早已深信不疑。小说是印象传达的工具，无论作家对男男女女的人生百相是何印象，哪怕这印象令人痛苦、让人生厌，都应在小说中如实地表达。不过，或许这部小说最引人注意的品质，还是这字里行间回荡着的瀑布的轰鸣。这是在之后的小说中占据了极大比重的那种力量的首次展示。他已经证明了自己对自然的观察是如此细致而娴熟。他分辨得出，雨水，落在根茎上、落在耕田间是如何不同；风，吹过不同的树的枝干，是如何不同。但他更深切地感受到，自然是一种力量。他从中感受到的，是对人类命运或同情或嘲弄或冷眼旁观的精神。这已经成了他的感觉。而这篇关于阿尔德克丽芙小姐和西塞雷亚的粗糙故事，足以让人铭记，因为注视它的目光是众神的目光，而创作之时，自然也在一旁。

那时的他是位诗人，这一点毋庸置疑，但说他是位小说家，这还不敢肯定。然而一年之后，《绿林荫下》问世，那种"探索一种方法"的痕迹，已经基本看不到了。头一本书中不合情理的别出心裁已经不见了。与之相比，第二部作品则更为成熟，引人入胜，生动而逼真。此时的作者，俨然一副英国风景画家的模样，画中满是农舍花园和年迈的农妇，他在那些被遗忘的地方流连忘返，收集并记录下那些正在迅速消亡的传统方式和语言。可是，从来没有一位如此钟情于古迹、口袋里装着显微镜的博物学家，一位热切关注语言变化的学者，会如此全神贯注地去倾听从附近林间传来的被猫头鹰捕食的鸟儿发出的一声哀鸣。这哀鸣"干净利落地划破了沉寂"。我们还听到，在一个宁静的夏日清晨，从远处，仿佛是从遥远的海上传来一声枪响，一声奇怪而不祥的回响。不过，这些早期作品读来总令人惋惜，让人觉得哈代的才华有些顽劣乖张——先是一种才能，让他得心应手，然后又换作另一种，而这两种才能又难以驾驭，不愿并驾齐驱。作家如他，大概就要面对如是的命运。他既是诗人，又是现实主义者。身为田野大地的忠实儿子，却因读书而疑惑沮丧、备受折磨；身为热爱传统和朴实的乡下人，却又注定要眼睁睁看着先辈们的血肉和信仰变得日渐薄弱、烟消云散。

对于这种矛盾，自然还多添了一个因素，可能会破坏平衡的发展。一些作家，生来就无所不知，而另一些则所知有限。一些作家，譬如亨利·詹姆斯和福楼拜，不光可以充分发挥他们的天赋，还能在创作中加以控制。他们对每一种情形的所有可能都了如指掌，从来不会惊慌失措。与之相反，所知有限的那些作家，譬如狄更斯和司各特，就会被突然推向浪尖，被席卷着向前冲去，待到风平浪静了，他们说不清发生了什么，也说不清为什么。我们应该把哈代列入这后一类作家之中，这正是他的力量和弱点所在。他把这一情形准确地称为"洞悉的瞬间"，在他的每一本书中都可以看到这些充满了令人叹为观止的美与力量的章节。凭借着这种突如其来的，不单是我们，就连他本人也无法预料似乎也无法控制的迅猛力量，一个场景就这样脱离了其他的场景，突兀而出。就好像天地间只有这一幕存在，也将永远如此。我们看到载着范妮尸体的马车前行，路旁的树上滴下雨水；我们看到臃肿的羊群穿过苜蓿丛；我们看到托伊的剑光在巴丝谢芭的周围上下飞舞，而巴丝谢芭站在那儿一动不动，托伊从她的头上削去了一缕头发，刺中了她胸前的一只毛虫。这一幕幕，看在眼中，栩栩如生。当然，这不仅是视觉的感受，因为每一种感官都参与了进来，这些场景让我们豁然开朗，而其绚丽久久不散。只是这种力量来得突兀去得忽然。这洞悉的瞬间之后，就是平淡无奇的漫长日光，我们也难以相信可以凭借任何技巧就能捕捉得到那种狂野的力量，也不用想再去加以运用了。这样一来，这些小说里就处处失去了平衡。它们笨拙乏味、流于平淡，但它们绝不缺乏生机。这些作品总有一些朦朦胧胧的无意识，一圈生机勃勃、未曾言明的光晕，让人从内心深处感到满足。哈代本人似乎也并不明白他做了些什么，他的意识似乎远比他的表达更加丰富，于是，他就让读者去捉摸他的全部含义，用他们各自的经历去将其填补完整。

因为上述原因，哈代的才华施展起来不够稳定，其成就也高下不等。但，只要那一瞬间来临，便会大放光彩。在《远离尘嚣》中，这一瞬间表现得淋漓尽致。恰当的题材；合适的方法；诗歌与农人，耽于肉欲的男人，郁郁沉思的男人，学识渊博的男人，这些人济济一堂，共同造就了这部杰作，无论时尚如何变换，在所有伟大的英国小说中，它已经牢牢占据了一席之地。首先，哈代让我们感受到的自然世界，是其他的小说家无法与之相比的。虽然这自然存在于我们之外，但一旦我们感觉到自己生存的这个狭小空间之外尽是广阔的自然，就能从他的戏剧中体会到一种深厚而肃穆的美。那南方深沉的旷野上有逝者的坟茔、牧羊人的茅舍，一直延伸到天际，平缓如海浪，却坚实而恒久，连绵起伏，流向无限的远方。而它在怀中也庇护着宁静的村庄，白天升起薄薄的炊烟，待到夜色渐浓又燃起阑珊的灯火。加布里埃尔·奥克就在那里，在世界的僻静处照看他的羊群，他是永恒的牧羊人。繁星是古老的灯塔，多年以来，他就在羊群边，仰望繁星。

不过，一到谷地，大地便充满了温馨和生机。农场里一片繁忙，谷仓里堆满粮食，田间牛羊之声不绝。自然是多产的，灿烂辉煌，充满了欲望，没有恶意，是劳动人民"伟大的母亲"。现在，哈代的幽默感得到了充分的发挥，要知道，农民的嘴巴最无遮无拦，欢快的话又层出不穷。自打朝圣者踏上朝圣之路之后，一天的活儿干完了，简·考根、亨利·弗雷和约瑟夫·普尔格拉斯在麦芽作坊碰了面，一沾上啤酒，就把满脑子酝酿已久的那些聪明话，带着诗意打趣了出来。这些话莎士比亚、司各特和乔治·艾略特都爱听，但没人比哈代更爱听，或者说，没人比他更能听明白这些幽默。不过，威塞克斯小说中的农民，并非是作为个体而存在，他们共同构成了普通人的智慧，而普通人的幽默，筑成了一座永恒的生命宝库。他们对男女主人公的所作所为评头论足。不过，无论是托伊、奥克、范妮或是巴丝谢芭，他们登场也好、谢幕也罢，哪怕是与世长辞，简·考根、亨利·弗雷和约瑟夫·普尔格拉斯也都还存在。他们晚上饮酒作乐，白天在田间耕地。他们是永恒的。在这些小说里，我们一次一次地遇见他们，他们身上也总有些具有代表性的东西，而且，更多的是某类人的共性，而非某个人的特性。农民是理智的圣殿，乡间是幸福最后的避难所。他们消失之际，人类也就失去了希望。

从奥克、托伊、巴丝谢芭身上，我们充分认识了小说中的男男女女。每本书中都有三五个主要角色，他们高大挺拔，像避雷针一样把各种因素的力量吸引过来。奥克、托伊、巴丝谢芭；尤斯塔西亚、维尔迪夫、维恩；亨察尔、卢切塔、伐尔伏雷；裘德、苏·布莱德赫德和菲洛逊——这些不同的人群，甚至还有些相似。他们是一个一个独立存在的个体，也因此各不相同，但他们也是群体中的一分子，所以也有群体的共性。巴丝谢芭就是巴丝谢芭，但她也是个女人，是尤斯塔西亚、卢切塔和苏的姐妹；加布里埃尔就是加布里埃尔·奥克，但他也是一个男人，是亨察尔、维恩和裘德的兄弟。不管巴丝谢芭是多么可爱、迷人，她依旧是柔弱的；无论亨察尔是多么冥顽不灵、执迷不悟，他仍然是强壮的。这是构成哈代眼中世界的重要部分，在他的许多作品中都清晰可见。女人比男人柔弱，也更感性，于是就黏在更强壮的男人身边，迷住了他的双眼。不过，就算套着这样一成不变的框架，在他的那些更伟大的作品中，生命力依旧在自由欢畅地流淌。我们一读到巴丝谢芭坐在马车上行过她的花木丛，看着小镜子里头自己可爱的样子而笑开了花，大概就会知道，在这一切结束之前，她会遭受多么大的痛苦，也会带给别人多么大的痛苦，而这就是我们所知的哈代创作力的明证。但这一刻拥有了生命的光辉，美不胜收。而这样的瞬间，一次又一次地出现。他笔下的人物，无论男女，对他而言全都充满了无限的魅力。不过，和男性角色相比，他对女性角色表现出了更温柔的关怀，也许，还有更大的热情。她们的美丽纵然无益，命运固然多舛，但她们的生命在燃放光芒，她们步履轻盈、笑声甜美，正是这样的力量让她们沉入自然的怀抱，沉入那沉静而庄重之中。又或者，这力量将会让她们升起，如天上的行云奔流，如林间的花开肆意。而男人，他们的苦难和女人不同，女人的苦难源于对别人的依赖，而男人的苦难则是来自与命运的斗争，这也让我们的同情更为坚定。对于像加布里埃尔·奥克这样的男人，我们丝毫无须畏惧。我们一定会尊敬他，尽管这并不会让我们随便地爱上他。他的步伐稳健，可以打出漂亮的一拳，至少是对男人，要是有谁想给他来上一拳的话。对于该发生的事情，他总有先见之明，这并非教育使然，而是源于他的性格。他性情稳定，用情专一，可以直面苦难而毫不退缩。不过，他倒也不是个木头人。一般场合下，他就是个平淡无奇的普通人，走在街上也不会招人回头多看他一眼。简而言之，没有人可以否认哈代的力量——这种真正小说家的力量——让我们相信他笔下角色的一举一动都源于他们自身的情欲和个性，而他们身上——这是源自诗人的才华——还有一些象征着我们所共有的东西。

只有认识到哈代在创造这些男男女女时所展现的那种才华，我们才能更好地理解，何以与同时代的作家相比，他会如此不同。我们可以回想几位这样的角色，问一问自己，究竟为什么他们如此令人难忘？我们想起了他们的激情。我们难以忘怀他们彼此深爱，却不得善终。我们难以忘怀奥克对巴丝谢芭的爱，忠贞不贰；我们难以忘怀像维尔迪夫、托伊和菲兹皮尔斯这样的男人，他们的激情狂野而猛烈，却又转瞬即逝；我们难以忘怀克莱姆对母亲的一片孝心、亨察尔对伊丽莎白·简满怀妒意的父爱。然而我们却不记得他们是如何相爱。我们不记得，他们如何交谈、如何改变、如何认识了彼此，如何慢慢地、一点一点、一步一步从一个阶段走向下一个阶段。他们的关系并非由那些聪明的领会和微妙的觉察组成，虽然，这些看似细微琐碎实则意味深长。在他所有的作品中，爱，是塑造人类生活的重大因素之一。然而爱却成了灾难，突如其来，不可抗拒，既没有铺垫，也没有赘言。爱人之间的交谈，除了激情澎湃之外，都是实际的或是理智的，仿佛他们所履行的日常职责让他们更乐于追问人生及其目的，而非让他们去探究相互间的感情。就算谈情说爱、揣摩感情确实是他们力所能及的事情，可生活如此动荡，让他们无暇以顾。面对沉重的打击、意料之外的算计、日益险恶的命运，他们必须全力以赴，再无余力去呈现人间喜剧之中的种种微妙和精致。

那么，我们终于可以放心地说，毫无疑问，在别的作家笔下我们所找到的那些最能打动我们的东西，在哈代的作品中，我们一样也找不到。他没有简·奥斯汀的完美、梅瑞狄斯的机智，也没有萨克雷的广博、托尔斯泰的惊人才华。这些伟大的经典作家的作品中总有一种决定性的因素，让他们笔下的某些场景脱离整个故事，不再为情节所左右。我们不会去问，这些场景对于那些故事来说究竟有何意义，也不会考虑，可不可以从发生在这些场景前前后后的那些问题中得出什么解释。一声笑语、一抹羞色、交谈中的只言片语已经足矣，这些东西总能打动我们。而哈代的小说里就没有这种经过提炼、独立、决定性的因素，没有这种直射人心的光芒。他的光芒照向了别处，照向了黑夜中的荒野和暴风雨中摇曳的树丛。我们回过头去看看屋内，炉火旁的那群人已经散去。不管是男还是女，都只剩下孤身一人在同暴风雨搏斗，在最大限度地展现着自己，因为无人在旁。我们并不了解他们，不像我们了解皮埃尔、娜塔莎或是贝基·夏普那样。我们不是偶然的拜访者，也不是政府官员；不是贵妇人，也不是战场上的将军。我们无法从里到外、面面俱到地了解他们，他们心中是如何复杂、纠结、混乱，我们不得而知。即使是地理位置，也只能说他们都住在英格兰的乡间，在这同一片土地之上。哈代笔下的人物，几乎都是自由民或农民，偶尔写到那些社会地位在他们之上的人，写得也不怎么样。在客厅，或是俱乐部的礼堂，或是舞会大厅，有教养和闲暇的人聚集一堂，那里酝酿着喜剧，人物的不同性格也得以揭示，哈代倒显得手足无措、很不自在。不过，与之相反的情形，也是同样如此。要是说，哈代笔下的人物关系并不能让我们了解这些男男女女，那么，他们在与时间，与死亡，与命运的关系之中，让我们了解了他们；要是说，城市的五光十色、拥挤喧嚣让我们看不清这些人，那么，在土地上，在暴风雨中，在四季的变换中，我们看清了他们。我们知道了面对人类有可能面对的重大问题，他们的态度如何。他们给我们留下了无与伦比的记忆。我们看到的并不是他们的细节，而是放大了的威风凛凛的形象。我们看到苔丝穿着睡袍，"带着近乎女王般的尊严"，读着施洗祷词。我们看到马蒂·索思在温特伯恩的墓前放下一束鲜花，"就像一个为了追求抽象的人性，而冷漠地拒绝了情欲诱惑的人"。他们的语言有如圣经，高雅庄严，诗意盎然。他们的力量难以言传，这是一种非爱即恨的力量，男人因为有了这种力量才足以反抗人生，而女人，才有了无限的耐力来承受痛苦。也正因为这种主宰了性格的力量，让我们无须再去看那些隐而不现的更细腻的特征。这便是悲剧的力量。若要我们在小说家之中为哈代找到一个位置的话，那他当仁不让，应该是英国小说家中最伟大的悲剧作家。

不过，在我们步入哈代哲学的危险领域之际，还是要保持警惕。

阅读一位想象力丰富的作家，与他的文字保持距离，无论如何都是必要的。因为作家的个人风格越是鲜明，读者就越容易固执己见将作家归入某一派别，或是觉得他的观点总是一成不变。一个人的心灵对各种印象越是敏感，往往就越难下结论，哈代也概莫能外。应该由浸淫在印象中的读者来做出评论。应当由他来决定，何时该把作者有意为之的动机置于一旁，何时该去掌握作者无意而为的动机。哈代本人对此心知肚明。他告诫我们说，小说"是印象，而非观点"。他还说：

> 不加修饰的印象自有其价值，机缘巧合或是改变使然，我们都不得不面对人生万象，似乎唯有抱着谦逊的态度如实记录我们形形色色的应对，才是通往真正人生哲学的康庄大道。

要说他在力有所及时，让我们看到的是纷繁的印象；力所不逮时，让我们看到的是各色观点，这是千真万确的。在《林地居民》《还乡》《远离尘嚣》，尤其是《卡斯特桥市长》中，我们看到了哈代对生活的印象，原原本本，不加修饰。一旦哈代开始对他的直觉进行加工，他的力量就消失殆尽了。"苔丝，你是说，那些星星也是一个一个的世界？"小亚伯拉罕坐在装着蜂箱的车上，在往市场去的路上问。苔丝回答说，它们就像"我们果树上的苹果，大部分都是光泽照人的好苹果——但也有一些生了虫、坏掉了"。"我们住的是哪颗呢——是好苹果还是坏苹果？""是颗坏苹果。"这是她的回答，或者说，是一位戴着苔丝面具的哀怨的思想家替她回答的。这些话冷冰冰的，仿佛机器上的弹簧一下子跳了出来，而原本我们看到的，只是血和肉。我们被硬生生地从同情心里给拉了出去，直到后来这辆小马车被撞坏了，我们看到了统治着我们这颗星球的方式是多么讽刺。看到了这样一个活生生的例子，我们的同情心才又得以恢复。

这也就是为什么，在哈代所有的作品中，《无名的裘德》最让人悲痛，这也是唯一一部可以让我们堂而皇之指责其悲观的作品。在《无名的裘德》里，观点被允许去主导印象，结果就是，尽管书中充斥着不幸，却不能称其为悲剧。虽然不幸接踵而至，然而我们仍觉得，对于社会的指责，论述得尚有失公道，就连那些事实，理解得也不够深刻。我们读到的托尔斯泰批评社会时那种不容反驳的控诉，其宽广、力量和对人性的了解，在这儿，什么也找不到。在这儿，我们只看到了小小的人类的残忍，而不是大大的众神的不公。只要比较一下《无名的裘德》和《卡斯特桥市长》，就可以看出哈代的真正长处所在。裘德跟学院的院长们，跟错综复杂的社会习俗进行了悲惨的抗争。亨察尔则不然，他没有跟谁过不去，他是在对抗自身之外的某种东西，某种跟他的雄心壮志和力量作对的东西。没有人希望他不好。就连伐尔伏雷、纽森、伊丽莎白·简，这些被他伤害过的人也都开始可怜他，甚至钦佩他的人格力量。他与命运抗争，这位老市长，因为自己酿下的错而走向了毁灭。通过支持他，哈代让我们感到我们是在一场力量悬殊的竞赛中支持了人性。这儿没有丝毫的悲观。在整本书里，由始至终，我们都能感觉到这其中的令人敬畏之处，而这一切又是如此具体地呈现在我们面前。从亨察尔在集市上把妻子卖给了水手这一幕开始，直到他死在埃格敦荒野之上，故事一直气势恢宏，情调丰富而活泼，行文迅速而自由。桃色风潮、伐尔伏雷和亨察尔在阁楼上的打斗、丘克索姆女士关于亨察尔夫人去世的讲话、恶棍们在彼得芬阁的谈话——自然或是作为背景，或是神秘地主宰了前景——都是英国小说中的华彩之章。或许，每个人所能享有的幸福是短暂而有限的，但只要是在与命运的法令在做抗争，而不是与人类的律令相斗争，就像亨察尔那样；只要这抗争是在露天，需要身体去行动而不是动脑筋，那么，这种抗争就是伟大的，令人骄傲、令人愉悦的，那么，埃格敦荒野上草屋里那个破产粮商的死，就和萨拉米斯的王子埃阿斯之死有了共通之处。真正的悲剧，源于我们自身的情感。

　　如此的才华，就会让我们觉得，我们寻常拿来评判小说的标准已经是徒劳无用了。我们还要坚持说，伟大的小说家就该写得出优美的散文来吗？哈代就并非如此。他凭着聪明才智，凭着毫不妥协的热忱，摸索着去尝试自己想要的措辞，经常写出一针见血、令人过目难忘的字句。做不到的时候，他也会凑合着用一些或平淡或笨拙或过时的表达，有时极其粗糙、拮据、生硬，有时又咬文嚼字、精雕细琢。文学里，除了司各特之外，再没有谁的风格如此难以分析。表面上看，这种风格糟糕透了，却丝毫不爽地实现了目标。这就好像是要去有理有据地论证分析，一条满是泥泞的乡间小路或是大冬天里遍布根条的田地，其魅力何在一样。但就像多塞特郡自身，正是这些刻板生硬之处，使其散文变得伟大起来；使其有拉丁文一般的洪亮；使其气势恢宏而匀称，正像他的家乡，苍凉的高地。既然如此，我们还要接着要求小说家们严守或然性，忠于现实吗？我们只有回到伊丽莎白时期的戏剧中，才找得到接近于哈代笔下如此跌宕起伏的情节。但我们一读哈代的小说，便欣然接受。不只如此，显然，哈代的这种跌宕起伏的情节安排，在它不是出于一种对怪诞不经充满好奇的乡下人式的癖好时，正是他那野性的诗意的一部分，充满了强烈的反讽和残忍，因为没有任何对人生的诠释会比人生本身更荒诞，再古怪、疯狂的文字，也无以尽现我们令人震惊的存在。

不过，我们一考虑到威塞克斯系列小说宏大的结构，就会觉得，纠结这些细枝末节——这个角色、那个场景，这个句子意味深长、那个句子诗意盎然——似乎已经无关紧要了。哈代遗留给我们的，是一些更宏大的东西。威塞克斯小说不是只有一本，而是许多本。它们所涉甚广，无怪总有些不足——有些是失败之作，另有一些则让我们看到了作者才华错误的一面。但毫无疑问的是，在我们完完全全委身于其中之后，在我们对其全貌有了印象、细加考虑之后，其效果是摄人心魄、令人满意的。我们得以从生命加于我们的拘束和琐碎中挣脱。我们的想象力得以拓宽，得以升华；我们的幽默变成了开怀大笑；我们沉醉于土地的芬芳。与此同时，我们还被领入了一个悲伤、沉思的灵魂深处，即使是在最为悲伤的时候，也庄重而正直；即使在大多数人都化为愤怒的时候，对男人和女人所遭受的不幸也从不曾失去过深切的同情。所以，哈代所给予我们的，并非是对人生一时或一地的记录，而是对世界、对人类命运的一种描述，以及如我们所见，是一个想象力非凡的人，一个深刻、诗意的天才，一颗温柔、仁爱的灵魂。

论约瑟夫·康拉德 [1]

突然之间，我们的客人就离我们而去了，不容我们整理好思绪，也不容我们准备好说辞。他的不辞而别，正像他多年以前突然来到这个国家，便安顿了下来一样。他的身上总有一种神秘的色彩，这部分要归于他的波兰出身，再加上他令人印象深刻的长相，还有他喜欢住在穷乡僻壤，听不到流言蜚语，也不受女房东的打扰，这样一来，我们只好从那些纯粹是习惯了按按门铃就上门拜访的人那里打听些他的消息，据他们说，这位房主，虽不相识，但待人接物尤为得体，双眼明亮有神，说英语时，带着浓重的外国口音。

虽说死亡常常把记忆还给我们，鲜明而醒目，但康拉德的天才中有一些本质而非偶然的东西，依然让人难以接近。他晚年的声誉，除了一个明显的例外，毫无疑问在英国是最高的，但他并没有大受欢迎。他的作品，有人读了激情澎湃、欣喜愉快，有人则觉得无动

1　写于 1914 年 8 月。——原注

于衷、索然无味。他的读者，年龄、想法差异悬殊。十四岁的男学生，读过了马里亚特、司各特、亨蒂和狄更斯，读起康拉德的作品，也毫不例外地囫囵吞下。而那些涉猎甚广、饱食过各种风味的读者，还有那些口味讲究、挑三拣四的读者，他们在日积月累之中已经品尝到了文学的精华所在，懂得去回味那少有的珍肴，则会小心翼翼地将康拉德的作品端上盛宴的餐桌。所谓困难和争议，其原因之一，就在于康拉德作品的美之所在，有关这一点，无论何时，人们总是莫衷一是。我们打开他的书，所感觉到的，所明白的，想必海伦照镜子时一定也感觉得到，一定也明白，那就是，无论她做什么，无论在何种情况下，她都绝不会被当成普通的女人。康拉德就有这样的天赋，就是这样自学成才，他尽心尽力学习这门陌生的语言，追求其拉丁的特质，而非其撒克逊的特征，这样一来，似乎无论如何他也写不出丑陋的词句、无聊的话语。他的情人，他的风格，恬静中带着些许倦意。不过，若是有人跟她攀谈，她又会让我们无比艳羡，那种风姿，那种成就，何等威仪！然而，要是康拉德不这么执着于遣词造句，而只管直抒胸臆的话，说不定早已在名誉之外赢得了更广泛的欢迎。批评家指着他笔下那些著名的段落，批评它们太过突兀，让人困惑，分散了注意。用这种掐头去尾再和同样寻章摘句来的其他片段放在一起，把英国文学像插花那样给人看的方式去评论，已经成了他们的习惯。他们抱怨康拉德的自我意识太强，作品生硬造作，对他来说，自己的声音与人类痛苦的声音相比，更为可贵。这种批评，听来并不陌生，也难以驳斥，就像《费加罗》上演时聋子们的议论一般。他们看到了乐队，远远地听到了一些沉闷无趣的刮擦声，自己的交谈还不时被打断，因此，自然而然地，他们就认定了那五十名小提琴手与其在这儿刺耳地演奏莫扎特，倒不如去路上砸石头，这样一来，对人生而言，倒是一件更有意义的事情。虽说美可以学，美可以练，可这样的话，要我们怎么跟他们说，还要让他们接受？因为美的传授和她的声音是不可分的，而他们偏偏听不到。不过，读康拉德，只要不是只在格言手册里读上一两句他的名言，而是去读他的小说，去听一听他的那种生硬阴郁、含蓄矜持，又洋洋得意、庞大而严整的音乐，谁要是听不到善为什么比恶好，忠诚、诚实与勇气为什么好，那他恐怕是要被困在康拉德的表词达意中了，尽管，可能康拉德只是想让我们看看海上的一夜是多么美丽。不过，直白地把这样的暗示表达出来也并不是什么好事。这些暗示，一放进我们喝茶的小碟子里就枯萎了，离开了语言的魔力和神秘，它们就不再令人激动，不再令人兴奋，这种激动人心的巨大力量，这种在康拉德小说里隽永的品质，也就失去了。

正是这种激动人心的东西，这种船长式领袖的品质，才让康拉德吸引住了青少年。年轻人很快就发现，在《诺斯特罗莫》问世之前，他笔下的人物不管内心是多么细腻，创作者的表现手法是多么委婉曲折，这些人物基本上都是简单的，英雄式的。他们是水手，习惯了孤独和沉默。他们与自然斗争，但都与人为善。自然是他们的对手，是她将荣誉、宽宏和忠诚教给了男人；而在避风的港湾里，也是她，教会了任性、朴素的美丽姑娘如何成为女人。但最重要的，是自然孕育出了像惠利船长和老辛格顿这样久经考验的乖戾人物，他们令人费解，但即便费解，他们的形象依旧光辉四射。在康拉德看来，他们是人类的精英，他从不吝啬对他们的赞美：

> 他们坚强如是，与那些心中毫无疑虑也不抱希望的人
> 一般坚强。他们缺乏耐心却十分坚韧，躁动不安却能全力

以赴，桀骜不驯但又忠心耿耿。有人曾善意地把他们描绘成每吃一口饭都要抱怨几句的样子，担惊受怕地开始自己的工作。事实却是，他们了解辛劳、贫困、暴力、酗酒放荡——却不会恐惧，也不会心生怨恨。他们生活不易，却易于鼓动；他们沉默不语——但对那些为人生多舛唏嘘不已的人也打心底里不屑一顾。这样的人生，是他们自己的，是独一无二的。忍受这样的命运，对他们来说，似乎是上帝选民的特权！他们这一代人，活着的时候不善言辞，却又不可或缺，不知道情感的甜蜜，也不知道家庭的庇护——死了，也不怕坟黑墓窄。他们是那神秘大海永生的孩子。

这就是康拉德早期作品——《吉姆老爷》《台风》《水仙号上的黑家伙》《青春》——中的人物，不管流行如何变化，这些作品都已经在我们的文学中确立了经典的地位。不过，这些作品之所以可以位列经典，还是因其独具特色，这可是普通的冒险故事里所不曾有的，就像马里亚特或是费尼莫·库伯所讲的那些。因为，显而易见的是，要像炽热的恋人一般，爱意盎然、全心全意地去钦佩并赞美这样的人和这样的行为，我们必须具备双重的视野，我们必须同时看得见内心和外在。要称赞他们的沉默不语，我们必须拥有自己的声音。要欣赏他们的吃苦耐劳，我们必须善于察觉疲倦。我们必须和惠利和辛格顿这样的人一同生活，和他们平起平坐，这还不够，还要将这些有助于理解他们的品性全都掩盖住，好避开他们怀疑的双眼。这种双重生活，康拉德一个人就够了，因为康拉德就是两个人的结合。在他的身上，除了那位船长，还有一个敏锐、文雅、过于讲究，被他称为马洛的分析家。"最谨慎，最善解人意的人。"

他这样评价马洛。

马洛是那种天生的观察家，离群索居时最快乐。马洛最喜欢做的就是把船开进泰晤士河的某个偏僻的港湾，坐在甲板上，抽着烟回忆往事，抽着烟沉思，而后吐着烟圈，娓娓而谈，直至烟云缭绕了起来，弥漫了整个夏夜。马洛对同行的水手也同样抱着深深的敬意，但同时，也看到了他们的荒唐可笑。他细心观察，把这些肤色青黑的家伙如何坑骗了那些笨拙的老兵描述得惟妙惟肖。他对于人类的缺陷尤为敏锐，他生性爱讥讽。马洛的生活，并不全是烟雾缭绕的。他习惯于突然睁开双眼，看看某堆垃圾，看看港口，看看商店的柜台。然后，在一片混沌不明中，那东西被照亮了，在这燃烧着的明亮光环中变得如此完整。马洛善于分析又能自省，自然知道这个癖好。他说，这种力量总是倏然而至。比方说，他可能就是听到了一个法国军官小声说了句："我的天哪，时间过得真快！"

（他说）不会有比这更寻常的一句话了，可就是听到这句话的那一瞬间，我茅塞顿开。我们总是半闭着眼睛，堵着耳朵，脑瓜儿也不转。看得不确切，听得不明白，也不加思考地过此一生，这真让人惊讶。不过，在我们之中，要说有人从未有过片刻的醒悟，应该也是极个别而已。就在这难得的一瞬间，我们看到了，听到了，明白了，如此丰富——包罗万象——，不过，就这样一闪而过，之后，我们就又成了心满意得、昏昏欲睡的老样子。他说话时，我睁开眼，看到了他，仿佛从未见过他一般。

就这样，他在那片黑色的背景上描绘了一幅又一幅的画面。先是船，最多的也是船——下锚的船，暴风雨来临前飞速逃离的船，泊在港湾里的船。他画了夕阳和黎明；他画了黑夜；他画了千姿百态的大海；他画了五光十色的东方海港，画了那里的男男女女，他们的房舍和风情。他的观察准确，也决不动摇，练就了"对自己情感的绝对忠实"。康拉德写道："这就是一个作家在其创作的巅峰时刻所应该抓住不放的东西。"有时，马洛会十分平静而又深表同情地说出几句悼文式的话来，提醒我们，尽管眼前如此美好，如此光明，也不要忘记那背后的黑暗。

　　因此，经过这样一番粗略的对比，我们便会说马洛是发表评论的那个人，而康拉德则是那个作者。这种说法可以让我们理解康拉德所说的变化，虽然这样说也有些唐突。康拉德跟我们说，在他写完《台风》卷中最后一个故事之后，因为这两个老朋友之间的关系发生了某种变化，便有了一个"类似灵感方面的细微变化"——"……不知怎么，这世界上似乎再无什么可写了。"这句话，是康拉德——让我们假设一下——那个作者康拉德所说，是他满意地回顾自己所讲过的那些故事时，不无伤感的感慨之言。他以为自己无法超越《水仙号上的黑家伙》，写不出更生动的暴风雨，也超越不了《青春》和《吉姆老爷》，无法向那些英国水手们致上更为真诚的敬意。就在那时，马洛这个评论家提醒了他，在自然的旅程中，人一定会变老，会坐到甲板上抽烟，不再出海。不过，他又提醒说，那些艰苦的岁月，已经留下了记忆。他甚至还说到了，或许，是在暗示，尽管最后的话可能谈到了惠利船长和他与宇宙的关系，在陆地之上，还是有一些男人和女人，他们之间的关系，尽管更为私密，或许也值得一探究竟。如果我们进一步猜想，船上有一部亨利·詹姆斯的作品，马洛把这本书给了他的朋友，让他上床去读。我们这么想并非无凭无据，1905 年，康拉德就写了一篇很好的论文评论这位大师。

可以说，二人的关系，多年以来一直是马洛在占上风。《诺斯特罗莫》《机遇》《金箭》就是这种关系中的代表之作，还会有人发现这是他的创作最丰富多彩的时期。他们会说，人心比森林更复杂，也有暴风骤雨，也有黑夜里的魅影。如果你是个小说家，想要把人放在各种关系中去考验，那最好的选择就是人与人的关系。对他的考验来自社会，而非孤独。对他们来说，这些作品之所以独具魅力，就因为那双明亮的眼睛所注视的，不仅是荒凉的大海，还有复杂的人心。不过，必须承认，要是因此马洛就去建议康拉德改变一下他的观察角度，那也太鲁莽了。因为，作家的视角既复杂，又独特。复杂，是因为在小说人物的背后，在他们之外，必定有某种稳定、不变的东西，好让他将这些人物与之相连；独特，是因为他只身一人，只拥有个人的感受，他在包罗万象的生活中所能熟知、确信的方面，也注定是有限的。这种平衡如此微妙，极易被打破。中期以后，康拉德再也写不出与背景完美相衬的人物了。那些更晚出现也更为复杂的形象，远不如早期刻画的水手那样深得他的信任。在必须指明这些人物和小说家们那个看不见的世界、那个价值与信仰的世界之间的关系时，他也远不如从前那样确知到底这些价值是什么了。所以，在一场风暴之后，才会一再出现这样一句话："他小心地掌着舵。"而整个道德寓意则全在其中。但是，在这个越来越拥挤、越来越复杂的世界中，这种言简意赅的句子也越来越显得不合时宜了。那些关系复杂、兴趣各异的男男女女，无法接受如此扼要的价值评判。即使他们接受，仅凭这样一句话，他们身上那些重要的品质，大部分也都被漏掉了。然而，对于康拉德，这位才华出众、充满了浪漫气质的小说家来说，有一些创作的规矩可以遵循，也是十分必要的。他一直这样以为：这个由自觉的文明人组成的世界基本上是建立在"几个十分简单的概念"之上的。可在这个思想也好，个人关系也好，都如此复杂的世界里，叫我们上哪儿才找得到这样几个概念呢？客厅里可找不到桅杆。政客和商人的价值，也由不得台风来考验。哪里也找不到这样的支撑，无可奈何之下，康拉德的后期世界变得晦暗不明、不再确定，仿佛理想破灭一般，让人困惑、不堪疲惫。在一片暮色中，我们只听得到那嘹亮而高尚的老调：忠诚、怜悯、荣誉、服务——总是那么动听，但如今一再老调重弹，听起来总有几分疲惫，似乎已是昔日不再。或许，这都要怪马洛。他的思维习惯有点儿一成不变。他在甲板上坐得太久了。自言自语，可谓精妙，一旦要与人对话，就有点捉襟见肘了。而那些一闪即灭的"片刻的醒悟"，又不似灯光般稳定，照不亮生活的涟漪，也照不亮岁月的久长。或许，从一开始，他就没有考虑过，要是康拉德打算写作的话，当务之急是要搞清楚，他应该抱着什么样的信念去创作。

所以说，尽管我们也应当涉猎康拉德后期的作品，也会有一些奇妙的收获，但其中的大部分还是会乏人问津。而那些早期的作品——《青春》《吉姆老爷》《台风》《水仙号上的黑家伙》，我们应去完完整整地细细品读。因为，若是有人问起康拉德的哪部作品可以流传于世，在小说家里我们会把康拉德排在第几，我们就会想起这些书，想起书里那些非常古老却完全真实的故事，想起那些曾深埋地下如今终于得见天日的故事。这时，这些问题和比较，就显得有些微不足道了。它们完整而平静，那么质朴，又那么动人，从我们的记忆中——升起，宛如炎炎夏夜里的明星，缓慢而庄重地升起，先是一颗，接着，又是一颗。

论简·奥斯汀

　　若是卡桑德拉·奥斯汀小姐由着性子一意孤行，那么，恐怕除了几本小说，我们对简·奥斯汀的文字就要一无所知了。唯有在写给姐姐的信中，简·奥斯汀才敞开了心扉，把自己的种种心愿一一相告，如果谣言不虚，她还说到了人生中唯一的一次重大挫折。不过，等到卡桑德拉·奥斯汀年事渐高，妹妹的声名也与日俱增，她便开始担心，总有一天会有不相干的人来刨根问底，学者们也要妄自揣测。她就狠下心来，把但凡能满足他们好奇心的信件全都付之一炬，只留下了那些在她看来无足轻重、不会引人注目的东西。

　　这样一来，我们对简·奥斯汀的了解，就只剩下那么几句流言、一两封书信，还有她的全部作品了。至于流言，倘若可以流传至今，也就不容小觑，只消稍作整理，对我们就会大有裨益。譬如说，小费拉德尔菲亚·奥斯汀这么说她的堂姐，简"长得一点儿也不漂亮，还一本正经的，一点儿也不像个十二岁的女孩……简是个怪脾气，还爱装模作样"。还有米特福德夫人——奥斯汀姐妹还是小姑娘的时候就认识了她们两个——认为简"在她印象里，算得上是最漂亮、最傻里傻气、最爱装模作样、一心要为自己找个丈夫的轻浮姑娘"。接下来，还有米特福德小姐的一位朋友，不知姓甚名谁，这会儿正来探望简，说她已经成了一个不折不扣的"老小姐"，没有人比她更古板拘泥、更沉默寡言的了，要不是《傲慢与偏见》让人看到了这副冷漠的外壳下面还蕴藏着一颗弥足珍贵的明珠，恐怕她不会比一根拨火棍或是一块防火的栅栏更引人注目了……"现在，情况是大不相同了，"这位好太太继续道，"她倒还是根拨火棍——不过是根人人都怕的拨火棍……写起别人来妙趣横生，自己却一声不吭，怎么可能不让人害怕！"当然，另一方面，还有奥斯汀的家人，这一家子本不喜欢自吹自擂，可是，人们说，她的几个哥哥"非常喜欢她，也非常以她为豪。因为她的才华、美德和迷人的风度，他们个个都喜欢她，以至于后来，每一个都爱从自己的女儿或是侄女身上去寻找他们亲爱的妹妹简的影子，当然，他们也并不指望能再见到谁可以与她媲美"。迷人，却古板；家里人见人爱，外人却望而生畏；牙尖嘴利，又心地善良——这些矛盾之处绝非水火不容，翻开她的小说，我们便会发现，害得我们脚下摔跤的还是作者身上这种复杂的性格。

先说说费拉德尔菲亚眼里的这个一点儿也不像十二岁，脾气古怪、装模作样、一本正经的小姑娘，不久就要变成一个女作家，写下一篇令人称奇、毫不稚嫩的小说——《爱情与友谊》[1]，让人难以置信的是，那时，她才不过十五岁。显然，这是为了给书房里带来几分乐趣所写的。同一本书里的另一篇小说则故作庄重，献给了她

1　《爱情与友谊》，查托与温都斯出版社。——原注

244

的哥哥，她的姐姐还为其中的一篇画了一些线条简单的头像作为插图。读来会觉得这些都是家里人聊以开怀的作品，其中的讽刺往往能切中要害，因为奥斯汀家的孩子们都爱嘲笑那些淑女，她们动不动就"长吁短叹，一头晕倒在沙发上"。

兄弟姐妹听到简大声读到她对他们深恶痛绝的恶习的最后一击，想必会开怀大笑。"奥古斯塔斯的死，让我饱受痛苦，一次不幸的昏厥简直要了我的命。亲爱的劳拉，可要当心昏厥……你爱多久发一次疯就发一次疯吧，可千万别昏倒啊……"她继续下笔如神，越写越快，快到了连拼写清楚都顾不上，把不可思议的冒险故事一一道来，关于劳拉和索菲亚，菲兰德和古斯塔夫；关于那个隔一天就驾着马车往来于爱丁堡和斯特林之间的绅士，那件放在桌子抽屉里的财物的失窃案，还有那些挨饿的母亲与扮演麦克白的儿子们。毫无疑问，这个故事一定在书房里引来了阵阵哄堂大笑。不过，不用说，这个十五岁的女孩，坐在共用的起居室自己的那个角落里写作，自然并非是为了博得兄弟姐妹一笑，也不是以飨家人。她是在为每个人写作，不是为了某个人，而是为我们的时代，为她自己在写作。换句话来说，即使是在这么小的年纪，简·奥斯汀已经开始写作了。从这些句子的节奏、条理和严谨中便听得出来。"她只不过是一个好脾气、懂礼貌、乐于助人的年轻女人。这样一个女人，很难让人讨厌——她只是不被人看在眼里。"这样的句子，自然不光是为了圣诞节的消遣。活泼、轻松、妙趣横生，无拘无束到了近乎胡闹的地步——《爱情与友谊》就是如此。不过，是什么如此清晰嘹亮，响彻了全书，又不会被其他的音调盖过？是笑声。那个十五岁的姑娘，在自己的角落里，笑对这个世界。

十五岁的姑娘总是在笑。宾尼先生要吃糖却错放了盐，就会惹得她哈哈大笑。汤姆金斯老太太一屁股坐到了猫身上，她们差点没笑死。不过，没一会儿的工夫，她们又哭了。她们还没有一个固定的安身之处，不能在那里看到人性中永远的可笑之处，不能在男人和女人身上看到永远会引起我们讽刺的地方。她们不知道，给人白眼的格雷维尔夫人和可怜的遭人白眼的玛利亚，是每个舞会上都必定存在的角色。不过，对于这一点，简·奥斯汀好像打生下来就明白了。就像是有一位守护在摇篮旁的仙女，一等她出生就带着她飞遍了整个世界，待她再躺回摇篮中时，她已经不光知道了这世界的模样，还已经为自己选好了一个王国。她许下诺言，要是由她来统治这片国土，她将不复他求。这样，到了十五岁，她对其他人就几乎不抱什么幻想，对自己则连一丝幻想也不抱了。不管她写什么，已经是尽善尽美，也已不再受限于牧师的宅邸，而是放眼世界了。她是非个人化的，这让人觉得不可思议。当作家简·奥斯汀写下这本书中最出色的一段速写，记下格雷维尔夫人的一席谈话时，分毫不见牧师的女儿简·奥斯汀因遭人冷落而心怀怒气的任何痕迹。她的目光径直看向了目的地，我们便跟着清晰无误地在人性的地图上也看到了那个目的地的所在。我们也看得分明，是因为简·奥斯汀遵守了她的诺言，从不越过自己的边界一步。从不。即使是在十五岁，感情最易冲动的年龄，她也不曾因羞愧而扭过头去，因为爆发了一阵怜悯而抹平了讽刺的锋芒，或是让激情的迷雾模糊了故事的轮廓。她似乎用手中的魔杖冲着爆发和激情一指，说了句，停在那里，界限如此分明。但她也并不否认，在她的世界之外，还有月亮、群山和城堡的存在。她自己也写过一部传奇，那是为苏格兰女王而作。她的确十分仰慕她，称她为"世上最杰出的人物之一，一位迷人的公主。她那时唯一的朋友，只有诺福克公爵一人，而如今，还有惠特克先生、勒弗罗伊夫人、奈特夫人和我自己"。这番话干净利落地为她的热情画了一个范围，最后以笑声收场。回想一下不久之后年轻的勃朗特姐妹在她们北方的牧师家里是如何描述惠灵顿公爵的，倒是挺有趣的一桩事。

那个一本正经的小姑娘长大成人了。她成了米特福德夫人印象里"最漂亮、最傻里傻气、最爱装模作样、一心要为自己找个丈夫的轻浮姑娘"，还有，顺便说一句，她还成了一本小说——《傲慢与偏见》——的女作者，这本书，是她躲在一扇吱嘎作响的门背后偷偷写出来的，多少年也没能发表。据猜测，没过多久，她就开始了另一部小说——《沃森一家》，不知为何并不满意，没写完就放在一边了。大作家的二流作品值得一读，因为这为其杰作提供了最好的批评材料。在这儿，她写作的难处也更为明显，为了克服这些难题所用的方法也还没有被那么巧妙地隐藏起来。首先，最初的几章既生硬又空洞，足以表明她属于这样一类作家：他们在初稿里只是直截了当地罗列事实，然后一而再、再而三地修改润色，丰满血肉，渲染气氛。这是如何做到的——删去了什么，增添了什么，用了什么艺术手法——我们不得而知。但奇迹出现了，十四年来枯燥乏味的家庭生活，变成了那些优雅细腻、通达流畅的序言之一。而我们永远也想不到，简·奥斯汀为了这几页开场白，如何强迫自己一再挥笔修改，做出了多么大的努力。在这儿，我们才意识到，她毕竟不是魔术师。和其他的作家一样，她也必须创造出一种氛围来，好让自己独具的才华在其中开花结果。在这儿，她也试探摸索；在这儿，她让我们有所期待。突然之间，她做到了，笔下的一切都如她所愿地发生着。爱德华兹一家就要去赶赴舞会了。汤姆林森一家的马车就在眼前驰过；她能告诉我们，查理的"手套被递了过来，还要让他一直戴着"；汤姆·马斯格雷夫带着一桶牡蛎，躲到了某个偏远的角落，过得舒舒服服。她的才华得到了解放，生动活泼了起来。我们的感官立刻变得敏锐了，我们被她独具的魅力迷住了。不过，这其中又有些什么呢？不过是乡镇上的一场舞会，几对男女在会场里执手相牵，相顾言欢，吃点什么，喝点什么。而所谓不幸，不过是一个男孩子遭了一个年轻姑娘的冷眼，随后又引来另一个的青睐而已。没有悲剧，也没有英雄。但不知为何，与其表面的严肃相比，这小小的一幕让人感动至深。这让我们看到，要是爱玛在舞厅里的表现尚且能够如此，那么，在人生中那些远为沉重的危机面前，出于一片真心实意，她会表现出何等的体贴、何等的温柔来。而这一切，在我们眼前，必然会一一再现。由此可见，简·奥斯汀远比表面看来更为通情达理。她促使我们去把她不曾写下的东西补充完整。她笔下所写，乍一看，是一些琐事，却能在读者的心中铺陈开来，变化出持久不变的人生场景来。而她把重点都放在了人物身上。她让我们去猜测，当奥斯本爵士和汤姆·马斯格雷夫三点差五分登门造访，而玛丽也端上了茶盘和餐具时，爱玛的表现会是如何？这是个极为尴尬的场面。这两位年轻的先生一贯高雅斯文，爱玛或许会表现得有失教养、粗俗不堪、一无是处。这段对话峰回路转，让我们一直坐立不安。我们的心思一半系在眼下的局面，一半担心着接下来会怎样。最后，爱玛应对自如，不负我们的厚望，这让我们深受感动，仿佛见证了何等的大事。一点不假，就在这里，在这部尚未完成、质量不高的作品中，就已经具备了简·奥斯汀所以伟大的全部因素。文学的永恒品质就在其中。即使抛开表面上的生动活泼、栩栩如生不谈，其中对人类价值的细微甄别也仍带给我们更深的乐趣。倘若把心中这点乐趣也撇开不谈，这种更为抽象的艺术也能让我们心旷神怡。在舞厅的一幕中，纷纷涌现的情感、匀称停当的比例，此情此景，宛若诗歌，本身就足以赏心悦目，而不只是作为推动情节向着彼处或此处发展的一个环节而已。

不过，流言里的简·奥斯汀古板拘泥、沉默寡言，"是根人人都怕的拨火棍"。关于这一点，也有迹可寻。她下笔毫不留情，算得上整个文学史上始终不渝的讽刺家中的一个。《沃森一家》开头尚显生硬的几章，足以证明她并非一个多产的作家。她不像艾米莉·勃朗特，只消打开门，便才华毕露。她不骄不躁、满心欢喜地捡回来细嫩的枝干和麦秆，整整齐齐地放在一起，用来搭一个窝。那些树枝、麦秆已经晒干，上面还沾了些尘土。大宅邸，小房子，茶会，宴会，偶尔的野餐……生活跳不出这些尊贵的亲戚朋友间的往来，也离不开充足的收入。泥泞的道路，溅湿了的双脚，女士们总嫌疲劳厌倦，一些众所遵循的成规，住在乡下的中产阶级家庭普遍享有的那些许的尊贵和教养。罪恶、冒险、激情，统统被排除在外。平淡无奇的琐碎小事却一个都不回避，一个都不曾放过。她耐心而准确地告诉我们他们如何"一路不停，直奔纽伯里，午餐晚宴合二为一，大饱口福后，一天的欢乐和疲惫这才结束"。对于传统，她可不是只在口头上表表敬意，她不仅接受传统，还心悦诚服地相信传统。当她动笔描述牧师，比如埃德蒙·贝特伦，或者，特别是水手的时候，他们的神圣职责看起来就成了妨碍，让她不能自由地运用自己的主要工具——她的诙谐才华，因此也就容易流于一本正经的称颂，或是平铺直叙的描述。不过，这些都是例外。她的态度，一般而言，可以让人想起那位不知名的太太的喊叫："写起别人来妙趣横生，自己却一声不吭，怎么可能不让人害怕！"她既不想改变，也不要销声匿迹，只是沉默不语，而这就足以让人害怕。她的笔下诞生了一个又一个的愚人、伪君子和凡夫俗子，譬如她的柯林斯先生们，她的沃尔特·埃利奥特爵士们和贝内特夫人们。她用鞭子一样的语言，把他们围作一圈，在鞭子飞舞之际，剪下他们永恒的身影。他们就留在了那里，不留借口，不留情面。而写下朱莉娅和玛丽亚·伯特伦后，什么都没有留下。伯特伦夫人却永远留了下来，"坐在那里，喊着柏格，不让他跑到花圃里去"。神圣的正义得到了伸张。格兰特博士一开始喜欢吃嫩鹅肉，结果"因为一周之内连赴了三次大宴，得了中风，一命呜呼了"。有时候，看上去，她笔下的这些人物，一生下来就是为了让她享受无上的快乐，一一被割去头颅。如果她心满意足了，连一根头发都不会去改，一块砖或是一叶草也不会去动，因为这个世界带给了她如此妙不可言的欢乐。

我们也是如此，实在不会愿意去改动。因为即使是出于强烈的虚荣带来的痛苦，或是义愤填膺的激动，要我们去改进这样一个充满了怨恨、狭隘和愚行的世界，这也是我们力所不能及的。人们就是这样——这个十五岁的女孩心中有数，这个成熟的女人证明了这一点。此时此刻，某个伯特伦夫人正要阻止柏格跑到花圃里去；她让查普曼去帮范尼小姐，只是稍迟了一点。奥斯汀的眼光准确，讽刺也恰如其分，尽管由始至终一贯如此，还是差点从我们的眼皮子底下溜走了。因为没有一丝一毫的狭隘或是怨恨来打断我们的沉思。欢乐奇异地和我们的乐趣融合在了一起。美，让这些愚人也熠熠生辉。

这种难以捉摸的品质，组成的部分常常截然不同，唯有独具禀赋，才能将其融会贯通，结合在一起。简·奥斯汀的聪明才智与她成熟的鉴赏力相得益彰。她笔下的愚人就是愚人，势利小人就是势利小人，因为他距她心中精神健全、神志清晰的标准相去甚远，即使她让我们开怀大笑时，这一点也清晰无误。从没有哪位小说家，对人类的各种价值如此了然于胸，更使其——跃然纸上。她使那些有违仁慈、诚实和真挚——这些英国文学中最讨人喜欢的品质——的行为暴露无遗，因为这有悖于她的那颗无瑕的心灵、明察秋毫的眼力和近乎严酷的道德观。完全是用这样的方法，她写出了瑕瑜互见的玛丽·克劳福德，让其喋喋不休地说她反对牧师，或是赞成一位拿着十万英镑年俸的准男爵，说得轻松自在、兴致勃勃。但有时，简会敲出自己的音符，声音虽不响亮，却十分悦耳动听，立刻就让玛丽·克劳福德的唠叨变得索然无味，尽管听上去也仍让我们觉得有趣。她的笔下就这样出现了一幕幕深刻、美丽而复杂的场景。对照间，产生了某种美，甚至，称得上庄重，这不仅和她的才智一样引人注目，而且，这还是她的才智中不可或缺的一部分。《沃森一家》让我们预先体味了这种力量，一件平平常常的善意之举，在她的笔下为何便如此意味深长，不禁令人惊诧。在她那些不朽之作中，这种天赋的运用已是炉火纯青。一切都是如此寻常。正午的南安普敦，一个迟钝的小伙子正跟一个弱不禁风的大姑娘在台阶上交谈，他们正要上去更衣赴宴，女用人们从他们身边经过。但是，就在这些琐碎平常之处，他们的话突然变得大有深意，这一刻对他们来说，也成了生命中最值得纪念的时刻。这一幕充实闪亮起来，变得光彩夺目，浮现在我们的眼前，显得如此深邃，颤抖着，一瞬间似乎万籁俱静。然后，女用人走过，这颗凝聚了全部人生幸福的水滴，又一次悄然而落，化为了平凡的人生潮汐中的一部分。

简·奥斯汀的目光既然可以洞悉人心，那么，她选择了日常生活中的琐事，诸如派对、野餐、乡间舞会作为自己的题材，还不是自然的事情？摄政王和克拉克先生"提了建议，让她改变一下文风"，她对此无动于衷。而所谓的传奇、冒险、政治和阴谋，统统比不上她在乡间宅邸的楼梯上亲眼所见的生活。的确，摄政王和他的图书馆管理员碰了个大钉子，他们试图动摇一颗不受腐蚀的良心，干扰她那万无一失的判断力。那个在十五岁就写下了如此优美句子的小女孩从未辍笔不耕，也从来没有为摄政王或是他的图书管理员动过笔，她只为广大的世人写作。她深知自己的能力所在，也知道一个对作品要求苛刻的作家，哪些材料才能让她用起来更得心应手。有一些印象落在了她的能力之外，有一些情感，无论她如何尽己所能、如何施展才华，也无法为其穿上合适的外衣、恰如其分地表达。举例来说，她就没有办法让一个姑娘兴致盎然地大谈特谈旗帜和教堂。她也无法全心全意地沉浸在什么浪漫的瞬间。她会想方设法地避开激情的场面。对于大自然的美景，她也自有办法旁敲侧击。她可以去描述曼妙的夜色，却对月亮只字不提。尽管如此，她笔下典雅的句子，"无云的夜空，满目粲然，林间的浓荫，正与之相映"，虽然只是寥寥数笔，但那样的夜，一下子就"庄重、安详、可爱"了起来，就像她所说的一样。

她的种种才华，极为平衡得当。凡是完成了的小说，没有一部是失败之作，各章各节也鲜有参差不齐，没有哪一章会让人觉得大为逊色。不过，她毕竟四十二岁就死了，死时正值她才华的巅峰。她的创作还有可能改变，而作家的晚年往往正是因为这些改变才如此引人入胜。简生性活泼、不可抑制，洋溢着生机勃勃的创造力，如果她活下去的话，无疑会写出更多的作品来，这也让人好奇，想要知道她是否会换上一种写法。月亮、群山和城堡都在她的范围之外，界限分明。不过，她不是也有片刻想到了要越过这道界线吗？她不是已经开始，那么欢天喜地、才华横溢地计划着一次小小的发

252

现之旅吗？

　　让我们拿出《劝导》，她完成的最后一部小说，借此一探那些如果奥斯汀在世，有可能写出的作品。在《劝导》中，有一种独特的美和一种独特的沉闷。沉闷常见于两个阶段之间的过渡时期。因为作者心里生出了些许的厌倦。她对自己的世界太过了然于心，下笔之际再也找不到任何的新鲜感。小说中的喜剧场面略嫌刺耳，这也许是因为某个沃尔特爵士的虚荣或是某个埃利奥特小姐的势利，再也不让她觉得好笑了。讽刺变得生硬，喜剧场面变得粗糙。日常生活的种种可笑之处，已经不再让她觉得鲜活有趣。下笔之际，她有些心不在焉。不过，虽然我们读来觉得这些她已经写过，还写得更好，但我们也还有一种感觉——简·奥斯汀正在尝试着去做一些前所未有的事情。在《劝导》中，有了一种新的因素、一种新的特征，或许，正因此，休厄尔博士才如此激动，称之为"她最美的作品"。她开始认识到，这个世界比她想象的更大、更神秘，也更为浪漫。她对安妮所说的一句话，在我们看来，也适用于她自己："年轻的时候，她不得不谨小慎微，待到年纪渐长，才解风情——不自然的开端，结果自然就是这样。"她常言及自然的瑰丽与沉郁，笔下一贯的春风化作了秋月。她谈到"乡间的秋日，带来如是的甜美和哀伤"。她注意到"落叶黄，而草木凋"。她看到，"人不会因为在一个地方吃了苦头，就对那里少了几分爱"。不过，她的变化不只表现在她对自然的敏感上，她对人生的态度也发生了改变。在大部分的篇幅中，她都是通过书中一位妇女的眼光来观察人生，因为自己身遭不幸，所以这位女主角对于旁人的幸与不幸都怀着一种特殊的同情。然而直至终篇，她还是不得不保持缄默，只在心底做出一番评判。因此，和往日相比，奥斯汀看到了更多的感情，而非事实。音乐会的一幕以及有关妇女坚贞的那段著名谈话明白地表达出了一种情感，这不仅证明了一种传记上的事实，说明简·奥斯汀也曾爱过，还证明了一个美学上的事实，说明她已不再害怕说出这种感情。若是严肃的人生经历，就必须深埋于心底，让时间的流逝使之彻底净化，然后，她才能允许自己在小说中予以表达。不过，现在，1817年，她已经准备好了。而从外界来说，她的处境也将迎来一番变化。她的名声增长缓慢。"我怀疑，"奥斯汀·利先生写道，"能否再指出任何一位著名作家，像她那样完完全全过着默默无闻的生活。"倘若她能再多活上几年，一切都会改变。她会在伦敦生活，外出赴晚宴、赴午宴，会见名流、交朋识友，阅读，旅行，然后，将日积月累的诸多见闻带回乡间宁静的小屋内，以供闲暇时尽情回味。

而这一切又会对简·奥斯汀尚未写出的那六部小说产生怎样的影响呢？她想必不会去写犯罪、情欲或是冒险的作品，也不会因为出版商的催促或是朋友的奉承而敷衍了事，写下违心的文字。但她一定能了解到更多的东西。她的安全感一定会动摇。她的幽默一定会受到损害。她一定不会再对人物对话委以重任（这在《劝导》中就已经初见端倪了），而会更多地诉诸内心的沉思，以此让我们了解她书中的人物。想要永远把舰队司令克罗夫特或是马斯格罗夫太太记在心中，只需短短几分钟的闲言碎语，这些妙不可言的短小对话就把我们所应知道的一切都言简意赅地概括了。但若要以这种匆匆记下、漫不经心的方式将整章的人物刻画和心理分析囊括在内，恐怕会失之粗糙，无法将她现在所体味到的复杂人性一一道尽。她一定会创造出一种新方法，一如既往地清晰明了、从容不迫，不过将会更深刻，也更意味深长。因为她将不仅仅道出人们说出的话语，还要一抒他们未曾吐露的心声；不仅仅说出人的本质，还要将生活的真相公之于众。她会离开笔下的人物稍远一些，更多地把他们视为群体，而不是个人。她的讽刺，虽不再是一以贯之，却要严厉得多，也苛刻得多。她将走在亨利·詹姆斯和普鲁斯特的前面——不过，够了。这些推测不过是白费力气：这位女性之中最为完美的艺术家，这位写出了不朽之作的作家，"正当她对自己的成功开始树立信心的时候"，便与世长辞了。

论蒙田

有一次，在巴勒迪克，蒙田看到一幅西西里国王勒内的自画像，就问道："同是画像，为什么用画笔就合法，用文字就不合法了？"我们一定不假思索就会脱口而出：这不光合法，并且，没有比这更简单的了。别人的模样我们可能记不住，可自己的样子，我们还不清楚吗？那就动笔吧。可真要我们写了，笔却从我们的指尖滑落了。用文字来做自画像，难度之大，超乎想象，让人无能为力。

毕竟，放眼文学，又有几人成功地用文字为自己画了像？大概只有蒙田、佩皮斯和卢梭。《虔诚的医生》[1] 是一面上了色的玻璃，一片昏暗之中，隐约可见几颗飞过的星辰和一个奇异、骚动的灵魂。而那本著名的传记[2]，就像一面擦得锃亮的镜子，照得见博斯韦尔的脸，从别人的肩旁探头探脑。而像这样随心所欲、事无巨细地谈论

1　《虔诚的医生》：1643年出版，由英国17世纪散文家托马斯·布朗所著，是其早期的自传性作品。
2　指《约翰生传》。

自己，无论重要或琐碎、活泼或委顿，规规矩矩还是放肆不羁，都一一和盘托出，描绘了灵魂的迷惑、多姿，甚至是瑕疵——这种艺术只属于一个人，就是蒙田。数百年来，这幅画前总围着一群人，他们凝神入画，看到自己的面目也映在画中，瞩目愈久，体味愈深，却说不出看到的究竟是什么。层出不穷的新版本证明了其持久的魅力。英国的纳瓦尔社重印了科顿的译本，装帧精美，整整五卷[1]；而在法国，路易斯·科纳尔公司发行了蒙田的全集，这一版汇集了各种文本，凝聚了阿曼古德教授的毕生所学。

要把自己的一切如实道出，发现近在咫尺的自我，绝非易事。

我们只听说，有两三位古人走过这条路（蒙田语）。自此再也无人问津。因为，那要像追逐灵魂一样，跟着信马由缰、变幻不定的节奏；还要穿过错综复杂、迂回曲折的黑暗深处；还有那些众多灵巧的细微变化，既要看得准，还要抓得住。这样的道路绝非坦途，甚至，比看上去还要崎岖难行。这是件新奇的任务，如要投身于此，世间那些虽然寻常却最受人推崇的工作就要统统抛下了。

首先是表达的难处。我们都喜欢思考的过程，因为这让人觉得新奇而愉快，可一旦我们表达思想，即使只是跟对面的人说一说我们在想些什么，顿时就会觉得，可以表达的，竟然如此之少！思想的幽灵在脑海中一闪而过，还没等我们抓住它就飞出了窗外。或者，这摇曳的光，纵然一时照亮了那黝黯的深处，又缓缓沉没，一切复归黑暗。容貌、声音还有口音弥补了文字的不足，谈天说地的人物让文字黯然失色。文字失于刻板、有限的表达，还有自己的各种惯例和礼数。并且，文字也过于傲慢——明明是平常人，拿起笔

1　《蒙田随笔》，查尔斯·科顿译，五卷本，纳瓦尔出版社。净价六英镑六先令。——原注

来就仿佛成了圣人，平日里磕磕巴巴说出的话，变成了庄重堂皇的文字。正因此，蒙田挥洒自如的活力，才让他从众多古人中脱颖而出。我们丝毫不怀疑，蒙田的书就是他自己。他拒绝说教，反倒不停地跟我们说，他和寻常人没什么两样。他所做的一切努力，就是记下自己的一切，并如实传达，而这就是那条"绝非坦途，甚至，比看上去还要崎岖难行"的路。

因为传达自我已属不易，忠于自我更是难上加难。我们的灵魂或是内在的生命，和外在的自我一点儿也不吻合。要是我们胆敢问一问她在想些什么，那么，我们所听到的，与从别人口中听到的，一定是大相径庭。譬如说，别人一向以为，人一旦上了年纪，身体不如从前，就该待在家里，向外人展示一下琴瑟和鸣，好让我们也学一学夫妇之道。蒙田的灵魂正相反，她会说，上了年纪，就该出门旅行，至于婚姻，恰恰很少建立在爱情之上，待到老之将至，往往更是徒剩其表，倒不如一拍两散更好。政治也同样，对于帝国的伟大，政治家们总是交口称赞，对于开化蛮夷的高尚责任，也是竭力鼓吹。但是，看到墨西哥的西班牙人，蒙田却怒火中烧，大声疾呼："这么多城市被夷为平地，这么多国民被赶尽杀绝……就为了买卖珍珠和辣椒，这片世间最富饶的土地，这个世上最美丽的国家，被搅了个天翻地覆！这是多么野蛮、卑鄙的胜利！"接着，来了一群农民，说他们发现有人浑身是伤，眼看要死了，可又怕法院会把罪名加到他们头上，便丢下不管。蒙田就问了：

我该对这些人说什么好呢？这些人的好心肠的确会让他们惹祸上身……没什么比法律犯的错更多、更严重、更司空见惯了。

258

灵魂越来越不耐烦，蒙田最讨厌的，就是习俗和礼数，所以，他的灵魂才对这些常见的现象大加痛斥。不过，也看看她凝神沉思的样子吧，就在那座塔楼内室的炉火旁。塔楼与主楼并不相连，可以俯瞰整个庄园，视野十分开阔。她真是世间最奇特的生物，这时的样子，一点儿英雄气概也没有，就像风信鸡一样变化无常，"时而扭捏羞涩，时而目中无人；时而纯洁端庄，时而欲望高涨；时而唠唠叨叨，时而缄默不语；时而生硬刻板，时而细腻柔和；时而聪明伶俐，时而笨拙迟钝；时而郁郁寡欢，时而生气勃勃；时而谎话连篇，时而真实可信；时而见多识广，时而孤陋寡闻；时而慷慨大方，时而贪得无厌，时而又挥霍无度"——简而言之，如此复杂难懂，如此飘忽不定，和那个替她在公众前抛头露面的形象是如此大相径庭，以至于，为了追寻她，要花上我们一生的时间。即便这种追寻会影响到世俗的大好前程，追寻的乐趣也足以弥补一切。意识到了自我存在的人，才能真正地独立，才知道人生并不无聊，只是过于短暂，才能从心底感到平和与宁静的快乐。只有这样的人才算活着，而其他人，不过是礼数的奴隶，让生命如梦如幻般白白流逝了。一旦顺从，一旦因为别人做了什么，就跟着做了，那么，懒散就会偷偷地爬满灵魂纤细的神经和感官。她就会变得徒有其表，内心空虚，变得沉闷、冷漠、麻木。

　　如果要我们去问这位生活艺术的大师，向他讨教秘诀，那他一定会建议我们回到自己的塔楼上去，待在内室里，打开书，一页一页地读，去追寻幻想，跟着它们一个接一个地爬上烟囱，让别人去管理世界好了。退隐与冥思——他开的良方里，这两味药一定最重要。可惜，并非如此。蒙田绝不会这么直言不讳。要想从这个半露微笑、半带愁容，总爱拐弯抹角，神情恍惚、古怪，一副睁不开眼睛模样的男人口中挤出个明白的答案来，简直比登天还难。事实上，乡村生活，纵然有书为伴，不缺蔬菜和花朵，往往还是十分乏味无趣。他也没觉得自家的青豆比别人的好。在他看来，巴黎才是世上最好的去处——"哪怕是她的缺陷和瑕疵也令他倾倒"。至于说读书，从没有哪本书，一次能让他读上一个小时，他的记性也很差，从这间屋走到那间屋，就把脑袋里的东西忘了个精光。书本知识不值得骄傲，至于科学成果，又算什么呢？他总和聪明人来往，他的父亲对他们也十分崇拜，但是，他发现，就算他们都有些颇为得意之时，可以高谈阔论，也不乏真知灼见，可即使是最聪明的那个，一旦做起傻事，也和寻常人并无二致。就看看你自己吧：这一刻还得意扬扬，可下一刻，一块碎玻璃就可以让你变得怒气冲冲了。走极端总是危险。最好还是待在路中央，跟着寻常的车辙，别管多么泥泞。写作也是一样，就用普通的词儿，不需要雄辩，也不用修辞——不过，诗意确实诱人，而所谓最好的散文，也就是充满诗意的散文。

那么，我们追求的，看似是一种普通人的简朴。或许我们喜欢待在塔楼上，待在自己的房间里，四壁粉刷一新，宽大的书架近在咫尺。可是，楼下的花园里就有人在翻土，早晨他才安葬了自己的父亲，而正是他，正是像他一样的人，才过着真实的生活，说着真实的语言。这话似乎不假。寻常百姓说的话，都很实在。或许，论起品质，无知的人倒比有学问的还要高尚。不过，他又说，下等人真令人生厌！"他们是愚昧无知、颠倒是非、反复无常的根源。聪明人的生活，要靠蠢材们的判断来决定，这难道合理吗？"他们头脑简单，缺少判断力。只能跟他们说些简单可行的道理，不能让他们去面对事实。只有出身高贵的灵魂才能了解真相。那么，谁才算出身高贵呢？我们该向谁学习效仿呢？但愿蒙田能直截了当地告诉我们。

可惜，也没有。"我不教，我只讲。"毕竟，他连自己的灵魂，也没法"简单、准确、条理清晰、毫不含糊地用一句话说出来"，又怎么能把别人的灵魂说明白？确实，对他而言，自己的灵魂也变得日益难以知晓了。或许，只需这么一条品质，或者说原则，就是，不要立规矩。我们引以为榜样的那些人，譬如，艾蒂安·德·拉·波埃西，就很灵活，从不拘泥于规矩。"出于不得已，把自己拴在单一的生活方式上，那不叫生活，不过是活着而已。"规矩一旦立下，就成了陈规旧习，因为人类的种种冲动，千变万化、永不停息，不消多久，规矩和生活就大相径庭了。习惯和风俗，只是用来方便那些胆小的人，他们不敢让灵魂为所欲为。可是我们，把个人生活看得比什么都重要，任何装模作样会立刻引起我们的警觉。我们要是去大声疾呼，去装腔作势，去发号施令，我们也就不复存在了。我们就是在为别人而非为自己活着了。对于那些为了公共事业而放弃自我的人，我们一定心怀敬意，也会为他们深感同情，因为他们不得不做出了牺牲。但要说我们自己，还是将名声和荣誉，高位和重权，这些需要我们背负义务与责任的，统统留给别人吧。就让我们迷人的混乱、冲动的大杂烩和永恒的奇迹在自己硕大无朋的锅里慢慢沸腾——因为，灵魂无时无刻不在创造奇迹。运动和变化是人之本质所在，一成不变就意味着死亡，循规蹈矩就意味着死亡：就让我们想到什么说什么吧，翻来覆去也好，前言不搭后语也好，不着边际地吹牛皮、肆无忌惮地奇思异想都好，不要去理会旁人做什么、想什么，或是说什么。因为，生活最为重要，当然，还有秩序。

所以，作为我们人类本质所在的自由，也必须加以限制。可又有怎样的力量才能助我们一臂之力呢？既然不管是对个人观点的约束，还是公共的法律，蒙田都嗤之以鼻，还不断地奚落人性的可悲、软弱和虚荣。这是不是说，或许，我们还是转向宗教以求指引比较明智？"或许"是他最喜欢的表达方式之一。"或许"，还有"在我看来"，以及所有那些可以让人觉得，人类无知的言论不那么草率、不那么武断的表达。有些观点，要是直截了当地说出来，恐怕太过失礼，而有了这些表达，就可以少些唐突。因为我们不能口无遮拦。有些话，还是委婉地说来为好。我们在为少数人，为那些可以理解的人而写。固然，我们千方百计希望得到上帝的指引，但是，与此同时，对那些离群索居的人来说，他们可以寻求帮助的，还另有其人——一个无形的、在他们内心的审查官，用蒙田的话来说，就是"心里的主人"。跟其他人相比，他的指责更让人害怕，因为他知道真相，他的赞许之声，也比任何人的都更加悦耳动听。这是我们不得不服气的法官，这位审查官，会帮我们获得秩序，唯有出身高贵的灵魂才有此殊荣。因为"这种优雅的生活，即使孤身一人也秩序井然"。但他会按照自己的想法来行事，通过某种内心的平衡，可以获得那种不断变化的从容，当其控制之时，绝不会阻碍灵魂自由的探索和试验。既没有其他指引，也没有先例可循的话，想要过好独处的生活，自然远比公共生活困难得多。这门艺术只能独自去学，尽管，或许，也有那么两三个人——譬如，古人当中的荷马、亚历山大大帝和伊巴密浓达，今人之中的艾蒂安·德·拉·波埃西——他们可以作为榜样，对我们有所帮助。不过，这是门艺术，这门艺术所用的材料千变万化、错综复杂，还无比神秘——那就是人性。对于人性，我们一定要密切关注。"……唯在活生生的人之中方能存在。"要是怕脱离人民，就不能太孤僻，也不能太高雅。

那些随和的人是有福的，他们能轻松自在地和邻居聊天，聊一聊他们的消遣、房产，或是与人家的争执，和木匠、花匠谈天，也乐在其中。交流是正事；社交和友谊是我们主要的乐趣；读书也是，不为学习知识，也不为谋求生计，而是要让我们的交际不再为一时一地所困。要知道，大千世界无奇不有，像翠鸟、未知的土地。或许，真有长着狗头、胸口生眼的人，他们的法律和习俗说不定比我们的还要高明得多；或许，在这世上，我们只算得上沉睡而已；或许，有某种生物，拥有我们所没有的感官，能看到另外一番景象。

蒙田的散文中，尽管不乏一些矛盾的说法、一些言犹未尽之处，但还有一些是确定无疑、明白无误的。那就是，这些散文试图与我们交流的，是一个灵魂。在这一点上，他至少毫不含糊。他并不要变成什么名人，不为日后可以给别人留下几句名言，也不为塑什么像，好安放在集市广场的中央。他只希望可以把自己的灵魂表达出来。表达与交流才是健康，才是真诚，才是快乐。我们应当分享，应当鼓足勇气，直抵内心，将那些藏着掖着、病态十足的念头，暴露出来，不再隐瞒，不再做作。如果我们无知，那就欣然承认，如果我们热爱朋友，那也如实相告：

> 因为，经验的教训告诫我，一旦失去了朋友，最大的安慰莫过于，我们不曾忘记对他倾诉衷肠，跟他有过推心置腹的交流。

就有这样的人，旅行的时候，把自己裹得严严实实，用沉默和疑心"来保护自己免受这陌生空气的传染"。途中吃饭，也要和家里吃的丝毫不差。风景也好，风俗也罢，只要和家乡的有些出入，统统称之为不好。他们出门只为了回家。这样做，一开始就大错特错。该在哪里过夜，打算几时回来，这样的事情，就不该在出发的时候确定下来。去旅行，就足够了。要说出发之前最要紧也最难的，就是找一位与自己相投的人一同出行，好在路上谈天说地，无拘无束。须知，快乐与人分享，才有乐趣。至于说感冒、头痛——为了快乐，旅途中生点小病，这样的风险，冒一点也值得。"生活的好处，主要就在快乐。"而且，凡是我们喜欢做的事情，对我们来说，就总是有益而无害的。学究们和智者们或许会反对，不过，且让他们和自己阴沉沉的哲学相伴吧。既然我们只是些凡夫俗子，那就尽情享用自然所赐的全部感官，对她的慷慨相赠以示感谢，赶快尽己所能，调整我们的姿态，时而向着这儿，时而向着那儿，趁着太阳还未下山，快去追寻温暖的怀抱，享受青春的亲吻，倾听美妙的歌喉，还有歌中卡图卢斯那曼妙的情诗。不管一年四季，阴雨还是晴空，杯中是红酒还是白酒，有人相伴还是孤身一人，都应这样寻欢作乐。甚至是那限制了生活乐趣、可悲可叹的睡眠，也可以满是欢梦。而最普通的行为——散散步，聊会天，在自家果园里独处——也可以变得多姿多彩，只要，用内心的想象将其点亮。美无处不在，而美和善只有一步之遥。所以，为了我们的身体和头脑，就不要老惦记着旅途何时结束。就趁我们还在种白菜，或是还骑在马背上的时候，让死亡降临吧，要不然，就等我们溜去哪家农舍，在那儿让陌生人为我们合上双眼。千万不要让我们死在仆人的恸哭声中，也不要死在亲人的抚摸之下，这会让我们无法承受。要是在我们消遣风流之际死去，死在一同作乐的伙伴、死在姑娘们中间，那是再好不过了，她们绝不会怨声载道，也不会失声痛哭，就让我们在"赌博、吃喝、戏谑，人人喜欢的闲聊、音乐和爱情诗"中死去。好了，关于死亡，我们说得够多了，还是生命更要紧。

这些文章并没有结束，但就这样戛然而止了，然而渐渐清晰地浮现出来的，正是生命。随着死亡逼近，生命、自我、灵魂，以及我们存在的每个事实，都变得越来越精彩。他告诉我们：无论冬夏，他总穿双长丝袜；酒里总要掺上水；爱在饭后去理发；喝酒一定要用玻璃杯；他从不戴眼镜；说话一贯大嗓门；手里拎着根鞭子；吃饭经常咬到舌头；两只脚总爱动来动去；喜欢掏耳朵；觉得肉变了味才叫好吃；用毛巾擦牙齿（感谢上帝，他的牙齿一向很好！）；床上必须有床帐；最古怪的，莫过于他一开始喜欢吃小萝卜，后来不爱吃了，可现在，又重新喜欢上了。总之，不管多么小的琐事，都不曾从他的指缝间漏掉，而且，这些事情，除了有趣之外，还有一种神奇的力量，让我们只须想象，就足以看到不同的事实。仔细观察一番他的灵魂释放出了怎样的光与影；让具体的变成了虚幻，让虚幻的变成了具体；让白天也充满了梦幻；幻相和真实，同样令人激动；在死亡之时，也不忘拿琐事来玩笑一番。也好好看看，她又是多么表里不一，多么错综复杂。听说朋友遭了殃，就深表同情，但看到别人倒霉，心里又有些幸灾乐祸的快意。她轻信，可同时，也疑心重重。看看她又是何等敏感，尤其是年少时的种种印象。蒙田说，一个富人会去偷东西，就因为小时候父亲过于吝啬，不给他钱花。而他自己去修墙，也只因父亲喜欢修修建建。简言之，灵魂布满了神经和感应，所以每一个举动都如此敏感，而且，就算是已经到了1580年，还是没人能知道得一清二楚——我们这么胆小怕事，只知道守着四平八稳的陈规和旧习——究竟灵魂如何运作，究竟灵魂是什么。我们只知道，在所有一切事物中，灵魂最为神秘，而一个人的自我，才是世间最大的怪物和奇迹。"而我越是反省，越认识自己，自己的畸形就越发让我吃惊，也越来越不了解自己。"蒙田就这样，观察，不停地观察，并且，只要世间墨、纸犹存，他就会写下去，"不知停顿，不知疲倦"。

不过，我们还有最后一个问题要问，只要能让这位生活艺术的大师，暂时放下他那迷人的工作，抬起头来。这些出色的文章，不管是只言片语的零碎短文，还是学识渊博的长篇大论，不管是逻辑清晰的论述，还是自相矛盾的说法，我们都从中听到了这个灵魂的脉搏和律动，日复一日，年复一年，起初似乎还隔着一层面纱，但随着岁月流逝，这层面纱越来越薄，几近透明了。于是，这个人便出现了，他的人生历险颇为成功，报效国家，活到了退休；拥有自己的庄园，有了妻儿；款待过国王；热爱女性；可以独自看着故纸堆沉思良久。通过坚持不懈的尝试和细致入微的观察，他最终奇迹般地洞悉了构成人类灵魂的种种难以捉摸的细微之处。他竭尽所能，抓住了世界之美。他得到了幸福。他曾说，如果可以再活一次的话，他还会选择同样的生活。然而，我们一边全神贯注地看着眼前这个迷人的灵魂坦率的生活，一边却不禁会问：一切的目的，就只是为了寻欢作乐吗？那么，我们对灵魂的本性，又从哪里来的这么大的兴趣呢？我们又为何如此迫切，想要与人交流呢？这个世界的美就已经足够了么，还是说，另有去处，可以去寻求神秘莫测的答案？那会是什么样的答案呢？不，不会有答案。有的，只是另一个问题："我知道什么？"